让日常阅读成为砍向我们内心冰封大海的斧头。

# 慢人

SLOW MAN

J.M. Coetzee

[南非] J.M. 库切 著

吴超 译

四川文艺出版社

感谢

阿利亚纳·博佐维奇

凯瑟琳·劳伽·杜·普莱西斯

皮特·戈兹沃西

皮特·罗斯

约翰·威廉姆斯

莎伦·兹维

等人

慷慨的提议和无私的帮助

# 第1章

撞击来自右方,猝不及防又势不可当,且伴随着锥心彻骨的疼痛,犹如遭受电击一般。他直接从自行车上飞了出去。别慌!身在半空时他告诫自己(飞在半空却毫不费力),确实,他能感觉到四肢乖乖地松弛着。像猫那样,他心里说,打个滚儿,跳起来双脚着地,为接下来即将发生的事情做好准备。"敏捷",那个对他来说不太寻常的词,也已经蹦到眼前。

然而,结果完全不是那么回事。可能因为双腿不听使唤,也可能因为头脑发蒙(他听到,而非感觉到,自己的头骨撞在了柏油路面上,遥远,木然,像挨了一闷棍),他根本没有跳起来双脚着地,反倒在地上一米一米地滑呀滑呀,一直滑到他昏昏欲睡为止。

他仰面躺在地上,心里很平静。这是个明媚的上午,和煦的阳光温柔地洒在身上。与放任自己懒散松弛,等待力量恢复相比,还有更糟的事。实际上,可能还有比打盹儿更糟的事。他闭上眼睛,身下的世界开始倾斜、旋转,他神志昏沉,渐渐地不省人事。

后来他一度苏醒,曾经那么轻盈地飞过半空的身体变得无比沉重,沉重到用尽全力竟抬不起一根手指。有个人在他跟前俯下身,几乎隔绝了空气。那是个年轻人,有着金属丝般的头发,发际线处还有一溜小疙瘩。"我的自行车。"他吃力地一个字一个字地对小伙子说。他想问问他的自行车怎么样了,有没有人管。因为谁都知道,没有人看着,一辆自行车分分钟就会消失得无影无踪。可他的担忧尚未来得及说出口,便又失去了知觉。

# 第2章

身体左摇右晃,从一个地方到另一个地方。有人在很远的地方说话,还有一些嘈杂声有节奏地起伏着。怎么回事?如果他能睁开眼睛就能明白了。可他做不到。一些事情正在发生,"咔嚓咔嚓咔嚓",一则信息出现在一块玫瑰色的屏幕上,一次一个字母,只是他每挤一下眼睛,那屏幕就像水面一样晃动出波纹,所以他怀疑这是他的内眼睑。先是 E-R-T-Y,接着是 F-R-I-V-O-L,抖了一会儿,又出现一个字母 E,然后是 Q-W-E-R-T-Y[1],持续不断。

Frivole[2]。一阵类似恐慌的感觉席卷全身。他扭动着,喉咙深处艰难地发出一声呻吟。

---

1 无实意,仅为电脑键盘字母顺序。
2 Frivole 是法语词,意为无聊、毫无价值或碌碌无为。

"疼得厉害吗？"一个声音说，"别动。"针头扎进身体，片刻之后，痛感消失了，然后消失的是恐慌，最后意识本身也消失了。

再度醒来时，空气凝滞得像个蚕茧。他尝试着坐起，可力不从心，身体好似包在水泥中。周围全是白的：白色天花板、白色床单、白色灯光，就连意识也仿佛裹在一层旧牙膏似的粒状的白色中。他无法清楚地思考，绝望在滋长。"怎么了？"他喃喃地说，甚至可能在喊叫。他想问：他们这是把我怎么了？或者，这是哪儿？又或者，这是什么命运降临到我身上了？

一个身穿白色衣服的年轻女子不知从哪里冒出来，她停下来，警觉地看着他。头脑一片混沌，他努力尝试着拼凑出个问题。然而太迟了！女子微微一笑，轻轻拍拍他的胳膊让他放心，就继续往前走。可奇怪的是他只听到了拍打的声音，却没有感觉到拍打本身。

严重吗？如果他只有时间问一个问题，那这应该就是要问的问题了。尽管"严重"这个词意味着什么，他不愿意多想。可是比关心伤势更迫切，或比问明在玛吉尔路上究竟发生了什么才使他沦落到如此田地更为迫切的，是他需要赶快回家，关上门，坐在自己熟悉的环境里慢慢恢复。

他试着摸摸右腿，那条腿一直在给他发送些模糊的信号，暗示他腿出了问题。可他的手不听使唤，他全身都不听使唤。

我的衣服：也许应该先问这个无伤大雅的引导问题。我的衣服哪儿去了？我的衣服呢？我的情况有多严重？

那年轻女子重新回到他的视野。"衣服。"他费了很大的力气，才终于说出这两个字，同时还把眉毛尽可能地抬高，以暗示问题的紧迫性。

"别担心。"年轻女子说着，又递上一个微笑，天使般的、全然乐观的微笑。"都好着呢，有人照看。医生马上就来。"如她所言，不到一分钟，一位年轻小伙子出现在她身旁，对着她的耳朵低语。这一定就是她说的医生了。

"保罗？"年轻医生说，"能听见我的声音吗？你听我把名字叫对了没有？你是叫保罗·雷蒙特吧？"

"是。"他小心翼翼地回答。

"你好，保罗。现在你的意识应该会有些模糊，那是因为刚刚给你打了一针吗啡，我们马上就要开始做手术。你被汽车撞了，我不知道你还记得多少当时的情况，你的一条腿伤得挺重，我们得看看能保住多少。"

他再次弓起眉毛。"保住？"他吃力地问。

"保住你的腿，"医生重复道，"我们得为你截肢，但我们会尽力多保住一些。"

这时他的脸上一定发生了什么，因为医生做了一件出人意料的事。医生把手伸到他脸上，放在那里一动不动，好像他这个老头子突然变成了一个小宝宝。这是女人才会做出的举动，且对方须是她深爱的人。他觉得尴尬，但又做不到有尊严地挣脱。

"你愿意相信我吗？"医生说。

他默默地眨了眨眼睛。

"很好。"医生说完顿了一会儿,"我们别无选择,保罗。"随后他又接着说,"这不是那种我们还有其他选择的情况。你能理解吗?你是否同意我们的建议?我不会要求你在同意书上签字,但我想知道你是否同意我们继续?我们尽力能保多少就保多少,但你被撞得非常厉害,伤势特别严重。就拿膝盖来说,现在我还不确定能否保住。因为你的膝盖基本彻底粉碎,还有一部分胫骨也是。"

这时他的右腿忽然传来一阵钻心的疼痛,好像它知道在说自己,又好像这些吓人的字眼把它从不安的休眠中唤醒了一般。他听到自己倒吸了口气,血在耳朵里突突直跳。

"好了,"医生说着轻轻拍拍他的脸,"该行动了。"

又一次醒来时,他感觉舒服多了,起码头脑清醒些。他还是原来的他(*生气勃勃!* 他心里想),只是舒服得有点昏昏欲睡,随时都可能打起盹儿。被撞的那条腿感觉特别庞大笨重,但不疼。

门开了,一名护士走进来,是张新面孔。"感觉好点了吗?"她问,但立刻又说,"先别着急说话。汉森医生待会儿过来跟你聊。现在咱们有事要做,请你只管放松……"

她需要他放松才能做的事,说白了就是插导尿管。这是个脏活儿,他很欣慰做这件事的是个陌生人。这就是后果!他责备自己说,这就是走路分神的后果!自行车,自行车怎么样了?现在我该怎么去买东西呢？都怪我，非要走玛吉尔路！他诅咒着玛吉尔路，可实际上这条路他已经走了好多年，且一直平安无事。

年轻的汉森医生到了之后，先大体介绍了一番他的情况，好让他对自己的现状有所了解，然后才是和他那条腿有关的具体消息，有些是好消息，有些则不那么好。

首先，关于他的情况，考虑到一辆急速行驶的汽车能对人体造成的伤害，他可以恭喜自己了，因为他的情况不算太糟。恰恰相反，他甚至可以说非常走运，能够大难不死。撞击确实引起了脑震荡，但好在他戴了头盔，总算捡了条命。医生会继续观察，不过目前尚未发现有颅内出血的迹象。至于运动机能，初步诊断的结果是未受损伤。虽然有过大量失血，但已经通过输血补了回来。如果下巴上的麻木让他感到疑惑，那他尽可放心，下巴没有骨折，只是单纯有瘀伤而已。他后背和胳膊上的擦伤，虽然看起来很严重，但实际上只要过个一两周就能痊愈。

接下来是他的腿。正面受到撞击的那条腿，汉森医生和他的同事们未能保住膝盖。他们深入讨论过，最终达成了一致意见。碰撞的力量——稍后会让他看X光片——直接作用在膝盖上，此外还有一个旋转的动作，所以他的膝盖是在连撞带扭的双重作用下才粉碎的。换作年轻人可能会选择修复，但修复需要大量手术，一场接着一场，过程可能要持续一到两年，且成功率还不到百分之五十。所以综合考虑，鉴于他年龄较大，最好的方案就是从膝盖以上截肢，留下足够长的一截方便接装假体。汉森医生希望他——保罗·雷蒙特——能接受这个明智的决策。

"我相信你肯定有不少疑问，"汉森医生最后说，"而我很乐意为你解答，但可能不是现在。最好还是明天早上吧，得让你先休息一下。"

"假体。"保罗·雷蒙特说，又一个需要运动嘴巴的词。不过现在他知道自己的下巴没有断，只是肿了，所以即便说不清楚，也没那么尴尬了。

"假体，就是假肢。等手术切口完全愈合，我们就给你安装合适的假肢。只需要四周，也许更快。要不了多久你就又能下地走路了。你想的话，说不定还能骑自行车。当然这些都需要训练。还有别的问题吗？"

他摇摇头。你们为什么没有事先问我？他想说。可这话一旦出口，他的情绪必然失控，他会开始大喊大叫。

"那我就明天早上再来看你咯。"汉森医生说，"加油！"

然而这还不算完，至少他暂时还看不到结束的迹象。先是侵犯，接着是同意这种侵犯。彻底清静之前，他得签一堆文件，而且文件里的很多问题对他来说难得出奇。

比如家庭。他家住哪里？家中都有什么人？该以何种方式通知他们？还有保险，他买了哪家的保险？保单覆盖哪些项目？

保险倒没问题。他买的保险比谁都齐全。他钱包里有张卡片可以证明。他这个人除了谨慎之外没别的长处。（可问题是他的钱包呢？衣服呢？）但家庭一栏就没这么简单了。他有什么家人？如何回答比较合适？他有个姐姐，十二年前就过世了，但她一直活在他心里，即便说她从来没有离开也不过分。他有个母亲，躺在她位于巴拉腊特[1]的墓地里等待天使的号角。当然，他还有个父亲，和他母亲一样等着天使的号角，只是墓地远在波城。他多少年都未必去看一次。这三个是他的家人吗？把你带到这个世界上并陪你一起长大的人永远不会过世，他很想告诉那个设计了这个问题的人，你把他们永远记在心里，就像你希望后代也把你永远记在心里一样。可表格上没有他发挥的空间。

总而言之，他可以确定的是：他没有妻子，也没有子女。他结过一次婚，但已经离异。那个本该与他长相厮守的女人离他而去了，离得十分彻底。她是怎么做到的，他至今也没想明白。反正就这么回事，她逃到她自己的生活中去了。因此，从实际角度出发，至少就为了填完现在这个表格，他目前的状态是未婚，单身，孤苦伶仃，茕茕孑立。

家庭：无。他工工整整地写道。护士看着他写，又看着他勾选其他问题的答案，最后两个人都签了名。"日期？"他问护士。"7月2号。"她说。于是他写下日期。他的运动机能果然未受损伤。

他吃的药有镇痛镇眠的作用，但他没睡觉。周围这一切——陌生的床、空荡的房间、混合着轻微的尿臊味儿和浓浓的消毒剂味儿的空气——这一切显然不是梦，而是真的，和他接触到的所有东西一样，都是真的。然而这一整天——如果还是同一天，如果时间依然有它的意义——给他的感觉却像在做梦。此刻他才第

---

[1] 巴拉腊特：澳大利亚维多利亚州第三大城市。

一次审视被单下那团裹着白色纱布的东西,它连着臀部,看上去臃肿诡异,分明出自梦里。还有另外一件事,那个戴着亮闪闪的眼镜的年轻人曾经兴致勃勃地提到的东西,什么时候才会出现?他这辈子还没见过真正的假肢呢。听到这两个字时他脑海中浮现的图片是一根顶部带倒钩的木棒,样子像鱼叉,末端的三个小脚上有橡胶吸盘。这画面很有超现实主义的味道,像出自达利[1]之手。

他伸出一只手(中间的三根手指用绷带缠在了一起,他也是刚刚注意到),按了按那团白色的东西,毫无知觉,就像按在一段木头上。这就是一个梦,他告诉自己,随后便沉沉睡去。

"今天我们要让你走走路,"年轻的汉森医生说,"今天下午,不会走太远,就走几步让你找找感觉。我和伊莱恩会在旁边扶着你。"说着,他冲那个叫伊莱恩的护士点点头。"伊莱恩,把矫形器装上吧。"

"我今天不想走路。"他说。他正学着透过闭合的牙关说话,因为他不仅仅是下巴受了伤,被撞一侧的白齿也松了。他现在连嚼东西都困难。"我不想操之过急,不想装假肢。"

"没事,"汉森医生说,"反正我们说的也不是假肢的事,那还早着呢。现在只是复健,而且是复健的第一步。我们可以明天,或者后天再开始。我只想让你知道,失去一条腿不代表世界

---

[1] 达利:著名的西班牙超现实主义画家。

末日。"

"我再说一遍，我不想装假肢。"

汉森医生和护士伊莱恩对视一眼。

"不装假肢，那你有什么打算？"

"我宁可自己照顾自己。"

"好吧，这个话题到此为止，我们不会催你做任何事，我保证。现在咱们能聊聊你的腿了吗？我想跟你说说腿的护理问题。"

腿的护理问题？难道他们看不出来他憋了一肚子的火吗？你们把我全身麻醉，砍了我的腿，把它扔到垃圾堆里等着别人捡走再丢到火里。你们居然还能站在这里跟我说什么腿的护理？

"我们已经把剩下的肌肉附着在腿骨末端，"汉森医生边说边用两个手掌演示了一下，"做了缝合处理。等伤口愈合之后我们希望那些肌肉能在骨头末端形成一个肉垫。接下来的几天，由于创伤加上长时间卧床，伤处可能会出现水肿现象，到时候我们需要采取些措施。另外肌肉也可能向臀部收缩，像这样，"他侧过身，指指自己的臀部，"所以需要做些拉伸。拉伸是很重要的一步。伊莱恩会教你具体动作，需要的时候她也会帮你。"

伊莱恩护士点点头。

"谁把我弄成这样的？"他说，他喊不出来，因为下巴张不开，但这倒也应景，挺适合他咬牙切齿的愤怒，"谁撞的我？"泪水已经溢满他的眼眶。

夜晚格外漫长。他时而热得难受，时而又冷得要命。被紧紧裹着的那条腿奇痒难耐，却又无可奈何。如果屏住呼吸，他甚至能听到受损的肌肉在悄悄修复的声音。密封的窗户外面，一只蟋蟀吟唱着。睡意往往说来就来，仿佛身体里残余的麻醉剂，突然之间从肺里喷涌而出，瞬间将他淹没。

黑夜或白天，时间都过得很慢。正对床的位置有一台电视机，可他没心思看电视，也没心思看某些机构提供的杂志（《人物》《名利场》《澳洲家庭与园艺》）。他盯着自己的手表表盘，把指针的位置铭刻在脑海中，随后闭上眼睛，试着想其他的事情——他自己的呼吸、坐在厨房案桌前拔鸡毛的祖母、花丛中飞舞的蜜蜂，随便什么东西。睁开眼，指针仍在原处，好像有强力胶水粘着它们，让它们无法移动分毫。

时钟也许静止不动，时间却在流逝。即便躺在这里，他也能感觉到时间在他身上所起的作用，时间就像一种消耗性的疾病，就像撒在尸体上的生石灰。时间正在侵蚀他，一点一点地吞噬着组成他身体的细胞。他的细胞就像无数盏灯，正一盏接一盏地熄灭。

每隔六小时会有人来喂他吃一次药。这些药能大大缓解他的疼痛，运气好的话还能让他睡上一觉。可这些药会导致他头脑昏沉，害他不停地做噩梦，所以他很排斥。疼痛算什么？他对自己说，不过是身体传给大脑的一个警告信号。疼痛不是真实的，并不会比一张X光照片更真实。但无疑他是错的。疼痛是真实的。疼痛不需要用力去说服他这一点，它甚至根本无须用力，只需要发来一两次阵痛。而之后他很快就接纳了困惑，还有噩梦。

病房里搬来了另外一个人，年纪比他大，髋部刚做过手术。那人躺在床上，一天到晚都没睁过眼睛。不时会有两个护士过来，拉上他病床周围的布帘，在谁都看不到的情况下伺候他大小便。

两个老家伙，好似一根绳上的两只蚂蚱。护士们都很好，热情友善，但在她们麻利高效的表面下，他能察觉到——错不了，过去他见得太多了——她们对他，以及对他的同伴的命运根本无动于衷。包括年轻的汉森医生，尽管他和蔼可亲，对他们似乎格外关心，但骨子里他和那些护士一样冷漠。似乎在某个无意识的层面上，这些前来照顾他们的年轻人已经知道这些病人对人类族群已经不会再有贡献，因此用不着指望他们了。年纪轻轻却如此无情！他在心中哀叹，我怎么会落入他们的手中呢？最好还是让老年人照顾老年人，将死之人照顾将死之人！一个人孤零零地待在这个世界上，也太愚蠢了！

他们谈论他的将来，他们不厌其烦地催他训练，美其名曰为他的未来做准备，想方设法骗他下床。可对他而言哪有什么未来？未来的大门已经关闭，还上了锁。如果人单纯靠意念就能结果自己，那他半秒钟都不会犹豫。他脑子里装满了各种自我了断的故事——比如有的人在结果自己之前，会有条不紊地付清所有账单，心平气和地写告别信，从容不迫地烧掉珍藏已久的情书，在常用的钥匙上细心地贴上标签。然后，当一切安排妥当，再穿上他们最体面的衣服，吞下他们特意为这个日子积攒的所有药片,躺在收拾得干干净净的床上,让自己表情平静下来,归于湮灭。他们都是英雄,却无人歌颂,无人赞美。我不想麻烦任何人。可能他们唯一无法顾及的就是死后留下的尸体,几天之后就会腐烂发臭的肉堆。如果可能,如果允许,他们绝对愿意自己搭出租车去火葬场,自己躺在炉门前,服下药,在最后一点意识消失之前按下按钮,将自己送进火化炉,让自己在另一边出现的时候只剩下一铲骨灰,重量几乎可以忽略不计。

他深信如果有机会,他会毫不犹豫地结果自己。然而,就在他这么想的时候,他也知道自己绝对做不出这种事。迫使他产生求死之心的,只不过是难以忍受的疼痛,是在医院里许许多多个无法入眠的漫漫长夜,是面对那些年轻人怜悯的凝视却又无处躲藏的羞耻感。

在这片白色的世界里熬到第二周快结束的时候,他已经刻骨铭心地领悟到"茕茕孑立、形影相吊"这八个字的意思。

"你没有家人?"那个允许自己和他斗嘴的夜班护士珍妮特问,"也没有朋友?"她说话时皱着鼻子,好像打死都不相信这是真的,他肯定在逗他们玩。

"我朋友多得很,"他回答说,"我可不是鲁滨孙。我只是不想见他们罢了。"

"见见朋友,心情也能好些,"她说,"我敢肯定,他们会给你带来鼓励。"

"谢了,需要的时候我会见的。"他说。

就天性而言,他并非脾气暴躁之人,但在这个地方,他允许自己耍耍脾气、使使性子。因为好像只有如此,那些照顾他的人,才会一个个地对他敬而远之。本质上他并不坏,他想象着珍妮特在她的同事面前替他辩护。而她的同事们会一脸不屑地嘲笑说,那个糟老头子坏得很咧。

他知道,在人们的期待中,他对这些年轻的姑娘,必定会产生越来越强烈的非分的欲念。因为只要是男性病人,不管年龄几何,根本控制不住这种欲念。它总会在某些不方便的时刻浮出水面,必须被迅速果断地打掉。

但事实上,他根本没有这种欲望。他的心灵纯洁得如同婴儿。可惜他的纯洁并没有让护士们对他另眼相看。当然,他本来也没有这种指望。做一个令人讨厌的老色鬼是游戏的一部分,只是他不愿意玩这个游戏。

他拒绝联系朋友,可能只是因为目前这种状况让他感到难堪和羞耻,所以他不希望被人看见。当然,人们通过这样那样的渠道已经听说了他的事。他们送来祝福和安慰,有人甚至亲自打来电话问候。隔着电话撒谎自然容易得多。"一条腿而已,"他说着,带着一丝苦涩,希望这种苦涩不会通过电话线传到对面,"可能得拄一阵子拐杖,然后就能装假肢了。"若是面对面说话,他可就没办法装得如此自然了。一想到从今往后要靠那个又丑又笨的东西才能走路,所有的痛苦与不甘都会写在脸上的。

从一开始,从在玛吉尔路上出车祸到现在,他的表现一直都不怎么样。他始终没有振作起来。当然,这一点他自己心中有数。一个千载难逢的好机会摆在面前,使他有望成为人们眼中可书可写的榜样，如果他能以昂扬的斗志和乐观的心态接受命运的打击的话。但他已经不屑一顾地拒绝了这个机会。谁干的？当他想到自己曾对着那个虽然相貌平平，但是医术无疑十分出众的年轻的汉森医生大喊，表面上他似乎在问是谁撞的我，可实际上要说的却是哪个无耻的家伙截掉了我的腿，所以此刻他羞愧得无地自容。他不是这个世界上第一个遭遇不幸事故的人，也不是第一个来到医院，被一群有着良好意愿，但在根本上漠不关心的年轻人例行公事地照顾着的老年人。一条腿没了。从更大的视角看，失去一条腿意味着什么？从更大的视角看，失去一条腿不过是失去一切的预演罢了。当那一天到来时，他又能冲谁吼叫？又能怪谁呢？

玛格丽特·麦科德来看他。麦科德一家是他在阿德莱德[1]最老的朋友了。玛格丽特很伤心这么晚才知道这个消息，又义愤填膺地把肇事者诅咒一通。"你最好起诉那个人。"她说。"我没有起诉的打算。"他回答，"喜剧的开场方式有很多，我只想要回我的腿，但这不可能……那些事，让保险公司的人去干吧。""这你就错了，"她说，"鲁莽驾驶的人应该得到教训。我估计他们会给你装个假肢吧。现在的假肢做得可好了，很快你就又能骑自行车啦。""我可不这么想，"他回答说，"我生活中的那一部分已经结束了。"玛格丽特不住地摇头。"可惜啊，"她说，"太可惜了！"

---

[1] 阿德莱德：澳大利亚南部的一个港市，南澳大利亚州首府。

她能这么说真是好心,事后他回想。她的意思是,可怜的保罗,你以后的日子得多难过啊!她也知道他会明白她的意思。他很想提醒她,临到终了,我们每个人都得经历这样的日子。

而医院里最让他感到惊讶的,是医护们关注的重点,不可思议地从如何治好他的腿("好极了!"汉森医生用一根指甲修剪得十分齐整的手指戳着他的残肢说,"愈合得很棒,你很快就能康复了。")迅速转移到了他出院之后该如何应付(用他们的话来说)外面的生活的问题上。

所以早早地(至少在他看来如此),一位社工走进了他的生活。人们叫她普茨太太,也可能是普斯。"你还年轻着呢,雷蒙特先生,哦,保罗。"她乐呵呵地对他说,从语气上判断,她定然受过护理老年人的培训,"你肯定想一直过独立的生活,这当然是好事。可有时候需要人照顾是自然而然的,尤其是专业护理,这个我们可以帮忙安排。从长远来看,即便将来你腿脚方便了,身边还是需要有个人的,偶尔给你搭把手、替你买东西、做饭、打扫卫生之类的。你身边没人吗?"

他想了想,摇摇头。"没人。"他说。他的意思是——他相信普茨太太也能够正确理解——他身边没有这样一个会心甘情愿来照顾他的生活起居的人。

不过这个问题让他感兴趣的地方,在于普茨太太看待他的情况时泄露出来的东西。她一定和其他医护人员交流过,而且他们之间的交流远比她和他的交流要坦率得多,既坦率又实际。从这些坦率又实际的交流中,她毫无疑问地相信,即使从长远来看,没有帮手，他也是根本无法过活的。

稍微平静的时候，他也想过自己的将来，这副残疾之躯（话虽刺耳，可现在还有必要扭扭捏捏吗？）势必需要其他东西的支撑才能站稳，比如拐杖之类的。他今后的日子，在节奏上可能会比从前慢下来不少，但话说回来，都到这份儿上了，慢一点、快一点又有什么关系呢？可他们不这样想。在他们看来，遭遇如此巨大的变故，面对新的情况和环境，他很难像其他截肢者那样从容应对。没有专业人员的支持，他的归宿极有可能是那些专为年老体弱者设立的公共机构。

如果普茨太太能与他坦诚相见，他倒也愿意与她推心置腹。关于今后的日子我是深思熟虑过的。他会告诉她，很久以前我就着手准备了，即便出现最糟的情况，我也能照顾好自己。但这场游戏的规则让他们彼此之间很难坦诚相见。比如，倘若他告诉普茨太太他公寓卫生间的橱柜里藏着一堆安眠药。那么碍于游戏规则，普茨太太可能会认为，她有责任敦促他接受心理辅导，以免他对自己干出什么傻事。

他叹了口气。"以你的观点，从专业的角度，普茨太太，哦，多丽安妮，"他说，"你会建议我采取哪些步骤呢？"

"可以肯定的是，你需要雇一个护工，"普茨太太说，"最好是专属的私人护工，照顾老弱病残有经验的。当然，我并不是要把你归入老弱病残那一类。但在你能够自由行动之前，我们还是不想冒险的，对吧？"

"对，我们不想冒险。"他说。

老弱病残。在看到 X 光片之前，他可从来没把自己往这方面想过。他很难相信底片中那细得像麻秆一样的骨头能撑起他的身体，而且他每天跑这儿跑那儿的居然没有断掉。人个子越高，骨头越脆弱，而他就属于高个子的那种。"我还从没给这么高个子的人做过手术呢，"汉森医生说，"这腿可真长。"随后，他立刻为自己的失言红了一下脸。

"保罗，"普茨太太说，"你知不知道你的保险有没有包含护理的费用啊？"

这时另一位护士，一个戴着小白帽、穿着适度高跟鞋、一直在他这个楼层忙碌的女人，用欢快的语调告诉他说："该吃药了，雷蒙特先生！"

"没有，我想我的保险应该不包含那些费用。"他回答普茨太太的问题说。

"那你可得做好这方面的预算了，不是吗？"普茨太太说。

# 第3章

碌碌无为。想起来那天在玛吉尔路,他是多么努力地要看清楚诸神在他们古怪的打字机上打下的评语呀。现在回想起来,他只想微微一笑。一个人得多奇怪、多老土,才会相信一个人会被建议在大限已到时整理好自己的灵魂。真的有什么虚无缥缈的存在,藏在宇宙的某个角落里,检查人类临终的大账,在一栏记上借方,在另一栏记上贷方吗?

用碌碌无为来概括他的一生,其实不算过分。因为出车祸之前他就是这样一个人,之后可能也不会改变。他这辈子没干过什么伤天害理的坏事,但也没干过什么值得大加称颂的好事。死了之后他什么都不会留下,连个能延续他家族血脉的后代都没有。从这个世界无声地穿过。在过往的年代里,人们就是这样形容他这类人的。离群索居,独善其身,默默无闻,有他不多,没他不少。如果没有留下后人来评判他的人生,如果连神灵都放弃了评判,只是自顾自地剪指甲,那他就自己评判自己:白活一回。

他从没想过,有朝一日他会为战争说上一句好话。可如今躺在病床上,耗着时间,也耗着他的生命,他好像开始重新审视自己的许多观点了。战争中,城市被夷为平地,财富被掠夺一空,无辜的生命惨遭屠戮。在这肆意的破坏中,他渐渐发现了某种智慧,就好像历史在最深的层面上知道它在干什么。打倒旧的,为新的让路。一个人死了却无儿无女,让家族断了香火,把自己从传宗接代的伟大工程中剥离出来,还有比这更自私、更小气的事情吗?这是最令他痛不欲生的地方。实际上这已经不单单是自私和小气的问题,这有违天道。

出院前一天,他迎来了一个意外的访客:撞了他的那个小伙子,名叫韦恩·布赖特或布莱特什么的。韦恩好像只是来看看他的情况,并没有赔礼认错的意思。"我想着应该过来看看你恢复得怎么样,雷蒙特先生,"韦恩说,"出了这样的事情,我真的很抱歉。实在是太倒霉了。"这个年轻的韦恩看来不怎么会说话,但他的每一句话都避重就轻、闪烁其词,好像有人告诉过他病房里装了窃听器似的。而事实上,他后来了解到,在韦恩探视期间,韦恩的爸爸一直在门外的走廊里偷听。显然他事先嘱咐过儿子。"对那个老家伙客气点,要表示出歉意,但无论如何都不能承认自己有错。"

至于这对父子私下里如何评价在繁华的大街上骑自行车这件事,不用说他也能想象出来。可法律就是法律,即便是一个脑袋不灵光的蠢老头子,在不该骑车的地方骑了车,他们也没权利撞他。对此，韦恩父子心知肚明。一想到他或他的保险公司会起诉他们，两人必定吓得瑟瑟发抖。这也必定是韦恩说话小心谨慎的原因所在。

实在是太倒霉了。针对韦恩的这句话，他能想到一堆答语。比如：这跟倒不倒霉没关系，韦恩，是你开车的问题。但和一个有本事闯祸，却没本事收拾残局的小孩子逞口舌之快有什么用呢？又比如说：你走吧，以后注意点。这是他此刻能想到的最温和、最大气的回答。简洁明了，虽然有点匪夷所思，但韦恩他们父子俩回去的路上，定会高兴得合不拢嘴。他闭上眼睛，期待韦恩能速速离去。

所谓意外，就是意料之外、突如其来。意外谁都可能遇到。没人喜欢，可它防不胜防。按照这种定义，他，保罗·雷蒙特，绝对遇到了一次意外。那对韦恩·布莱特来说算什么呢？他也遇到了意外吗？当他开着"导弹"，在震耳欲聋的音乐声中撞到一个人的肉体时，那一瞬间他是什么感受？显然那也是意料之外、突如其来的。他肯定不是存心的，但也不会特别痛苦。在那个倒霉的路口发生的事情，能说是什么东西降临到韦恩头上了吗？在他看来，若真有东西降临，那砸在韦恩头上的正是韦恩自己。

他睁开眼睛，韦恩还在床边，上嘴唇上挂着一层汗珠。哦，他当然不会走。韦恩在学校里被反复灌输的观念就是老师不说下课，谁都不能离开教室。所以有一天当韦恩离开学校，再也不必受老师和诸多条条框框的约束时，翻身解放的他怎能不高兴得忘乎所以呢？他终于可以开着车子风驰电掣，嘴里嚼着口香糖，摇下车窗感受凉风吹在脸上的惬意，再把音乐开得震天响。经过路边的老头儿时，还会对人家骂上一句，那是何等的痛快。可现如今他又拘泥了起来，不得不再度装出忠顺老实的样子，搜肠刮肚地寻找像是道歉的话语。

因此谜团自己解开了。韦恩在等待一个信号，而他希望韦恩从他眼前消失。"小伙子，你能来看我，我很高兴，"他说，"可我现在头疼得厉害，我需要睡觉。所以，再见吧。"

# 第4章

普茨太太推荐的这位日班护士名叫希娜。希娜看上去也就十九岁的样子,但她的资料却显示为二十九岁。她胖得吓人,是那种结实、很多脂肪又自信的肥胖。她时刻保持着一种莫名其妙的乐滋滋的状态,这让他立刻便对她产生了反感。他不想要她,可普茨太太很坚持。"私人护理是很专业的工作,"她说,"希娜以前护理过截肢病人。除非脑子进水了,才会放着这样的人不要呢。"于是他屈服了。不过普茨太太也退了一步,同意他不请夜班护士,前提是他得在紧急服务处挂个号,并保证呼叫器二十四小时在身边。

他小心翼翼,尽量和普茨太太站在同一边,因为他对普茨太太的权力,持有一种他自以为准确无误的看法。她是福利体系的一分子,福利就是照顾那些生活无法自理的人。如果,在未来的某个时刻,普茨太太判定他没有能力照顾自己,需要外界帮助,那时候他能指望谁呢？没人会替他说话，他只能靠他自己。

当然，他有可能高估了普茨太太对他的关心。关于福利，关于护理和护理行业，他几乎可以肯定自己已经落伍了。在他和普茨太太都获得新生的这个美丽的新世界，放任自由才是此时的口号。也许普茨太太既没有把自己看作他的守护者，也没有把自己看作她弟弟或其他什么人的守护者。如果在这个新世界中，老弱病残、穷困潦倒或无家可归之人愿意从垃圾箱里找吃的，愿意背着铺盖卷露宿街头，那就随他们的便。让他们在寒风中挤在一起瑟瑟发抖吧，倘若第二天醒来的时候他们还活着，那就算他们运气好。

救护人员把他送回家时，希娜已经安排妥当等着他。她重新布置了他的卧室，监督清洁女工收拾干净，指挥杂务工在需要的地方加装了护栏，总之她接管了一切事务。她还为他们两个草拟了一张日程表，涵盖饮食、锻炼，以及她所谓的 SC，也就是残肢治疗。她把日程表贴在他头顶的墙上，其中有三大块，一块是上午十点左右，一块是中午，还有一块是下午，均贴着"希娜私人时间"的标签。也就是说，在这些时间段里她会待在厨房里休息。她在冰箱里专门腾出了一层放自己的东西，上面贴着"希娜私人物品"的标签。怕自己无聊，她还在厨房里一直开着广播，且固定在一个频道上，一会儿是广告，一会儿是音乐，听着都一样喧闹。他让她把音量调低一点，她照做了，但他还是能听到。

他很快遇到了对身体力量的第一次考验。希娜撑着他的胳膊肘，他尝试着自主如厕。仅仅坐下来这一个动作就把他折腾得够呛：他的左腿，幸存的那条腿，像面条一样虚弱不堪。希娜噘了噘嘴："赶紧回床上去，"她说，"我给你拿个尿盆。"

她管床上用的便盆叫尿盆，管他的下体叫小鸟。有一次用海绵擦身体，擦到残肢之前，她停下来，学小孩子嗲声嗲气地说："如果他想让希娜帮他擦洗小鸟，他得非常礼貌地请求才行。要不然他会以为希娜是那种调皮的女孩子，很调皮很调皮的那种。"随后她戏谑地拍了拍他的胳膊，告诉他这只是开玩笑。

他忍了希娜一个星期，终于给普茨太太打去电话。"我想请希娜不要再来了，"他说，"我受不了她，你得给我另找一个人。"

辞退希娜可没想象中那么简单。等她的职业自豪感终于得到安抚时，他已经咬牙付了她两个月的工资。他怀疑这是希娜的惯用伎俩，也许大声听广播，以及学小孩子说话都是故意惹他生气的诡计。

在希娜之后，中介又介绍了好几个护工来照顾他。她们自称临时工，一次来干一到两天。"你就不能给我找个正规的吗？"他在电话里问普茨太太。

"我也没办法啊，"普茨太太说，"护工需求量巨大，可我们僧多粥少。再耐心等等吧，我把你排在前面呢。"

从医院中解脱出来的高兴劲儿还没持续多久，他就陷入了郁闷凄凉的坏心境，怎么都爬不出来。他不喜欢那些临时工，不喜欢被人当作小孩儿或者白痴来对待，不喜欢她们在他面前故意装出来的温柔体贴又兴致勃勃的声音。"我们今天怎么样啊？"

她们老是这样说。即便在他懒得回答时，她们也依然会说："那就好。"

"咱们什么时候安假肢啊？"她们说，"假肢可比拐杖方便多了，那就相当于一条新腿。真的，习惯之后你就会这么觉得了。"

他从脾气暴躁变得闷闷不乐。他只想一个人待着，不想和任何人说话。他干哭了好几次。要是真能流泪就好了！他想。但愿我能被眼泪冲走。他很喜欢那些出于种种原因没人来照顾他的日子，哪怕他只能靠饼干和果汁度日。

他把心情沮丧的原因归咎于止痛药。可相比之下谁更糟糕呢？是笼罩在他头顶的沮丧的阴云，还是令他彻夜难眠的深入骨髓的疼痛？他尝试着不吃药，忽视疼痛。可坏心情并未得到缓解，沮丧仿佛在他心里安家落户了。

往常，在出车祸之前，他根本就不知道沮丧为何物。他可能孤独，但这就像某些雄性动物总是孤独的。他总有干不完的事情。从图书馆借书，去电影院看电影，自己做饭，他甚至还亲自动手烤面包。他没有汽车，出门总是骑自行车或步行。如果这种生活可以称作古怪，那他的古怪在澳大利亚应该处于最温和的范围之内。他身材高挑，四肢细长，虽然干巴，却也有一股子力气。像他这种人，怪是怪了点，但活到九十岁应该不成问题。

也许现在他仍能活到九十岁，可即便活到了也并非出于他的选择。他失去了行动自由，不管装不装假肢，妄想这份自由失而复得都有点不切实际。他再也不能去爬黑山了，再也不能骑着自行车去市场买东西，更不用说骑着车在弯弯曲曲的蒙塔丘特公路上飞驰。他的宇宙急剧收缩，以栖身的这间公寓为中心，最多向四周延伸一到两个街区，不会更大了。

画地为牢的生活。苏格拉底对此会做何评价？如此受限的生活还值不值得过？那些从监狱里出来的人，长年累月地盯着同一面光秃秃的墙壁，他们的灵魂并没有因此而灰暗不明。失去一条腿有什么大不了的呢？长颈鹿失去一条腿必死无疑，但长颈鹿可没有现代国家机构关心它们的福利。普茨太太就是这种机构的直观体现。他为什么不能选择在一个对老年人还算友好的城市里过一种相对局限的生活呢？

此类问题他可给不出答案。他给不出答案，是因为他目前没有寻找答案的心情。沮丧的时候不都是这样吗？根本无心去享受智力游戏（干吗不这样呢？何不那样呢？）他——这个他，他时而称作你，时而称作我——动不动就是黑暗、无声、灭亡。他不是那个曾经思维敏捷、想东想西的自己，而是这个因为疼痛彻夜难眠的自己。

当然，他并非特例。每天都有人出于各种各样的原因缺了胳膊或少了腿。历史中充满了独臂的水手和坐轮椅的发明家，还有瞎眼的诗人和疯癫的国王。但对他来说，截肢仿佛干脆利落地截断了他的过去和未来的联系，甚至赋予了崭新以崭新的含义。以截去那条腿为标志，他的新生活正式开始：在此之前，若你曾为人，过着人的生活；那么从今往后，你将变成狗，过狗的日子。这便是阴云中的那个声音所传达的意思。

他放弃了吗？他想死吗？难道这就是他孜孜以求的答案？不，这个问题的本身便是错误的。他不会割腕，不会吞下一堆安眠药，不会从阳台上跳下去。这些事情他都没有想过。他不想死，因为他什么都不想。但如果让韦恩·布莱特再撞他一次，让他不费吹灰之力又凌空飞出去数十米，那他绝对会放弃求生的念头。不会就地翻滚，不会跳起来让双脚着地。倘若在最后的时刻他还有机会萌生出什么心念，那这个心念必然是：哦，原来这就是最后的心念。

骨软筋酥。他想起了《荷马史诗》里的一个词。长矛击碎胸骨，鲜血喷涌而出，四肢乏力，骨软筋酥，身体如木偶，轰然倒地。现在不光他的身体骨软筋酥，他的精神也骨软筋酥，摇摇欲坠了。

普茨太太给他找的第二个长期护工名叫玛丽亚娜。她本是克罗地亚人，面试的时候她也说了。不过十二年前她就离开了自己的出生地，在德国的比勒菲尔德接受培训。来澳洲以后，她又获得了南澳大利亚州的专业认证。除了做私人护理，她偶尔也做家政，用她的话说，挣点"零花钱"。她丈夫在一家汽车组装厂上班。他们住在伊丽莎白北的蒙诺帕拉，离市区半小时车程。两人有三个儿女：老大是个儿子，正上高中；老二是个女儿，上初中；老三现在还没到上学的年龄。

玛丽亚娜·约基察脸色蜡黄，还不到中年，但粗壮的腰身已经使她呈现出中年妇女的模样。让保罗感到欣慰的是，她穿了一套天蓝色的工作服——终于不用整天面对扎眼的白色——两侧腋下总是湿乎乎的。她说的是不甚标准的澳洲英语，语速较快，带斯拉夫口音，分不清定冠词和不定冠词的用法，而且还喜欢用俚语。可能是跟孩子们学的，而孩子们则应该是从同学那里听来的。这是一种他不太熟悉的语言，但他很喜欢。

在普茨太太的斡旋下，他和约基察太太达成了协议。玛丽亚娜·约基察每周来照顾他六天，从周一到周六，每日提供全套护理。周日他得请紧急服务中心派人。在他恢复自由行动的能力之前，玛丽亚娜不仅要为他提供专业护理，还要满足他的日常所需，比如买东西、做饭、干点打扫卫生之类的轻便家务等。

有了希娜的灾难在先，他对这个来自巴尔干半岛的女人并不抱太大希望。然而在随后的日子里，他却发现自己对玛丽亚娜的到来感到欣慰，虽然他不太愿意承认。约基察太太——玛丽亚娜——仿佛能猜到他想干什么，不想干什么。她没有把他当成一个垂暮之年的老头子看待，而是把他看作一个因为受伤而行动不便的男人。她很耐心地帮他洗浴，不会矫揉造作地学小孩子说话。当他提出想自己待一会儿时，她会默默退开。

他斜躺着，玛丽亚娜解开包裹着的残肢，一根手指轻轻摸着裸露的截面。"缝合得真不错。"她说，"谁缝的呀？"

"汉森医生。"

"汉森，不认识。不过技术挺不赖的，是个合格的医生。"她一只手小心翼翼地托起残肢，像托着一个西瓜，"活儿干得漂亮。"

她打上香皂，小心地清洗着。被温水一泡，残肢截面白里透红，看着不再那么像一根风干的火腿，倒更像某种没有眼睛的深水鱼。他不由得移开了目光。

"你见过很多活儿干得不漂亮的吗？"他问。

她嘟起嘴，两手一摊。这姿势让他想起了他妈妈。也许吧，这姿势的意思是，那得看情况。

"那你见过很多……我这样的吗？"他用指尖轻轻抚摸着自己。

"是啊。"

他忽然欣喜地发现，他们两人之间的交流是如此坦诚。

他不会把那条断腿唤作残肢。他什么都不想叫它，连想都不愿意想，可那谈何容易。如果非要给它起个名字，他更愿意叫它火腿[1]。"火腿"一词使他与这条断腿之间保持了一段令人满意且足以表示轻蔑的距离。

他把和自己有联系的人分成两类：一类是见过他残肢的人；另一类，谢天谢地，永远都不会见到。遗憾的是玛丽亚娜早早就被归入了第一类，且毫无商量的余地。

"我到现在都想不通，他们为什么不把膝盖保留下来，"他在她面前抱怨说，"骨头会长在一起，即便关节碎了，他们也该尝试着修复一下。如果早知道没有膝盖会是这样，我是绝对不会同意截掉的。他们什么都没告诉我。"

---

1 原文为法语 *le jambon*。

玛丽亚娜摇了摇头。"修复？"她说，"那种手术难度极大，可能要持续好几年，来来回回不停地跑医院。况且上了年纪的人，一般是不会做这种修复手术的。年轻人还差不多。再说即便你做了又有什么意义呢？嗯？有什么意义？"

她把他归入了老年人一类，即便保住膝关节，保住性命，依然没什么意义的那一类。他很想知道，玛丽亚娜会把她自己归入哪一类。年轻人？不算老的人？不年轻也不老的人？永远不老的人？

他很少见到像玛丽亚娜这样尽职尽责的人。她带着购物清单出门，回来时，清单上别着购物小票。单子上的每一项都做了记号，需要修改的地方也一一注明，且书写习惯颇有旧大陆的遗风，"1"字上面带倒钩，"7"字中间加一横，"9"字几乎首尾相连。她做起饭来风风火火，饭菜的口味也从来没有让人失望过。

有朋友打电话过来询问他的近况时，提到玛丽亚娜，他总说她是日班护士。"我雇了一个非常能干的日班护士。"他说，"她还帮我买东西、做饭。"他没有管她叫玛丽亚娜，以免显得过于亲近。和她聊天时，他继续叫她约基察太太，就像她一直叫他雷蒙特先生一样。不过就个人而言，他毫无保留地愿意叫她玛丽亚娜。他喜欢这名字，四个字都喜欢，叫起来抑扬顿挫，朗朗上口。白天玛丽亚娜就该来了。夜里情绪低落的时候他就这样安慰自己。打起精神！

但他搞不清楚，自己是否像喜欢玛丽亚娜这个名字一样喜欢她这个女人。平心而论，她长得并不难看。但和他在一起时，她似乎有种扑灭情欲的能力。她自信干练，做事雷厉风行，从来都是神采奕奕的样子。这是她呈现给雇主的面貌，也是他花钱想要看到的面貌，因此对于玛丽亚娜，他没有不满意的理由。所以他一改往日的暴躁脾气，见到她时竟能忍痛笑脸相迎。他想让她觉得他在勇敢面对自己的不幸；他想让她在各个方面都欣赏他。即便她不与他调情，他也不会介意，反正总比哆声哆气地谈论他的下体强。

有些时候，她会带着自己的小女儿一起来，就是还没上学的那个老三。虽然生在澳大利亚，但是孩子却取名叫柳巴，昵称柳比卡。他喜欢这名字，如果没有搞错，柳巴与俄语中的"爱"发音相似。这就好比把一个女孩儿叫作艾梅[1]，或者更夸张一点，叫作阿穆尔。

她说她家老大刚满十六岁。十六岁，她结婚一定很早。眼下他正重新评估她。说句实话，她何止是不难看，偶尔看上去还挺漂亮呢。身强体壮，深棕色头发，黑眼睛。细看之下，脸色似乎也没那么蜡黄，倒有点橄榄色。她是个彬彬有礼的女人，肩膀宽阔，乳房坚挺。骄傲，他认为用这个词形容她比较合适。由于抽烟，她牙齿发黄。这可能是她唯一明显的瑕疵，老欧洲人的抽烟做派在她身上完整地保留了下来。不过她十分体贴，很少当着他的面抽烟，总是一个人跑到阳台上去抽。

至于她的小女儿，倒是个活脱脱的美人坯子。黑色卷发，皮

---

[1] 艾梅（Aimée）在法语中是可爱的意思。下文的阿穆尔（Amour）在英语中有爱情的意思。

肤白净,两只眼睛闪闪发亮,灵气十足,一看就是个聪明孩子。她们母女俩往那儿一站就是一幅赏心悦目的画,而且她们的关系特别融洽。玛丽亚娜做饭的时候,还会帮女儿烤些纸杯蛋糕或者姜味儿饼干。厨房里时常会传出母女俩喃喃低语的声音。母亲和女儿,女人之道就是这样一代一代传下来的。

# 第5章

如此过了几周,他渐渐习惯了玛丽亚娜的照顾。每天上午她都带他锻炼,按摩那些已经萎缩和正在萎缩的肌肉,小心地帮他干一些没有人帮忙他便无法完成的事情,以及没有人帮忙他可能永远都不会去学的事情。心情好的时候,他也愿意听她唠唠家常。她喜欢聊自己的工作,聊她在澳洲的经历。而当他兴致不高时,她似乎也甘于保持沉默。

无论过去他对自己的身体有过怎样的爱,如今都已成过眼云烟。他无意修补,也无意恢复。过去的那个男人已然成为记忆,而且是一段正迅速消退的记忆。他的灵魂依旧完整,至于其他,不过是一堆他不得不保留下来的骨肉和鲜血罢了。

在这样一种状态下,人很容易选择放弃所有的体面。但他抵挡住了诱惑,他竭尽所能维持着正常人的行为准则。玛丽亚娜支持他的做法。当不得不赤身裸体的时候,他会把视线移开,如此她便知道他没有看见她看到他的裸体。凡是那些需要在私下里做的事情，她都尽可能在私下里完成。

他一直努力保持着男人的尊严，尽管是一个残缺的男人。毫无疑问，玛丽亚娜完全理解他的心情，并时时事事加以体谅。她的善解人意和周到体谅是从哪儿学的呢？他经常想，因为这正是她的前任们尤其欠缺的东西。在比勒菲尔德的护理学院吗？也许吧。但他估计其根源可能来自更深层次。她是个正派的女人。他暗想道，正派得彻头彻尾。车祸之后让他感到欣慰的事情不多，玛丽亚娜·约基察走进他的生活算是其中一件。

"如果疼就告诉我。"她边说，边用拇指按压着他那已经萎缩的大腿肌肉。但他从来没有感觉到疼，或许疼过，只是他暂时还分不清疼痛与快感的区别。直觉，他想。凭借一种简单而纯粹的直觉，玛丽亚娜好像知道他的感受，知道他的身体会做出什么反应。

温暖的午后，孤男寡女共处一室，按道理是很容易发生点故事的，然而事实可不是那样。他们之间只是护理和被护理的关系，并无其他越界的举动。

半个世纪前在教义问答课上学到的一句俗语，忽然浮现在他脑海中：那时我们将不会有男人和女人之分，而只有[1]……而只有什么？倘若没有了男女界限，我们又会是什么呢？这已经超出了凡人的理解范围，是又一个基督教奥秘。

---

1 出自《加拉太书》3：28。库切引用时有变动。

他很确定这话是圣保罗说的，圣保罗是他的名字的由来，是他的同名圣人。它解释的是来世的样子，到那个时候，众生会以纯洁之心爱众生，就像上帝之博爱，只是没那么强烈，也没那么不遗余力。

唉，可惜他不是圣人，而只是一介凡夫俗子。虽然作为男人来到这个世界上，但是他并没有完成一个男人的使命：找到自己的另一半，与她紧密结合，将自己的种子赐予她。按照寓言中的说法，也可能是阿洛伊修斯修士在寓言译注中的说法，他记不清了。总之这里所说的种子，代表上帝的圣言。身为男人，却又不完全是个男人，那他只算半个男人，或者残疾人。当他回首往事时，他会后悔自己蹉跎了时光。

他爷爷奶奶有六个孩子，他父母有两个孩子，而他一个都没有。六，二，一或零。在他周围，同样的序列比比皆是。以前他认为这很正常：在一个人口过剩的世界，无子嗣是种美德，和温良、宽容一样。如今恰恰相反，他忽然觉得没有孩子是种疯狂的行为，群体性的疯狂，甚至罪恶。还有什么是比孕育更多生命、更多灵魂更高尚的事情呢？如果凡间不再繁衍，那天堂何时才能繁荣？

当他来到天堂之门，见到在那里等候的圣保罗（对于其他新的灵魂，他们见到的应该是圣彼得，但对他来说是圣保罗）。"赐福于我吧，天父，我有罪。"他会说。"你犯了什么罪啊，我的孩子？"他无言以对，只好摊开空空的双手。"可怜的孩子啊，"圣保罗会说，"你真是个可怜的孩子，难道你不明白上天为什么要赋予你生命吗？那是天底下最伟大的恩赐啊。""天父，活着的时候我不明白。现在我懂了，可已经太晚了。请您相信我，天父，我已经悔悟了，真的悔悟了，尽管这教训无比惨痛。""那你进去吧。"圣保罗会让到一旁说，"天父的家园装得下所有人，就算是愚蠢而孤独的羔羊，也能找到它的位置。"

假如他能早一点认识玛丽亚娜，或许她就能帮他避免这个失误。玛丽亚娜来自信奉天主教的克罗地亚。她和她的丈夫为天堂孕育了三个灵魂，她天生就是做母亲的料。玛丽亚娜定能帮他改变无子无嗣的状态。她能生六个，生十个，十二个，生得再多都不会榨干她的爱，最后她至少还会剩下母爱。可如今太迟了，多遗憾啊，多令人痛心啊！

# 第6章

他去了趟医院，带回来一副前臂拐杖和一个叫齐默式助行架的东西，其实就是个四条腿的铝合金架子，可以扶着它在家里走动。这个设备是借的，将来要归还。也就是说待他的行动能力恢复到一个更高的水平，用不着助行架的时候，就可以还给医院了。

医院还有很多别的辅助设备（他见到了那本宣传册）。有加装了轮子和安全制动器的齐默式助行架，还有小型电动车：带电机、车把和伸缩式防雨罩，专门为那些行动极为不便的人设计。但这些高级玩意儿不租不借，想用的话，得掏钱买。

在玛丽亚娜的悉心照料下，那条被她称之为"腿"的残肢渐渐恢复了正常的颜色，浮肿也明显消了许多。他已经慢慢习惯了拐杖，虽然还是助行架让他更放心些。家里只剩他一个人时，他就拄着拐杖从一个房间走到另一个房间。他权当这是锻炼，尽管实际上是因为他内心烦躁，坐立难安。

他每周去医院检查一次。偶尔他会在电梯里遇到一个弯腰驼背的老女人。这女人长着鹰钩鼻子，有着地中海人那样的黑皮肤。她一只手扶着个年轻姑娘，模样简直就是年轻版的她自己。小骨架，皮肤和她差不多黑，头上戴着宽边帽，鼻梁上架着一副几乎把半张脸都遮住的硕大的太阳镜。他挨着那年轻姑娘，在出电梯之前有机会闻到她身上浓烈的栀子香型香水味儿，并注意到她竟粗心地把裙子穿反了，本该藏在里面的洗涤标志像个小旗子一样露在外面。

一小时后，从医院大楼出来时，他又看到了那两个女人。她们好不容易才通过弹簧门。等他来到街上时，两人已经淹没于茫茫人海。他只能在攒动的人头中看到那顶黑色的宽边帽若隐若现。

这两人的形象深深印在了他的心里：一个干瘪老太领着一个穿衣马虎的公主，梦游般地走在街上。说是公主，她的年龄似乎大了点，可这并不影响她的魅力：柔软的肌肤，娇小的身姿，丰满的胸脯。想象中，这样的女人大概会睡到中午才起床，然后一个裹着包头巾的小男仆会把夹心糖果用银盘装着端到她面前。只是她把自己的脸怎么了，需要用那么大的墨镜来遮掩？

她是事故之后第一个让他产生性冲动的女人。他做了一个梦，梦里有她，但却没有真正现身。在一片死寂中，大地突然裂开，缝隙向他扩张而来，两股巨大的烟尘直冲云霄。他想跑，可两条腿不听使唤。救命啊！他低声叫道。那个老女人，那个干瘪老太，用乌黑空洞的眼睛注视着他，目光似乎能把他穿透。她一遍又一遍地咕哝着一个词，他听不清楚，根据声音拼出来好像是toomderoom。脚下的地面终于裂开，他掉了进去。

玛格丽特·麦科德打来电话。她很抱歉没有时常联系他，因为她不在镇上。她问周日能否带他出去吃午餐，他们可以开车去巴罗莎山谷。可惜她丈夫不能一块儿去，他出国了。

他回答说他很乐意去，可是长时间坐车，对他来说会很煎熬。

"那要不我就只去看看你？"她说。

多年前刚离婚那会儿，他和玛格丽特曾经有过一阵子风流韵事。据玛格丽特说，她丈夫对他们的这些关系一无所知。对此他半信半疑。

"有何不可呢？"他说，"周日来吧，一起吃晚饭。家政工给我备了一些上好的意大利肉卷呢。"

那是一个凉爽的夜晚，他们在阳台上共进晚餐。鸟儿们在啼鸣中纷纷归巢，桌上的香茅蜡烛在微风中轻轻摇曳。两人都有些拘束，显然他们都没有忘记曾经的过往。晚餐期间，玛格丽特一次都没有提过她远在海外的丈夫。

他告诉玛格丽特他在希娜的摆布之下度过的那些日子。他说起普茨太太，这位热心的社工把他余生之内除了性生活以外的方方面面全都安排妥当。至于性的话题，她可能不好意思提起，也可能是她认为以他的年纪，再提性的问题已经毫无意义。

"真的毫无意义吗？"玛格丽特问，"坦率地说？"

坦率地说，他也不知道，他如此回答。他并没有丧失性功能，如果她问的是这个问题的话。他的脊椎没有受伤，与之相连的神经也都正常。不过有个悬而未决的问题是，他是否还能完成性生活中主动的一方需要完成的动作。而第二个与之相关的问题是，尴尬与羞耻是否会凌驾于快感之上，从而影响性生活的质量。

"我觉得吧，"玛格丽特说，"鉴于你现在的情况，可能已经不太适合在性生活中担任主动的一方了。至于你的第二个问题，没尝试过，你怎么会知道？话说你有什么可尴尬的呢？你又不是得了麻风病。你只不过是截了一条腿而已，截了肢的人也可以很浪漫。你想想那些战争电影。从前线归来的男人们，有的戴着眼罩，有的没了胳膊，只剩下空空的袖管别在胸前或腰上。可女人们不照样被他们迷得神魂颠倒吗？"

"只不过截了一条腿。"他重复着她的话。

"是啊，你是一次意外、一场车祸的受害者。这有什么好丢脸的呢？又不是你的错。这场车祸让你失去了一条腿。不，是失去了一截腿，那不过是身体的一个零件，仅此而已。你的身体依然健康，你还是你。和从前一样英俊、健康。"她冲他微微一笑道。

他们现在就可以到卧室里验证一番，看他还是不是从前的那个男人，看看失去了一部分身体零件后快感会不会大打折扣。他相信玛格丽特不会反对。但那一刻过去了，他们没有抓住。事后想想，他颇感欣慰。他不介意成为任何女人性施舍的对象，只要对方性格好。他也不介意将自己这讨人嫌的身体暴露在外人的注视之下，哪怕对方是昔日的朋友，哪怕对方声称截了肢的人也可以很浪漫。而他说的身体指的不仅仅是他残缺的大腿，还包括他浑身上下松弛的肌肉，以及像皮球一样恶心的啤酒肚。所以如果他还有机会，他定会想尽办法确保那件事发生在黑暗中。

"昨天有人来看我了。"第二天他对玛丽亚娜说。

"是吗？"玛丽亚娜说。

"以后或许还会有其他人来，"他严肃地说，"我说的是女人。"

"是要和你一起住吗？"玛丽亚娜问。

和他一起住？他从未想过这个问题。"当然不是了，"他说，"只是朋友罢了，女性朋友。"

"挺好的。"说着，她启动了吸尘器。

看来，玛丽亚娜并不在乎别的女人到他家里。他在私人时间里想干什么都与她无关。再者说，他还干得了什么呢？

和玛格丽特不同，玛丽亚娜从没见过他过去的样子。他在她眼中不过是最近的一个顾客，一个皮肤苍白、肌肉松弛、拄着拐杖的老头儿。尽管如此，他在玛丽亚娜面前，乃至在她女儿面前仍会感到羞耻。就好像这个妈妈的红润与健康，以及那个孩子的天真与可爱是对他的联合审判。他发现自己经常躲避孩子的目光，经常缩在客厅角落里的扶手椅中，仿佛她们母女才是这房子的主人，而他是害虫，是私自闯入的啮齿动物。

玛格丽特的到访好像火星一样点燃了一系列关于女人的白日

梦，所有这些梦都带有性的色彩。在个别梦里，他甚至发展到了和女人上床的地步。在这些梦里，他残缺的身体仿佛被刻意回避了，没有提起，也没有出现。一切都是正常的，和从前一样。但他梦见的女人并非玛格丽特，大多时候都是他在医院电梯里遇见的那个戴着墨镜、衣服穿反了的女人。"你的裙子，"他在梦里对她说，"我帮你正过来吧。"女子抬手摘下墨镜。"好啊。"她说。她声音低沉，双眸像幽暗的池水。他一头扎了进去。

# 第7章

上班时玛丽亚娜很少戴护士帽,而经常只是包着头巾,就像那些贤惠能干的巴尔干家庭妇女。他很欣赏她的头巾,正如他很欣赏所有能够证明她不会因为喜欢这个新世界就彻底抛弃那个旧世界的东西。

除了各种各样的战争罪犯和那个擅长大力发球的网球运动员,名字他想不起来了,(伊利亚?伊利克?罗曼·伊利克?)克罗地亚人对他来说基本是个未知数。南斯拉夫人倒是另一回事。南斯拉夫还存在的时候[1],他肯定遇到过不少南斯拉夫人。当然,他从来没想过问对方来自南斯拉夫的哪个地方。

玛丽亚娜和她那个从事汽车组装工作的丈夫,来自南斯拉夫

---

1 南斯拉夫的全称是南斯拉夫社会主义联邦共和国,原名南斯拉夫联邦人民共和国,改名于1963年。1992年南斯拉夫解体,分裂为南斯拉夫联盟、克罗地亚、斯洛文尼亚、波斯尼亚和黑塞哥维那、马其顿。南联盟于2003年改名为塞尔维亚和黑山。2006年黑山独立;2008年科索沃宣布独立,但未被塞尔维亚承认。

的什么地方呢？当初逃离祖国时，他们在逃避什么？或者会不会是这样，他们厌倦了没完没了的战争和冲突，为了寻找更加和平安宁的生活，他们带上行李，悄悄地越过了边境线？如果在澳大利亚都找不到和平安宁的生活，那去哪里才能找到呢？

玛丽亚娜和他聊起了她的儿子。她儿子名叫德拉格，不过他的伙伴们都喊他杰格。他最近才过了十六岁生日，为此玛丽亚娜的丈夫给他买了辆摩托车。在玛丽亚娜看来，这是个天大的错误。如今德拉格每天晚上都跑出去，饭也不吃，作业也不做，只顾着和他那帮狐朋狗友在小路上飙车，练习漂移。天知道他们还会不会干别的什么事。她担心德拉格迟早会出事，落个残疾，或者更糟。

"你儿子还年轻，"他对玛丽亚娜说，"他在挑战自己。你阻止不了年轻人探索极限的冲动。他们想成为最快的，最强的。他们渴望被人欣赏。"

他没见过德拉格，很可能永远都不会见。但他喜欢看玛丽亚娜谈论儿子时的样子，喜欢她的透明。她端庄有礼，不屑于吹嘘自己的儿子，反倒经常抱怨他的无法无天、粗心大意、花天酒地，还说他迟早是个祸害。

"如果你想吓唬一下德拉格，"他半开玩笑地提议说，"哪天带他来见我吧，我让他看看我的腿。"

"雷蒙特先生，你觉得他会听吗？他会说这没什么，只不过是骑自行车的时候出了车祸罢了。"

"我也可以让他看看我的自行车成什么样了。"

他的自行车依旧放在楼下的储藏室里，后轮被轧了个对折，后轮叉与辐条纠缠在一起。那天在玛吉尔路上，它被丢在路边直到晚上，终究没人屑于偷它。后来警察把它送了回来，他们还挽救了那个绑在货架上的塑料箱，以及一部分他当天上午买回的东西：一罐鹰嘴豆，罐子被压扁了；四分之一千克的布里干酪，在太阳下融化又凝固。他把罐子留下来做纪念，以提醒自己谨记死亡。如今那罐子就放在厨房的架子上。他对玛丽亚娜说他会让德拉格看看那个罐子。试想假如那是你的头骨，他会这样对他说，然后语重心长地告诉他，替你妈妈想想吧，她为你提心吊胆的。她是个多好的女人啊。她希望你能健康快乐、长命百岁呢。或许他用不着说玛丽亚娜是个好女人。她儿子会不知道吗？什么时候用得着一个外人来告诉他？

第二天，玛丽亚娜带来了一张照片。德拉格站在他们提到过的摩托车旁，穿着紧身牛仔裤和靴子，胳膊下夹着一个安全头盔，上面装饰着闪电图案。对一个十六岁的少年来说，他长得十分高大魁梧，脸上带着迷人的微笑。用过去女孩子们的话说，他会成为万千少女心中的白马王子；正如他妈妈，当年也必定是无数男人的梦中情人。毫无疑问，将来会有许多少女为他心碎。

"你儿子有什么人生规划吗？"他问。

"他想上国防大学，将来想参加海军，那样就能拿到助学金了。"

"你女儿呢，你的大女儿？"

"哦，她太小，还不懂得规划呢。她现在什么都不想。"

这时她问了他一个问题。令他惊讶的是，她过了这么久才想起问这个问题。"雷蒙特先生，你没有孩子吗？"

"是啊，很遗憾，没有。我和我妻子没走到那一步。当时我们心里想着别的事，追求着别的理想。结果还没等我们反应过来，就已经离婚了。"

"那之后，你也从来没有发愁过？"

"正好相反，我是越来越愁，尤其是年纪大了以后。"

"那你妻子呢？她也不愁吗？"

"她再婚了，嫁给了一个同样离过婚的男人，那人有孩子。他们在一起又生了一个孩子，于是就构成了一个常见的复杂的现代家庭。在这个家庭里，大家都以名字相称，谁都不提姓氏。所以简而言之，我妻子，不，是前妻，对我们没有孩子这件事大概是无所谓的。我和她没什么联系，我们的婚姻很不幸。"

他们的交流始终保持在适度的范围之内，不带个人情感地谈论着个人话题。一个男人和一个女人的交谈，只不过这个女人恰好是这个男人的护理员、购物助手、清洁工和家政工。在这个人人平等、信仰自由的国度里，他们彼此之间的了解正在不断加深。玛丽亚娜是天主教徒，而他什么都不信。但在这个国家里，信奉天主教也好，不信教也罢，两者并没有高低之分。玛丽亚娜或许不赞成结婚再离婚这种事，也不赞成结了婚的人不要孩子，但她知道如何把反对的意见保留在心底。

"那以后谁照顾你呢？"

问得好奇怪，答案很明显嘛：你啊，你照顾我。未来这段日子都是你,或者其他我雇来照顾我的人。但也可以更宽厚地理解这个问题,比如:你要和谁共度余生呢?

"哦,我自己照顾自己,"他回答说,"我没指望自己能活到七老八十。"

"你在阿德莱德有家人吗?"

"在阿德莱德没有,但我在欧洲有亲戚,不过都很久没联系了。我没告诉过你吗?我是在法国出生的,很小的时候就被我妈妈和继父带到了澳大利亚。我和我姐姐,当时我六岁,我姐姐九岁。她已经过世了,得了癌症,所以死得早。总之,我是没有家人照顾的。"

他和玛丽亚娜的交流到此告一段落。但她提出的这个问题,却不停地在他脑海中回荡。以后谁照顾你呢?"照顾"这个词,他越是琢磨,它就越是变得神秘莫测。他记得小时候还在法国的卢尔德时,他们家里有条狗,得了犬瘟,躺在一个篮子里呜咽不止,奄奄一息。它的鼻口又热又干,四条腿不停地抽搐。"好吧,我来处理。"最后他爸爸说,随即提起篮子走出家门。五分钟后,林子里传出了沉闷的枪声。就这样,从那以后,他再也没见过那条狗。我来处理,我来搞定,该怎么办就交给我吧。用猎枪解决问题,这显然不会是玛丽亚娜心中所想。但在所有的解决方案中,它又特别容易脱颖而出。当他回答"我自己照顾自己"的时候,他究竟是什么意思呢?他会怎么照顾自己?这个照顾是否会延伸到穿上最好的衣服,就着热牛奶一次两片地吞下他私藏的安眠药,而后躺在床上,双手交叠放在胸前?

他有很多遗憾，他的人生充满了遗憾。这些遗憾每天夜里都像鸟儿归巢一般骚扰他，折磨他。而在所有的遗憾中，他最大的遗憾就是没有儿子，哪怕有个女儿也好啊。虽说女儿有女儿的好，但他真正想要的还是儿子。如果他和亨丽埃特能在他们依旧彼此相爱、彼此关心在乎的时候要个儿子，那现在这个儿子都该三十岁了，自己都已经是一个男人了。也许这不可想象，但越是不可想象的东西，我们才越要想象。他想象着他们父子俩一起去散步，边走边东拉西扯地聊着天。男人之间的闲谈，都是些无关紧要的事情。聊天的时候他不经意间发了一通感慨，那种只可意会不可言传的感慨。关于时光的流逝，血脉的延续。而他想象中的儿子顿时心领神会：他该接过父亲的担子，成为家族的继承者，履行他该尽的责任和义务。"嗯。"他的儿子——威廉，或罗伯特，或随便叫什么名字——会说。那意思是我接受，你已经完成了你的使命。你把我辛苦养大，现在轮到我了，以后我来照顾你。

想得到一个儿子倒也并非痴人说梦，即便他到了现在这个年龄。比如他可以找个孤儿（问题是怎么找），找个萌芽中的韦恩·布莱特，然后提出收养他，并期望对方也能接受他。但他心里清楚，就普茨太太所代表的社会福利体系而言，把一个孤儿交给一个残疾且独居的老人抚养的概率为零，甚至比零还小。或者，他也可以找个年轻女人（问题还是怎么找）和她结婚，让她怀孕，给他生个儿子。

可他想要的并不是一个婴儿。他想要儿子，一个真正的儿子和继承人，一个更年轻、更强壮，也更好的他自己。

　　他的下体。如果你想让我帮你清洗下体，希娜私下里曾对他说，你得说出来。可他的下体，他那疲倦的下体还有能力造出一个孩子吗？他还有没有可用的种子，有没有能把种子送到合适地方的动物激情？这从病历上可看不出来，但从他的病历倒似乎可以看出，他不是那种激情澎湃的人。深情款款、温柔体贴——这是玛格丽特·麦科德对他的评价。除了她，还有另外五六个女人，但不包括他的前妻。作为情人他很称职，虽然他不喜欢这个词，但它很恰当。他是那种适合在寒冷的夜晚相拥入眠的好男人；他是那种偶尔可以上床，但事后又不需要有任何顾虑的男性朋友。

　　总而言之，他不是那种充满激情的男人，他甚至不确定自己何时喜欢或欣赏过激情。激情，于他而言是个陌生的领域，一种滑稽但又无法避免的苦恼。就像流行性腮腺炎[1]，人总是希望能在小时候就得上一次，那样相对温和一些，痛苦也更小，却能获得终生免疫，不必担心长大之后会经历更严重的症状。

---

[1] 流行性腮腺炎是由腮腺炎病毒引起的，好发于儿童及青少年中常见的急性呼吸道传染病。俗称痄腮。

# 第8章

"要我帮你掸掸书上的灰尘吗？"

上午十一点，看来玛丽亚娜已经干完了所有的活儿。

"好啊，如果你想，可以用吸尘器，换个吸嘴就行。"

她摇摇头说："不，我得亲手把它们擦干净。你很爱惜你的书，不会容忍书上有尘土的。你是个收书家对吧？"

收书家，难道这就是克罗地亚人对他这号人的叫法？什么意思？收藏图书，使它们免于毁坏的人？守着一堆书却从来不读书的人？他书房里的书堆到了屋顶上，可大部分书他永远都不会再打开，不是因为它们不值得读，而是因为他的日子已经有限了。

"在我们这里这叫藏书家。其实也就从那儿到那儿三个书架上放着的是正儿八经的藏书，都是摄影方面的书籍。其他的就是些普通的书了。不，如果我也算个收藏家的话，那我收藏的也不是书，而是照片。我把它们都放在那些橱柜里了。你想看吗？"

他的两个老式杉木橱柜里保存着成百上千张照片和明信片，记录的是维多利亚州和新南威尔士州早期采矿营地的生活，还有一部分来自南澳大利亚州。因为这个领域比较小众，甚至没有形成特定的门类，所以他的收藏在全国乃至全世界都可能是最好的。

"我是从70年代开始收藏的，那时候第一代照片我还负担得起，我也有心去跑拍卖场，那都是些死人的遗产。如果换作现在我肯定不去，太让人沮丧了。"

为了让她开开眼，他把照片中最得意的藏品拿了出来。因为摄影师的到来，一些矿工穿上了只有星期天才穿的体面衣服，而其他人觉得干净的衬衣就已足够。只不过他们把袖子高高卷起，露出强壮的胳膊；还有人戴上了干净的领巾。面对镜头，他们展露出了最自信的神情，那在维多利亚时代的男人脸上再自然不过，可现如今这种表情仿佛已经绝迹了。

他摆出两张福舍里拍的照片。"你看这些，"他说，"这是安托万·福舍里的作品。可惜他英年早逝，否则很可能会成为一个伟大的摄影师。"在这两张照片旁边，他又摊开了几张有点淫秽的明信片：丽尔拉着袜带，露出修长诱人的大腿；弗洛拉衣不蔽体，半裸香肩，故作娇羞，笑靥如花。从矿里出来的汤姆和杰克们，腰里揣着钞票，周六的晚上便会去拜访这些姑娘，做一些你知我知但又不好描述的事情。

"原来你是干这个的呀，"展示完毕，玛丽亚娜说道，"挺好，挺好，保存历史是件好事。这样人们就不会以为澳大利亚是个只有灌木丛和成群移民——比如我，比如我们——而没有历史的国家了。"她摘下头巾，摇散头发，向后捋顺，冲他微微一笑说。

比如我们。这个"我们"是谁？玛丽亚娜和她丈夫约基察一家？还是玛丽亚娜和他？

"不只有灌木丛，玛丽亚娜。"他小心翼翼地说。

"那是当然，不只有灌木丛，还有澳洲土著。不过我说的是欧洲，欧洲人的说法。他们说这里有灌木丛，有库克船长，再有就是移民。然后他们就问，哪有历史啊？"

"你是说，城堡和大教堂在哪儿呢？难道移民没有他们的历史吗？你从地球上的一个地方跑到另一个地方，难道历史就没了吗？"

她没有理会他的驳斥，如果这算驳斥。"欧洲人说澳大利亚没有历史，是因为在澳大利亚所有人都是初来乍到的，即便你带着这样或那样的历史也没用。因为来到这里你就得从零开始。零历史，你懂吗？我们国家的人就是这么说的。在德国也是，整个欧洲都是。他们说，你为什么想去澳大利亚？其实和你去沙漠，去卡塔尔，去阿拉伯国家，去产油国是一样的，他们说你只是为了钱。所以，有人保存这些老照片是件好事，它们可以证明澳大利亚也有历史。这些照片应该很值钱吧？"

"嗯，是挺值钱的。"

"那将来归谁呢？我是说你之后。"

"你是说我死了以后，对吧？我死了以后，就把它们捐到州立图书馆去，都安排好了，就是阿德莱德的州立图书馆。"

"你不打算把它们卖掉吗?"

"不,不卖。这是一笔遗产。"

"它们会标上你的名字,对不对?"

"的确,他们会在这批收藏品前面冠以我的名字——'雷蒙特遗赠'。所以将来的孩子们也许会窃窃私议,'雷蒙特遗赠里的这个雷蒙特是谁呀?很出名吗?'"

"也许不光有名字,说不定还会配上照片呢,雷蒙特先生的照片。有照片比光有名字可强多啦,更真实直观。要不然保存照片还有什么意义呢?"

这点毫无疑问,她说得有道理。如果文字与形象有相同的力量,那我们还何必浪费精力保存形象呢?那些死去的矿工何必留下照片?把他们的名字打印出来贴在玻璃橱窗里不就好了吗?

"我会问问图书馆的人,"他说,"看他们对这个想法有什么意见。不过照片可不能用我现在这个样子的,老天保佑,得用我过去的。"

像清理书上的灰尘这种家务,过去的清洁女工都只是拿鸡毛掸子沿着书脊随便掸一掸便交差了,而玛丽亚娜却把它变成了一项大张旗鼓的卫生运动。她在桌子和橱柜上都铺了报纸,然后一次半个书架,把书搬到阳台上一本一本地掸掉灰尘,而腾空的书架又用抹布擦得一尘不染。

"有一点你得注意,"他不无紧张地提醒说,"放回去时,别把书的顺序搞乱了。"

她不屑地看了他一眼,他畏缩了。

这女人哪儿来的这么多精力？她在自己家里也是这样干活儿的吗？她丈夫怎么受得了啊？或者，她是不是只在他——她的澳大利亚雇主——面前才如此勤快，以此表明为了这个新的国家，她将不遗余力，鞠躬尽瘁？

就是在整理书架这一天，如果说之前他对玛丽亚娜只是有一点比好奇心强不了多少的兴趣，那么今天这种兴趣就变成了别的东西。在她身上，他开始发现一种如果说不是美，那么至少也是某种登峰造极的女性气质。她壮得像匹马。他心里想着，在她够上层书架的时候，他的两眼一直盯着她强健的小腿和曲线起伏的结实臀部。她壮得像匹母马。

过去几周他对玛丽亚娜那种朦胧的念头——里面包含着不得不退而求其次的无奈——如今开始沉淀。而这种沉淀的情绪叫什么？感觉上它不像欲望。如果非要用一个词语来表达，他会说是钦慕。钦慕中能催生出欲望吗？或者说这是两种截然不同的情感？和一个自己仅仅是钦慕的女人赤身裸体躺在一起，彼此呼吸可闻，那会是一种怎样的感觉？

不，不单单是一个女人，更是一个已婚的女人，这一点他可不能忘记。玛丽亚娜·约基察先生就活生生地住在离他不远的地方呢。这个约基察先生，或者潘·约基察，或者戈斯波丁·约基察，或者随便叫什么的约基察，倘若他发现自己老婆的雇主沉湎于和他老婆赤裸相见的白日春梦里，会不会勃然大怒，会不会燃起足以产生家族世仇，并衍生出无数悲壮史诗的狂暴的巴尔干怒火？这位约基察先生会不会拿把刀来找他算账？

他拿约基察开玩笑是因为他嫉妒他。真到了关键时刻，约基察身边有一个令人钦慕的女人，而他没有。约基察不仅拥有她，还拥有她的孩子，她生的孩子。柳比卡，那个名字本身就含有爱意的孩子；心不在焉但毫无疑问同样漂亮的大女儿，名字他想不起来了；还有一个开摩托车的小帅哥，他们家的大儿子。约基察拥有他们，而他拥有什么呢？一屋子书和家具。一堆照片，死人的影像。等他死后，这些东西会和别的微不足道的遗产一起躺在图书馆的地下室里积灰尘。以它们的价值，甚至没必要麻烦工作人员为它们编目。

在福舍里的作品中，有一张他认为最震撼人心的照片，他却并没有拿给玛丽亚娜看。照片中是一个女人和六个孩子，他们聚集在一间矮小的用泥土和板条建造的小屋门口。虽然看上去是一个女人和六个孩子，但孩子中间年龄最大的那个女孩儿，也许已经不是小孩子，而是第二个女人，或者说是男主人的第二个老婆。她的作用是顶替那个明显已经油尽灯枯，十有八九不再具备生育能力的女人。

所有人的脸上都挂着同样的表情：对于那个带着新奇的画像机器，且在片刻之前把脑袋钻进一块黑布下面的陌生人，他们并没有表现出敌意，反而露出惊恐之色，一个个仿佛僵在原地，就像一群即将进入屠宰场的牲口。在闪光灯下，他们皮肤和衣服上的污迹暴露无遗。年龄最小的那个孩子正往嘴里塞着什么东西，可能是果酱，但看着更像泥巴。他无法想象，在当年照一次相曝光时间要那么长的条件下，这样的照片是如何拍出来的。

不只有灌木丛，他想告诉玛丽亚娜。也不只有澳洲土著，不是零历史。看啊，那就是我们的起源：寒冷潮湿、烟熏火燎的破旧小屋，睁着无助的黑色眼睛的女人，贫穷，饥肠辘辘，无尽的劳作。一个自有其故事的民族，一段过往：我们的故事，我们的过往。

但这些都是真的吗？照片中的那个女人会接受他———个来自法国比利牛斯山区卢尔德市、有个会用钢琴弹奏福雷[1]名曲的妈妈的小子——成为他们部落的一员吗？他想宣称属于自己的那些历史——曾经只是英国人和爱尔兰人的事情——会把外国人都排除在外吗？

尽管玛丽亚娜的存在令人振奋，他似乎又到了某种负面情绪的边缘。阴郁的自艾自怜变成万念俱灰的颓废沮丧。他倾向于认为这些杂念来自别的地方，就像偶尔从天空飘过的乌云。他不愿承认这是他自己的原因，那些糟糕的情绪来自他的内心深处，是他的一部分。

命运给了你一只手，你就要好好利用这只手。不要牢骚满腹，怨天尤人。过去他一直认为，这就是他的人生哲学。可现在他为何动不动就一头扎进黑暗里呢？他的自制力哪儿去了？

答案是他在走下坡路。他再也不可能变回从前的自己，再也不可能具有从前的恢复力。不管曾经负责机体修复的是身体的哪个部分，在经历了两次严重的伤害之后——一次在路上，一次在

---

[1] 加布里埃尔·福雷（1845—1924）：法国著名作曲家和管风琴演奏家，代表作品有《安魂曲》《夜曲》等。

手术室——它已经疲惫不堪，无法胜任这个工作了。而团队的其他成员：心脏、肺、肌肉、大脑，情况也大同小异。它们竭尽所能地坚守岗位，可现在它们想休息了。

他忽然想起自己曾经有一本书的封面，那是普及本的《柏拉图传》。封面上画的是一辆由两匹骏马拉着的双轮战车。黑色的骏马双眼炯炯有神，鼻孔膨胀，那代表人的基本欲望；白色骏马泰然自若，代表不容易识别的更高尚的激情。后面有个年轻人站在双轮战车上，手握缰绳，半裸上身，希腊式鼻子，额头上系着一根带子。他代表的很可能是本我，也就是我们常说的自我。然而在他的书里，他自己的书，他的人生之书，将来要写的话，封面肯定比《柏拉图传》的还要无聊乏味。他，这个被叫作保罗·雷蒙特的人，会坐在一辆由一群气喘吁吁，有些甚至连站都站不稳的老马拉着的四轮马车上。六十年来，每天早上醒来就是一边嚼着麦片粥，一边拉屎撒尿，然后戴上挽具开始一天的劳作。保罗·雷蒙特的团队已经不堪重负。是时候休息了，它们会说，是时候到牧场上歇会儿了。如果休息的请求遭到拒绝，没关系，它们只管就地一躺，就算鞭子在头顶挥舞得噼啪作响，它们也毫不在乎了。

他的心病了，头脑病了，病入骨髓，而且，如果承认实情的话，是深深地厌弃自己，早在上帝借韦恩·布莱特的天使之手惩罚他之前，就是如此。他永远不会缩小那次车祸。那是一场灾难。它压缩了他的世界，把他变成了囚犯。但死里逃生的经历本该警醒他，打开他的心灵之窗，使他重新认识到生命的宝贵。可这一切都没有发生。他依旧困在从前的自我之中,只是更加彷徨,更加苦闷,这些足以迫使他转而从那杯中物中寻求慰藉。

下午一点了,玛丽亚娜尚未完成给书除尘的工作。一向很乖的柳巴——如果依旧允许把孩子分为乖与不乖两类——开始抱怨起来。

"先别打扫了,明天再接着干吧。"他对玛丽亚娜说。

"我这儿扎眼就好了,"她回答道,"要不你给她弄点吃的吧。"

"不是扎眼,是眨眼。"

她没有吭声。有时候,他觉得玛丽亚娜根本就懒得听他说话。

他确实该给柳巴弄点吃的,可让她吃什么呢?除了爆米花、曲奇饼干和糖霜麦片,小孩子还喜欢吃什么呢?这些东西他的食品柜里一样都没有。

他试着往一杯酸奶里加了勺李子酱,搅匀之后给了柳巴。她接住了,看起来还挺喜欢。

她坐在厨房餐桌前,他则靠在助行架上。"你妈妈是我的好帮手,"他说,"我都不知道要是没有她我该怎么办。"

"你真的安了一条假腿吗?"她漫不经心地说出那个挺长的词,好像她经常用似的。

"没有,还是原来的腿,只不过短了点。"

"那你卧室的柜子里呢?你在柜子里藏了一条假腿吗?"

"恐怕没有,我的柜子里可没有那种东西。"

"你的腿里面有螺丝吗?"

"螺丝?不,没有螺丝。我的腿是真腿,和你的腿还有你妈妈的腿一样,里面是骨头。"

"不是应该有个螺丝来拧你的假腿吗?"

"据我所知没有,因为我没有假腿。你怎么这么问啊?"

"因为……"可她的话到此为止,再也不说了。

腿里装螺丝。也许玛丽亚娜曾经护理过一个腿里装螺丝的人。螺丝、螺栓、钉子、销子、支架,用金子或钛合金制成——那样的再造腿他可无福消受。因为他年纪太大了,不值得麻烦,也不值得花那个钱。或许这才是最合理的解释。

他记得小时候曾经听过一个故事,说一个女人不小心把一根缝衣针扎进了手心,而由于没有在意,这根缝衣针就沿着她的血管慢慢移动。终于有一天,针刺入了她的心脏,要了她的命。大人讲这个故事的目的是提醒他在接触缝衣针之类的尖锐物品时要小心谨慎,可现在回想起来,感觉它更像是个童话故事。钢铁与生命真的是相斥的吗?缝衣针真的能进入血管吗?故事里的女人怎么会察觉不到一枚钢针沿着胳膊向上游移呢?还能任由它绕过腋窝,直扑那怦怦跳动着的无助的心脏?他要不要把这个故事也讲给柳巴听,好把这神奇的智慧——管它是什么呢——传递下去?

"不,"他重复说,"我身上没有螺丝,有螺丝的话我就成机械人了。可我不是机械人。"

既然不是机械腿,那柳巴就不再对他感兴趣了。她咂了咂嘴，喝完了酸奶，并用套衫的袖子擦了擦嘴。他拿张纸巾要帮她，而她没有拒绝。擦过嘴，他顺便把她的袖子也擦干净了。

这是他第一次接触小孩子。一开始柳巴的手腕在他手中一动不动：完美无瑕。没有别的词汇可以形容。他们从子宫里出来时，一切都是崭新的，都按照完美的顺序。即便天生残疾的孩子，四肢不全或大脑不正常，他们的每一个细胞也都犹如创造日那天一样新鲜，一样干净。每一个新生都是奇迹。

# 第9章

玛格丽特又来看他了,这一次没有事先通知。那是个星期天,他一个人在公寓。他给她泡茶,她不喝。她在屋里转了一圈,悄无声息地来到他身后,轻轻抚摸他的头发。他在座位上一动不动,像块石头。

"保罗,就这样结束了吗?"她问。

"什么结束了?"

"你明白我的意思。你已经决定让你的性生活就此结束了吗?坦白告诉我,好让我以后干什么都有点分寸。"

玛格丽特,一个不喜欢拐弯抹角的女人。他一直挺喜欢她这一点。可他该如何回答呢?对,我的性生活已经到头了,从今往后把我当成太监好了。他怎么可能这样说呢?毕竟事实并非如此。可万一是真的呢?万一那喷着鼻息的黑色骏马已经放弃了情欲这个躁动的幽灵呢?作为男人他已是英雄迟暮。真让人失望啊，可这又何尝不是一种解脱？

"玛格丽特，"他说，"给我点时间。"

"你的家政工怎么样？"玛格丽特总能找到他的软肋，"你跟她合得来吗？"

"我们挺好的，谢谢你。要不是她，我每天早上可能都懒得起床。要不是她，我的最终结局很可能会像报上登的那样，等邻居闻到臭味儿才知道我死了，然后报警让警察破门而入给我收尸。"

"别这么夸张，保罗，谁会因为截了一条腿就死啊。"

"确实没有，可有人会因为对未来漠不关心而死。"

"所以说，你的家政工挽救了你。挺好的，你该给她发个大勋章，还得给她涨工钱。我什么时候能见见她？"

"玛格丽特，你别多心。这只不过是你问什么我就如实回答什么而已。"

可玛格丽特确实多心了。"我该走了，"她说，"你不用起来了，我自己出去。什么时候你想回到正常社会了，给我打电话。"

他如约去见了理疗师。会谈中，理疗师警告说他残肢的大腿肌肉有收缩的倾向，那会把他的臀部和骨盆向后拉。他靠在助行架上，腾出一只手摸了摸自己的后腰。他能感觉到开始出现的突起吗？已经够丑的残肢，难道还有更丑的空间？

如果他肯屈服，接受假肢，那么他兴许会有更充足的理由锻炼残肢。如今这残肢对他而言可谓一无是处，他只能像拖着个累赘一样拖着它到处走。难怪它要收缩，大概它也不好意思。

但如果自己原装的腿都能出现排斥反应，那用粉色塑料倒模做出来的腿，就更是可想而知了。何况那假肢顶部有铰链，下端有鞋子，每天早起要装上，夜里睡觉时还得连鞋带腿全部卸下。光是想一想就令人不寒而栗。他可不愿过那种日子。拐杖挺好的，至少拐杖诚实。

不过，他仍答应每周去一次诺伍德的乔治街。那里有个名叫玛德琳·马丁的女人开了一个康复班，他们有专车接送。这个班上有五六个和他一样也是截了肢的病友，他们全都六十多岁。他不是唯一没装假肢的人，但他是唯一拒绝装假肢的。

玛德琳无法理解他为什么会有她所谓的"他的态度"。"装假肢的人其实很多，"她说，"可在大街上你根本看不出谁装了假肢，因为他们的走路姿势，看上去已经和正常人一样自然。"

"我不要看上去自然，"他说，"我要感觉上自然。"

她摇摇头，仿佛不敢相信有人会这样想。随后她无奈地微笑着说："这是你人生的崭新篇章。旧的篇章已经谢幕了，你得和它说再见，然后接受新的这一个。现在你要做的就是接受。只有等你接受了，原本你以为关上的那些门才会全部打开。你等着瞧吧。"

他没有吭声。

他是真的想要那种自然的感觉吗？在玛吉尔路上出车祸之前，他感觉到过自然吗？他不知道。但也许这就是感觉自然的意义：不知道。米洛斯的维纳斯感觉自然吗？尽管没有双臂，但米洛斯的维纳斯却被视为女性之美的典范。据说她原本是有双臂的，但后来双臂折断了，这种肢体上的残缺，使她的美更加深刻与震撼。可如果明天一早人们发现维纳斯的原型是个被截肢者，那恐怕她很快会被移到地下室去的。为什么？为什么一个女人的残缺形象能得到人们的赞美，而一个残缺女人的形象——无论残缺处缝合得多么精美——却得不到？

他渴望再次骑上自行车在玛吉尔路上飞驰，感受清风拂面的惬意。他渴望已经谢幕的旧篇章能够重新开幕。为此他愿意付出任何代价，除了他的腿。他真希望韦恩·布莱特从来没有出生过，仅此而已。说出来很容易，但这些念头他一直压在心底。

玛德琳在康复班上说，肢体是有记忆的，而她说得没错。拄着拐杖走路时，他残缺的右腿依然会摆出从前走路时的正常弧度。夜里睡觉时，冰凉的左脚依然会寻找它已经不存在的兄弟。

玛德琳对他们说，帮助他们保持身体平衡，指挥他们走路和奔跑的旧的记忆系统已经过时，而她的工作就是帮助他们重组系统。"当然，我们对旧系统必定依依不舍，"她说，"这是人之常情。可当它们阻碍了我们的发展，影响了我们的生活时，我们也没必要一味地抱残守缺嘛。你们能听懂吗？肯定懂了。"

和他最近遇到的保健医生一样，玛德琳对待他们这些被送到她那里的老人就像对待小孩子一样，好像他们不怎么聪明，有点迟钝、孤僻，特别需要鼓励。玛德琳自己不到六十，也可能不到五十，甚至不到四十五。她跑起来活像只小羚羊。

为了达到重组身体记忆系统的目的，玛德琳采用的是跳舞的方式。她让大家看花样滑冰的视频。舞者身穿红色或金色的紧身衣在冰上转着圈滑来滑去。先是左脚，接着是右脚，背景音乐是德利布[1]的曲子。"仔细听，跟上它的旋律，"玛德琳说，"让音乐贯穿你的身体，让它在你的身体里舞蹈。"周围，已经装了假肢的病友竭力模仿着舞者的动作。但他做不了那些动作——他不会滑冰，不会跳舞，不会走路，没人帮忙的话甚至连站直身体都困难——于是他索性闭上眼睛，双手紧紧扶着栏杆，随着音乐轻轻摇摆。在某个理想的世界中，他正拉着一位漂亮女教练的手，在冰上翩翩起舞。催眠，不过如此，他心里说，真够奇怪的，也真够老套的！

他的个人计划（他们每个人都有自己的个人计划）包含大量的平衡训练。"我们必须得用自己新的身体从头学习平衡技能。"玛德琳解释说。新的身体，这就是她的说法，不是我们残缺的旧身体。

另外还有一种训练方式在医院里叫水疗，而玛德琳管它叫水操。在里间一个狭窄的泳池里，他抓着栏杆在水中缓缓行走。"腿伸直，"玛德琳说，"两条腿都伸直，像剪刀那样，剪，剪，剪。"

若在过去，他对玛德琳·马丁这类人很可能会持怀疑态度。可今时不同往日了，眼下他除了相信玛德琳·马丁之外，别无选

---

[1] 莱奥·德利布（1836—1891）：法国作曲家，代表作品有《葛佩莉亚》和《希尔薇娅》等。

择。所以在家他也坚持自己的训练计划，有时自己单独做，有时会当着玛丽亚娜的面，即便是随着音乐摇摆的部分。

"挺好的，挺好的，这对你有好处，"玛丽亚娜点着头说，"能帮你找回节奏感。"可她毫不掩饰言语之间那种职业的嘲笑。

好？他很想对她说，真的吗？我不确定这对我是不是真的有好处。所有这些训练项目，从开始到结束，如果它们让我感到了羞耻，那对我还能有什么好处呢？但他没有明说。他忍住了。他已经进入了羞耻的领地，这是他的新家。他永远都不会再离开，所以最好闭嘴，最好接受。

玛丽亚娜把他的裤子全都找出来带走了。两天后她把裤子又送回来时，裤子的右腿已经全都改过，裤腿折了起来，缝得规规矩矩。"我没有把裤腿截掉，"她说，"以免将来你改主意又打算装那个假肢。有备无患吧。"

假肢。她说这个词时的感觉像个德国人，每一个音节都咬得死死的。

手术创口一直也没给他带来什么麻烦，他以为愈合得很好，可最近却突然开始痒了。玛丽亚娜给他扑上抗菌粉，用干净的绷带包住，但瘙痒并没有止住，尤其是夜里痒得更厉害了。他不得不一直醒着，免得睡着之后会无意识地抓挠。创口处就像一颗在黑暗中闪闪发亮的宝石。他既是它的守护者，也是它的犯人，只能老老实实、寸步不离地守在它身边。

后来痒的感觉减轻了许多，但玛丽亚娜依然坚持给他清洗、扑粉，悉心照料。

"雷蒙特先生，您是不是以为您的腿又开始长了？"有一天，她突然这样问道。

"没有啊，我从来没这么想过。"

"也许有时候会这么想吧。就像小孩子，他们以为切掉的东西还能长出来。知道我的意思吗？可您不是小孩子，雷蒙特先生，所以您为什么不想装假肢呢？难道您像女孩子一样害羞吗？可能您觉得走在街上别人会看，还会指指点点。快看那个雷蒙特先生，他只剩一条腿！可实际上并不会这样，不会的，没人会看你。就算你装着假肢，也不会有人看你。没人会知道，也没人在乎。"

"我会考虑的，"他说，"时间还多着呢，不着急。"

做了六个星期的水操，又是摇摆又是所谓的重组，他对玛德琳·马丁失去了信心。康复班的课结束后他打电话到她的工作室，在她的应答机上留了言。他还打电话给专车司机，告诉对方不必再来接他。他甚至还想过给普茨太太打个电话。可打过去说什么呢？这六周以来，他是相信玛德琳和她的康复疗法的，也相信她重组记忆系统那一套。可现在他不再相信她了。就这样吧，他已经死心。如果说他心里还有那么一点点信任，也已经转给了玛丽亚娜·约基察，她没有工作室，没有治愈的承诺，只有无微不至的照料。

坐在床沿，玛丽亚娜的左手按在他的腹股沟处。她看着他，点点头。他将残肢抬起，放下，旋转。抬起的时候，她会以最小的介入程度帮他一把。她为他按摩酸痛的肌肉，给他翻身，帮他按摩腰部。

她的手法让他打消了心中的顾虑：虽然身体日渐羸弱松弛，但玛丽亚娜对这副躯壳并未产生厌恶之情。而且如果可以，如果他也不反对，她随时都愿意把自己的健康能量通过指尖输送给他。

这并不是治疗，也和爱无关，说不定只是传统的护理操作，可这已经足够。管它是什么，他很满足。

"谢谢你！"玛丽亚娜忙完后，他动情地说。后者奇怪地看了他一眼。

"这没什么。"她说。


一天晚上，玛丽亚娜离开后，他打电话叫了辆出租车，然后一个人小心翼翼地开始下楼梯。他牢牢抓着扶手，因为害怕拐杖会打滑，紧张得出了一身大汗。出租车到的时候，他已经来到了街边。

在公共图书馆——谢天谢地，他不用上楼——他找到了两本和克罗地亚有关的书。一本是伊利里亚和达尔马提亚海岸的旅行指南，一本是萨格勒布及当地教堂的宣传手册。另外他还找到了几本介绍南斯拉夫联邦以及近期巴尔干战争的书籍。他本想找些描述克罗地亚及其国民性的书，却一本都没有找到。

最后他借了一本《巴尔干各民族》。当出租车回来时，他已经做好准备，等着了。

书的全名叫《巴尔干各民族：东西部的差异》。难道约基察一家在他们的国家时就是这种感觉吗？夹在信奉东正教的东部与信奉天主教的西部之间？若果真如此，那他们在澳大利亚又是什么感觉？这里的东西部有着全新的意义。书中插了几幅黑白照片，其中一幅是两个裹着头巾的农村女孩儿。她们牵着一头驮着木柴的毛驴走在遍地石头的山路上。年龄略小的女孩儿面对镜头羞涩地微笑着，露出缺损的龅牙。《巴尔干各民族》出版于1962年，那时玛丽亚娜还没出生呢。至于书中这张照片拍摄于何年何月更是不得而知。照片中的两个女孩儿现在恐怕都当奶奶了，也可能早已不在人世，还有那头驴也一样。难道玛丽亚娜就出生在这样一个充满了驴子、山羊、鸡以及清晨结着冰的水桶的古老世界里？或者她是劳动者天堂里的孩子？

约基察一家当年离开祖国，十有八九也会带些照片，它们有关于洗礼、坚信礼、婚礼和家族聚会。遗憾的是他没有机会亲见。他对照片的信赖一向高于言辞，不是因为照片不会撒谎，而是因为它们一旦离开暗室，就固定了下来，再也不会改变。然而有些故事——比如缝衣针进入血管的故事以及他和韦恩·布莱特在玛吉尔路相遇的故事——似乎一直都在变化中。

照相机，因其具有吸收光线并将其变成实体物质的魔力，在他眼中从来都不仅仅是一个机械装置，而更像一种超自然的东西。他第一份真正的工作是洗印工。他最大的乐趣只存在于暗房之中。当模糊的形象在液体下渐渐显现，当相纸上的黑暗纹理慢慢交织并变得清晰可见，他有时会抑制不住狂喜的颤抖，就像他刚刚见证了上帝创世的过程。

所以后来他对摄影渐渐失去了兴趣：首先是彩色胶卷的兴起全面替代了黑白胶卷，而当彩色胶卷也变得平平无奇时，感光乳剂的魅力也渐渐黯淡下去。对于崛起的新一代来说，影像的真正魅力是它可以没有实体，却能在转瞬之间传遍全世界。而且人们还能利用一种机器对它们进行修改，这样的照片便失去了真实性。于是他放弃了用摄影记录世界，转而把精力放在了收藏上。

这是不是说他天生偏爱黑色、白色、灰色，而对新的东西缺少兴趣？色彩与开放性，这是不是就是女人们，尤其是他的妻子，最想在他身上看到的东西？

他对玛丽亚娜说，他收藏老照片完全是出于对那些被拍摄对象的尊重。比如那些坦然将自己置于一个陌生人镜头之下的男人、女人和孩子。但这并非全部，他收藏老照片还出于对那些照片和印刷品本身的尊重，因为它们大多数是独一无二的孤品。他为它们提供了一个理想的归宿，并竭力保证在他活着时和死了以后，它们都不会遭到遗弃。说不定某个尚未出世的陌生人，将来也会从故纸堆里找出一张他的照片，一张雷蒙特遗赠中不复存在的雷蒙特的照片，收藏起来。

至于约基察一家的政治倾向，他们对巴尔干是忠诚还是有敌意，他从未问过玛丽亚娜，也没有问的意思。大多数移民对祖国的感情是很复杂的。娶了他母亲并把她和她的孩子们从卢尔德带到巴拉腊特的那个荷兰人，客厅里就有一张带框的威廉明娜女王[1]的照片,和圣母马利亚的石膏雕像并排摆在一起。女王生日当天,他会在照片前点起一根蜡烛,好像她是个圣人似的。背信弃义的欧洲,过去他经常如此说。女王的照片上写着荷兰语座右铭:Trouw。意思是信仰、忠诚。夜里,他经常趴在短波收音机旁,竭力在"噼噼啪啪"的嘈杂声中捕捉希尔弗瑟姆[2]广播电台的只言片语。而与此同时,他又迫切地希望自己新近忠于的这个国家能不辜负他很久以前就对它产生的期待。面对心存疑虑的妻子和两个并不快乐的孩子(继子和继女),澳大利亚必须得是个遍地机会的阳光之地才好。如果本地人不够友善,不喜欢和他们交流,或者嘲笑他们结巴的英语,没关系,时间和努力工作会渐渐打消人们的敌意。最后一次见他时,他已经九十岁。那时他苍白得像蘑菇,在摇摇欲坠的暖房里,在成堆的盆栽植物中间,他只能拖着脚走小碎步,可他依旧保持着这种信念。约基察家这两口子肯定也有着与那个荷兰人类似的信仰。然而他们的孩子,德拉格、柳巴和另外一个,对澳大利亚却会形成他们自己的看法,且更清晰,更独特。

---

1 威廉明娜女王(1880—1962):荷兰女王,1890年即位,1898年正式登基,统治荷兰长达50多年。曾著有回忆录《寂寞但不孤单》。
2 希尔弗瑟姆:荷兰西部城市,铁路中心。

# 第10章

一天早上,玛丽亚娜带了一个高个子的年轻人过来。那是照片上的孩子,错不了的,他是德拉格。

"我儿子来看看你的自行车,"玛丽亚娜说,"说不定他能修好。"

"好啊,当然可以。"(可他扪心自问,自己什么时候向她透露过想要修好自行车的念头啊?)"你好,德拉格,很高兴认识你。谢谢你能跑一趟。"他从抽屉里的一堆钥匙中找出仓库的钥匙,交给这个小伙子。"你看着办吧。我觉得那自行车已经没救了。车架变形,大梁十有八九也裂了。不过你尽管去瞧瞧吧。"

"好嘞。"小伙子说。

"我带他来是想让你们聊聊,"剩他们两个人时,玛丽亚娜说,"就像你之前说的那样。"

之前说的那样?他说过什么?教育一下德拉格,别把交通安全不当回事？

玛丽亚娜是一点一点说服她的儿子放弃早上出去飙车的计划的。她说雷蒙特先生有辆自行车，想修理一下回头卖掉，可因为腿脚不方便，手也笨，他自己修不了。

德拉格看过自行车，回来说了自己的想法。车梁架有没有裂缝，他无法贸然下结论。但他有一哥们儿在修理厂上班，也许可以让他把车架复原，再重新喷漆。但即便如此，还是有很多需要更换的零件，比如车轮、车轴、辐条、刹车、变速器等。总共算下来，雷蒙特先生完全可以买一辆车况良好的二手自行车了。

这是一个非常明智的建议，换作车主本人也会这么说。

"不过，还是得谢谢你去看了一眼，"他说，"你妈妈跟我说你是个摩托车迷？"

"嗯，我爸爸给我买了辆雅马哈250CC。"

"挺好。"他瞥了一眼玛丽亚娜，那小伙子看在眼中，却不动声色。她还想让他说些什么呢？

"我妈说你出了一次严重的车祸。"小伙子说。

"是啊，在医院里住了很多天呢。"

"怎么回事啊？"

"拐弯的时候被汽车撞了。司机说他没看见我，说我没有打信号，还说他被太阳晃了眼。"

"真够倒霉的。"

沉默。小伙子正从他的事故中吸取教训吗？玛丽亚娜这下满意了吧？他表示怀疑。她想让他多说点——警告她儿子骑自行车有多危险，由此及彼，骑摩托也是一件危险的事，只会给他带来伤痛和残疾的屈辱。但这个年轻人给他的感觉是不喜欢啰唆，所以苦口婆心的说教对他应该无效。实际上，如果非要让德拉格在玛吉尔路事故的当事双方中找一个共鸣的对象，这个对象恐怕多半会是韦恩·布莱特，那个超速行驶的年轻司机。而不会是保罗·雷蒙特，这个三心二意骑着自行车的老头儿。

玛丽亚娜到底希望他给她儿子带去什么样的改变呢？难道她真的希望每天晚上当其他年轻人都在外面尽情玩乐时，她这个阳光帅气、身体健康的儿子却宅在家里啃书本？难道她希望他把那台拉风的雅马哈放进车库，每天去搭公交车？德拉格·约基察，从民间史诗中取的名字。

他清了下嗓子说："德拉格，你妈妈希望我能私下里和你谈谈。"

玛丽亚娜离开房间后，他扭头面对德拉格说："你听我说一句，我对你而言什么都不是。我只是你妈妈照顾的一个残疾人，我很感激她的照顾。但她请求我和你谈谈，我答应了。我想告诉你的是，如果我有能力让时光倒流到出车祸之前，我一定会毫不犹豫地去做。你可能连正眼都不会看我一眼，但我以前过的是一种积极向上的生活。如今我连逛商店都成问题，最不起眼的事情我也要靠别人帮忙。而造成这一切的那件事，却只发生在电光石火的一瞬间。这种事可能发生在任何一个人身上，包括你。孩子，别拿自己的生命去冒险，那不值得。你妈妈希望你玩摩托的时候能注意安全，我觉得你该听她的。我想说的就这么多。你妈妈是个心地善良的人，她很爱你。你明白吗？"

如果事先有人请他预测，他估计会说，年轻的德拉格听着他的唠叨，如坐针毡。他低头抠弄着指甲，心里祈祷着面前这个老家伙能快点把话说完，同时也不由得埋怨起他的妈妈，恨她不该带他来这里。可事实并非如此。在他说话期间，德拉格一直坦率地看着他，漂亮的嘴唇似笑非笑。"OK."他最后说，"收到，我会小心的。"随后他顿了顿，"你喜欢我妈妈，对不对？"

他点点头。他可以多说几句，但此时此刻，一个点头就已足够。

"她也喜欢你。"

她也喜欢他。他的心脏毫无道理地膨胀起来，我不仅喜欢她，我还爱她！这才是他想脱口而出却又拼命忍住的话。"我想多少帮点忙，仅此而已。"他说，"所以我才和你说这些。不是因为我觉得自己能通过谈话挽救你，不过这种事——"他轻轻拍了拍自己残废的那条腿，自嘲似的说，"谁都可能碰上。你无法预料，也无法预防。但我这么做能帮到你妈妈，起码我会让她知道，你已经知道她爱你，且希望你平安无忧。你看，为了让你知道她的心意，她不惜拜托一个陌生人来传话啊。你能明白她的良苦用心吗？"

俗话说听话听音，虽然他的话稍显啰唆，但是他的意图再清楚不过了。他说话的时候便已察觉，眼前这个年轻人并没有把他的话当成左耳进右耳出的耳旁风。德拉格盯着他的嘴唇，把无用的信息全部过滤，耳朵只听他的弦外之音。他对德拉格越来越尊重，其增长呈跨越式。这孩子绝非等闲之辈，怕是连神灵都要羡慕。难怪他妈妈如此担惊受怕。她怕的是万一哪天一大早起来接到一通电话："您好，是约基察太太吗？您是不是有个儿子叫德拉格？我这里是古梅拉沙医院。"这种担心像一根针或一把刀刺在她的心里。他是她的大儿子啊。

见玛丽亚娜回来，德拉格起身说道："我该走了，再见，妈妈。"人高马大的儿子微微弯下腰，在妈妈额头上亲了下。"再见，雷蒙特先生。很遗憾自行车没办法修了。"说完他便走了。

"他是网球高手，"玛丽亚娜说，"还是游泳健将。他干什么都出类拔萃的，脑子非常聪明。"她苦笑一下说。

"亲爱的玛丽亚娜啊，"他说，此刻他万分激动，他心里想，人在激动的时候说出一些亲昵的话，别人是不会计较的，"我相信他不会有事的，他一定能平平安安、快快乐乐地活下去，将来说不定能当个海军上将，如果这是他的志向。"

"您这么觉得吗？"苦笑尚未从嘴角消失，但此刻已经变成单纯的喜悦。尽管他是个瘸子，两只手也没什么大用处，可她相信他有预测未来的魔力，"那就好。"

# 第11章

玛丽亚娜的微笑一直在他脑海中徘徊,正是这微笑给他带来了他渴望已久,同时也是他长期以来最需要的改变。突然之间,他所有的烦闷愁苦都烟消云散了。他是玛丽亚娜的雇主,是她的老板,是花钱让她代为完成某些心愿的人。然而每天在玛丽亚娜到来之前,他仍然会在公寓里忙忙碌碌,尽量把屋里收拾得整洁规矩。他甚至还订了鲜花,增添些情趣,改善一下家里的单调氛围。

这种情况实属可笑。他到底想从这个女人身上得到什么?当然,他想看她微笑,对他微笑。他想在她心里赢得一个位置,不管这位置多么微不足道。他想做她的情人吗?没错,从某种意义上说,他这个愿望很热切。他想爱她,宠她;还有她的孩子——德拉格、柳巴和另外一个他尚未见过的。至于她丈夫,他对那个男人没有一丁点恶意,这点他可以发誓。他希望玛丽亚娜的丈夫能够万事如意、福星高照。不过，假如能做那几个出色而漂亮的孩子的父亲，能做玛丽亚娜的丈夫，哪怕与人共有这些孩子，共有玛丽亚娜，甚至哪怕只是柏拉图式的精神上的拥有，他也愿意付出任何代价。他想照顾他们，他们一家，保护他们，拯救他们。

拯救他们干什么？他暂时还说不上来。但他最想拯救的是德拉格。在德拉格与嫉妒的神灵放出的闪电之间，他决定敞开胸膛，挺身而出。

他就像一个从未生过孩子的女人，已经过了生育的年龄却突然心血来潮地想做一回母亲，急切到愿意铤而走险去偷别人的孩子——现在的他已经疯狂到了这种地步。

# 第12章

"德拉格最近怎么样?"他问玛丽亚娜,且装作漫不经心的样子。

她沮丧地耸耸肩说:"这个周末他要和朋友一起去通卡鲁鲁海滩。你们是叫它通卡鲁鲁吧?"

"通卡里拉。"

"他们要骑车去。全是野小子,没一个让人省心的。我很害怕,他们就像黑社会帮派。女孩子也是,你都不敢相信他们还这么年轻就……我很高兴上周您和他谈过。"

"没什么,只不过像父子那样交流了一下。"

"唉,他缺的就是父子间的交流。你说得没错,那是他的问题。"

这还是她第一次抱怨她那不称职的丈夫。他想多听些,可她没有顺着那个话题说下去。

"男孩子在这个国家想一帆风顺地长大可不容易，"他小心翼翼地说，"现在的风气是以阳刚为美，人们崇尚男子气概。所以男孩子压力很大，他们要做许多能够彰显男子气概的事情。他们天不怕地不怕，到处冒险。你老家那边应该不是这样吧？"

老家那边。他自己听了都觉得尴尬，这话里话外都充满了居高临下的味道。约基察故乡的男孩子和这里的男孩子能有多大不同呢？他又知道多少东南欧国家对男子气概的定义？他等待着玛丽亚娜的纠正，可她的心在别的地方。

"雷蒙特先生，您觉得寄宿学校怎么样？"

"我觉得怎么样？我觉得寄宿学校可能会很贵。你要是觉得把年轻人送进寄宿学校日夜被人看着就能保证他们平安无事，那你就错了，大错特错。但不可否认，在寄宿学校能获得很好的教育，尤其在办学质量较高的寄宿学校。你打算把德拉格送进寄宿学校吗？你查过这类学校的费用没有？你最好先查一下。他们要的学费很贵的，有些贵得离谱，简直是天文数字。"

他的言外之意是：对于一个爸爸靠组装汽车，妈妈靠护理老年人挣钱的家庭，他们的孩子是上不起那样的学校的。

"但如果你心意已决，"他接着说道，说话的同时他已经感觉到自己的草率，可他管不住自己的嘴，也不想管，"如果德拉格自己也想去，钱的问题我可以帮忙，就当是借给你们的。"

随后是片刻的沉默。看来就这样了，他想，说出去的话，泼出去的水。

"我们在想，也许他能拿到奖学金，凭借他的网球和其他特长。"玛丽亚娜说。可能她没完全明白他的话，更没有听懂他的言外之意。

"是，奖学金当然可行，你可以调查一下。"

"或者，我们可以借钱。"她好像刚刚听到了他的话的余音，所以才皱着眉头说，"你会借钱给我们吗？雷蒙特先生？"

"我可以借钱给你们，不收利息。你们可以等德拉格开始挣钱之后再还。"

"为什么？"

"这是对他未来的投资，也是对我们所有人未来的投资。"

她连连摇头。"为什么？"她再次问道，"我不明白。"

这天她也带了柳巴。小姑娘穿着红色背心裙，脚上的长筒袜一边是红色的，一边是紫色的，两条腿平伸在沙发上，两只胳膊百无聊赖地垂在身体两侧。如果她那双乌溜溜的大眼睛没有四处乱转，说不定会被人当成一个布娃娃。

"你肯定明白，玛丽亚娜。"他小声说。这会儿他口干舌燥，心脏怦怦直跳，仿佛一下子回到了情窦初开的十六岁，"女人都明白。"

她还是摇摇头，看上去似乎真的很困惑："不明白。"

"我私下里告诉你。"

玛丽亚娜小声对孩子说了几句，柳巴不情愿地拿起粉色背包，小跑着离开了厨房。

"好了，"她说，"现在说吧。"

"我爱你，就是这样。我爱你，我想给你些东西，请你成全我。"

　　小时候，他妈妈偶尔会从巴黎订书。那些书寄到的时候总是装在棕色的油纸包里，上面盖着阿谢特书店的印章，旁边贴着一溜玛丽安[1]头戴自由帽、神情严肃的邮票。那时他们住在巴拉腊特，妈妈经常坐在客厅里一边看书，一边唉声叹气。记忆中，百叶窗总是关着的，有时是因为天太热，有时是因为天太冷。那些书，妈妈看过之后他也会偷偷地拿来看，不认识的字便跳过去。某种程度上，他希望找到书中使妈妈高兴的东西。在那些书里可能会这样写道：玛丽亚娜轻蔑地撇了撇嘴，但眼睛里却闪烁着令人不易察觉的胜利的光芒。不过等他长大以后，他便不再相信阿谢特书店营造的那个世界。如果世上真有——他表示怀疑——表情密码，一旦掌握便可准确无误地读懂从一个人的嘴角与眼睛里流露出的任何情绪，那么这种密码恐怕早已失传，不复存在了。

　　随之而来的是一阵尴尬的沉默。玛丽亚娜似乎没有打破冷场的意思。不过至少她也没有转身离开。不管她撇没撇嘴，看上去她对这突如其来而又非比寻常的表白并不排斥。她想听他说下去。

　　当然，他该做的，是拥抱这个女人。他们的胸脯必须紧紧贴在一起，以免她领会不到他的意思。但要拥抱她，他必须得丢掉那可笑的双拐站起来。可如果真那么做了，他有可能会站不稳，甚至摔倒。他第一次体会到假肢的意义。那种带有机械装置的腿

---

[1] 玛丽安：法国的象征之一，其化身是一位年轻女性，头戴弗吉尼亚无边便帽（也叫自由帽）。她的形象广泛出现在法国的邮票、硬币和政府文件中。

能牢牢锁住膝盖，解放双手。

玛丽亚娜摆了摆手，动作就像擦窗户，或抖了抖抹布。"你愿意出钱让德拉格上寄宿学校？"她问。尴尬的魔咒总算解除了。

出钱让德拉格上寄宿学校，这真是他的意愿吗？是的，他希望德拉格接受良好的教育，而在那之后，倘若他还有些雄心壮志，倘若他的理想真的是驰骋大海，说不定他真能成为一名海军军官。他也希望柳巴和她的姐姐能快乐成长，有她们自己的梦想。总之他想把这几个孩子全都置于自己的羽翼之下加以保护。最后，他想爱这个杰出的女人，他们的妈妈。这才是最重要的。为此，他愿意付出任何代价。

"是的，"他说，"这就是我要给你的。"

她正视着他的眼睛。虽然不敢百分之百确定，但他觉得玛丽亚娜的脸红了。接着，她匆匆走出去，片刻之后又回来。红色的方头巾不见了，头发披散着。她一只手抱着柳巴，另一只手提着粉色背包。她在孩子耳边嘀咕了几句什么，孩子吮着大拇指，扭头好奇地看了他好几眼。

"我们该走了。"玛丽亚娜说，"谢谢你！"话音刚落，母女两人就不见了。

他做到了。他，一个指关节大得像瘤子一样的老头儿，竟然在自己心仪的女人面前表白了。可他何德何能，敢奢望这个他不假思索、毫不犹豫便倾注了全部希望的女人也会爱他？

# 第13章

第二天玛丽亚娜没来。周五也没来。那些他以为已经消散的阴云再度聚拢起来。他往约基察家打了个电话,应答机里传来一个女人的声音,但不是玛丽亚娜。(那会是谁?她的另一个女儿?)"我是保罗·雷蒙特,我找玛丽亚娜,"他说,"麻烦您请她给我回个电话好吗?"

他坐下来开始写信。亲爱的玛丽亚娜,他写道,恐怕你是误会我了。随后他删掉"了"字,改为"的意思了"。可她误会的到底是哪个意思呢?第一次和你见面时,他另起一段写道,我的人生正处在支离破碎的状态。这有点夸张了吧?支离破碎的也许是他的膝盖和他的前景,可他本人还好好的呀。要是他知道该如何形容他与玛丽亚娜第一次见面时的状态,那今天他也不会纠结自己的意思了。于是他删掉后半句,可到底该怎么写呢?

正在他犹豫不决时,门铃响了。他吓了一跳。绞尽脑汁、咬文嚼字地写这封信，难道到头来是多此一举？

"雷蒙特先生，"应门对讲机中传来一个声音，"我是伊丽莎白·科斯特洛。我能和您谈谈吗？"

也不知道这个伊丽莎白·科斯特洛是何许人，反正她不紧不慢地爬上了楼梯。等她来到他的公寓门口时，已经累得气喘吁吁。他估计这女人有六十多岁，不是出头，而是接近七十。她穿着丝质花裙，后领开得很低，露出不怎么养眼，长满雀斑但肉嘟嘟的肩膀。

"心脏不好，"她一边给自己扇着风，一边说，"简直比……"她停住，喘口气，"比瘸一条腿还麻烦。"

一个陌生人当着他的面说出如此不长眼的话，着实让他吃了一惊。

他让她进屋，请她坐下，递给她一杯水。

"我本来打算说我是从州图书馆来的，"她说，"我本想自我介绍，说我是图书馆的志愿者，来评估你的捐赠规模，我是说物理规模，也就是体积，那样我们就能提前计划。不过，稍后我才会公布我的真实身份。"

"你不是图书馆的？"

"不是，那只是撒个小谎。"

"那你是？"

她在客厅里环视了一周，目光中似乎有赞许的味道。"上来前我通报过，"她说，"我叫伊丽莎白·科斯特洛。"

"哦，你就是那个伊丽莎白·科斯特洛？不好意思啊，我没想到，抱歉抱歉！"

"没事。"她努力把深陷在沙发中的身体拉起来站好说，"咱们说正事吧。我以前没干过这种工作，雷蒙特先生。您能把手给我吗？"

他愣了下，一头雾水。把手给她？她伸出自己的右手，他不由自主地握住。他感受着这只丰满冰凉的女性的手，而他自己的手却呈现出令人讨厌的青灰色。当他意识到自己的失态时，那只手已经被他握了许久。

"唉，可能你也看出来了，"她说，"我就像'多疑的多马[1]'。"见他一脸不解。"我是说我想了解一下你是个什么样的人。我想确定，"她继续说道，而他却完全蒙了，"我们两个人的身体不会穿过彼此。当然这听起来好像很天真。我们又不是幽灵，我怎么会有这样的想法呢？我们可以继续吗？"

她再度重重坐下，挺了挺肩膀，然后开始背诵："撞击来自右方，猝不及防又势不可当，且伴随着锥心彻骨的疼痛，犹如遭受电击一般。他直接从自行车上飞了出去。别慌！身在半空时他告诫自己……"

她停下来，审视着他的脸，好像在确认这段背诵内容的效果。

"你知道我第一次听到这些文字的时候是怎么问自己的吗？雷蒙特先生？我问自己，为什么我会需要这个人？为什么不能让

---

[1] 多马在希伯来语中也叫多默，多默是耶稣召选的十二门徒之一。因为他对耶稣复活持有"非见不信"的态度，所以人称多疑的多默，或多疑的多马。

他安生呢？他骑着车子走在路上，被那个叫韦恩·布赖特或者布莱特（我们就叫他布莱特吧）的人给撞了，他先是住了一段时间的医院，现在待在自己的公寓里，上下楼梯出门都不方便。这个保罗·雷蒙特跟我有什么关系？"

被我让进屋里的这个疯女人是谁啊？我该怎么把她打发走呢？

"那你是怎么回答这个问题的呢？"他小心翼翼地问，"我跟你到底有什么关系？"

"是你找上我的，"她说，"从某些方面说，我是无法掌控谁来找我的。你来了，脸色苍白，弯腰驼背，拄着双拐，死守着这套公寓和你收藏的照片及其他的一切，还有那个克罗地亚难民米罗斯拉夫·约基察。对，他叫米罗斯拉夫，他的朋友都叫他米罗。最后还有你对他妻子刚刚萌芽的爱慕之情。"

"不是刚刚萌芽。"

"绝对是。你没有把自己的感情藏在心底，而是宣之于口。你根本不知道这会带来怎样的后果，对此你心知肚明。好好想想吧，保罗。你当真想引诱你的雇员让她抛弃自己的家庭来到你身边吗？你觉得你能让她幸福吗？她的孩子们一定会迷茫又愤怒。他们会和她断绝关系，她最终会整天躺在你的床上伤心垂泪，谁都无法安慰。你觉得这是你想要的结果吗？还是说你有别的计划？你觉得米罗会主动让位，把老婆孩子拱手送给你吗？

"回到我的第一个问题上。你是谁，保罗·雷蒙特，你的恋爱倾向到底有何特别之处？在这个秋天，不，是深秋，你觉得你是唯一自以为找到久违的真爱的人吗？太老套了，雷蒙特先生，这样的故事太多太老套了。你得让自己成为一个更典型的案例。"

伊丽莎白·科斯特洛，他似乎想起这个女人是谁了。他好像读过她的作品，一本小说，可因为内容实在不够引人入胜，最后放弃了。他偶尔也能看到一些她在媒体上发表的文章，关于生态学或动物权利，但他都没有兴趣细看。很久以前（他开始在记忆中搜索），她不知道因为什么事而声名狼藉，不过那都已经翻篇了，或者也许那本来就是一场媒体风暴罢了。灰白的头发，灰白的脸色，加上她说的，还有一颗不怎么给力的心脏，所以她的呼吸很急促。而就是这样一个人，此刻正对他指手画脚，道貌岸然地教他做人。

"你希望我成为一个什么样的案例？"他说，"我要有什么样的故事才能配得上你的关注？"

"我怎么知道？你自己想想。"

白痴女人！他真想把她扔出去。

"加把劲儿！"她催促说。

加把劲儿？加把劲儿干什么？加把劲儿是对正在生孩子的女人说的话。

"加把劲儿，抛开凡人思维的羁绊，"她说，"玛吉尔路无异于通往地府的入口。当你被撞飞到半空时是什么感觉？你的整个人生在你眼前闪现了吗？当你回首往事的时候，那段即将告别的人生是什么样的？"

什么情况？他差点死掉吗？经历死亡的风险和濒临死亡还是有区别的。难道这女人知道一些他不知道的事情？那天飞过半空，他回想着——怎么了？他长大之后就没有体会过那种自由的感觉。小时候他敢从树上跳下去，有一次甚至从房顶跳下去。随后是落地的瞬间，空气好像一下子从肺里被挤出来。这一口气可以解释为最后的念头或最后的遗言吗？

"我觉得难过，"他说，"我的一生好像碌碌无为，我想这辈子全被我蹉跎掉了。"

"难过。他毫不费力地飞过半空，这个大胆的年轻人表演了一个空中飞人，而他却觉得难过。回顾往事的时候，他觉得自己的人生碌碌无为。还有别的吗？"

别的？没别的了。这女人到底想听什么？

但这女人好像很快就对自己的问题失去了兴趣。"对不起，我突然有些不舒服。"她含混地说，并挣扎着想站起来。确实，她的脸色白得吓人。

"你要不要躺会儿？我书房里有张床。要不，我给你倒杯茶吧？"

她摆摆手说："只是头晕而已，可能是热的，也可能是爬楼梯爬的，谁知道呢。"她打了个手势，好像要把坐垫从沙发上推下去。

"我帮你吧。"他起身，撑着拐杖，扶住她的胳膊。瘸子扶瘸子，他心想。她的皮肤令他感觉黏糊糊的。

书房里的那张床其实挺舒服的。他把床上的东西尽可能腾干净,伊丽莎白蹬掉鞋子躺了上去。隔着袜子他注意到她的小腿干瘪瘦弱,青筋暴起。

"不要理我,"她一条胳膊横在眼睛上说,"我们这种不受欢迎的客人不是习惯这样说吗?你继续,就当我不在这儿。"

"我让你单独休息会儿吧,"他回答说,"等你感觉好点了,我会给你叫辆出租车。"

"不,不,不,"她说,"恐怕不是这样。我得陪你一阵子呢。"

"恕我不敢苟同。"

"啊,雷蒙特先生,恐怕是这样哦。在可预见的未来,我都负责陪你。"她拿开遮着眼睛的那条胳膊。他看见她微微一笑。"打起精神,"她说,"又不是世界末日。"

半小时后他又去查看。伊丽莎白还在睡着,她的下排假牙露了出来,喉咙深处发出轻微的搅拌石子一样的杂音。那声音他听上去可不怎么健康。

他试图把注意力收回到他正读着的书上,可他怎么都无法集中精神,于是烦躁地望着窗外。

一声咳嗽传来,伊丽莎白穿着袜子站在门口。"你这儿有阿司匹林吗?"她问。

"卫生间,柜子里,有扑热息痛[1]。我只有那个。"

"你冲我拉着个脸也没用啊,雷蒙特先生,"她说,"我跟你

---

[1] 扑热息痛:解热镇痛药,可作为阿司匹林替代品使用。

一样不想这样。"

"不想哪样？"他已经掩饰不住声音中的愤怒。

"不是我非要来。我可不想在你这间令人沮丧的公寓里浪费这么美好的一个下午。"

"那你倒是走啊！如果这里让你这么难受，你可以离开啊。我到现在都没搞清楚你为什么来我这里。你想干什么？"

"是你找的我。你——"

"我找的你？是你自己跑到我家里来的！"

"嘘，别嚷嚷，邻居会以为你在打我呢。"她跌进一把椅子里说，"对不起，我知道是我冒昧了，但我只能说是你找上的我。我突然想起了你———一个瘸了一条腿的男人，未来一片黯淡，却有着不合时宜的激情。这就是咱们两个缘分的开端，至于这段缘分最终会发展到哪里，我也不知道。你有什么建议吗？"

他沉默了。

"你可能还没明白，雷蒙特先生，跟着感觉走，我就是这样。我的人生就是跟着感觉走，包括那些一开始我不理解的感觉，尤其是那些一开始我不理解的感觉。"

跟着感觉走。具体是什么意思？她对一个素未谋面的陌生人，哪儿来的感觉？

"你肯定是从电话簿上找到我的名字的，"他说，"你只不过是撞大运。你对我是什么样的人根本毫无概念。"

她摇摇头。"要是这么简单就好了。"她说，声音轻柔得让他差点没听见。

日落西山，他们也都安静下来，就像暂时休战的一对老夫妻。他们稍坐片刻，聆听小鸟在林间歌唱黄昏。

"你刚才提到过约基察家，"最后是他打破了沉默，"你认识他们吗？"

"负责照顾你的那个玛丽亚娜·约基察，是个受过教育的女人。她没跟你说过吗？她在杜布罗夫尼克[1]的一家美术学院上过两年学，拿到了艺术品修复专业的毕业文凭。她丈夫也在那个学院工作，他们就是在那里认识的。她丈夫是个机修工，尤其擅长古老的工艺。举个例子，他们学院地下室里有一堆放了两百年的机械鸭子的零件，都生锈了，但他把它们重新组装了起来。现在那机械鸭子居然能和真鸭子一样嘎嘎叫，会大摇大摆地走路，会下蛋。那是他们学院最重要的收藏品。可惜啊，他的技术在澳大利亚派不上用场。这里没有机械鸭子，所以他只好到汽车组装厂打工。

"还有其他什么可以告诉你的咧？玛丽亚娜出生在历史名城扎达尔，是个地地道道的城里姑娘，连驴头和驴尾都分不清楚。她很纯洁，从来没有出过轨，任何勾引对她都不起作用。"

"我没有勾引她。"

"我明白。就像你说的，你只是想把你的爱倾注到她身上，你想给予。可被爱也是要付出代价的，除非我们彻底失去了良知。玛丽亚娜不会付出那样的代价。她以前遇到过类似的情况，

---

[1] 杜布罗夫尼克：古名拉古萨。克罗地亚东南部港口城市，是该国最大的旅游中心和疗养胜地。

对方也是病人，对她一见倾心，无法自拔，他们说根本控制不住自己。她很讨厌这种事。现在我又得重新找工作了。这就是她心里想的。你听明白了吗？"

他沉默不语。

"你陷进去了，对不对？"她说，"她身上的某些特质深深吸引了你。据我估计，这特质就是她的饱满，像成熟的果实一样饱满。我来告诉你玛丽亚娜为什么会给你，也给其他人留下这样一种印象吧。她为什么饱满，因为她被人爱着。也许是你在这个世界上期望能得到的最深最浓的爱。你肯定不会想听细节，索性我就不提了。但那些孩子为什么也能给你留下深刻的印象，那个男孩儿和小女孩儿，是因为他们从小到大都沐浴在爱的光辉里。无论到哪儿，他们都像在家一样自由自在。整个世界都是他们的舞台。"

"可是——"

"对，可是那个男孩儿身上有死神的印记，我们都看得出来。因为他太英俊，太光彩照人了。"

"让人想哭。"

两人都郁郁寡欢起来，郁郁寡欢且昏昏欲睡。他站起身。"冰箱里还有玛丽亚娜剩下的意大利肉卷，另外还有意大利乳清干酪和菠菜。"他说，"要吃点吗？待会儿我不知道你还有什么打算。如果你想留下过夜，我没意见。但有一点，明天一早你就得离开。"

伊丽莎白·科斯特洛缓慢但坚定地摇摇头说："恐怕不行，

保罗。不管你乐不乐意，我都得在这儿陪你一阵子。我保证会规规矩矩的，做个模范客人。我不会把内衣、内裤挂在你的卫生间里。我不会碍你的事，而且我吃得也很少。大多时候，你可能都注意不到我的存在。我只是偶尔会碰碰你的肩膀，左边或右边，好给你提个醒。"

"我凭什么要容忍你这么做？如果我不答应呢？"

"你不答应也得答应。这由不得你。"

# 第14章

伊丽莎白·科斯特洛说得没错,她确实是个模范客人。她趴在客厅角落里的咖啡桌上,将那里完全据为己有。整个周末,她都埋头于一份厚厚的打印文件中,好像是在给文件做评注。他没有给她准备饭食,她也没问。偶尔她会悄无声息地从公寓里消失。至于去干什么,他只能猜测:也许在北阿德莱德的大街上轧马路;也许坐在某个咖啡馆里,一边吃着羊角面包,一边看着外面人来车往。

一次趁伊丽莎白不在,他去找她那份打印文件。他只想看看她到底在鼓捣什么,可是他怎么都找不到。

"我是否可以推断,"周日傍晚,他对她说,"你来到我家是为了观察我,好利用我的素材写你的书?"

她微微一笑。"要有这么简单就好了,雷蒙特先生。"

"这很复杂吗?在我看来这很简单。你是不是在写一本书,还把我写了进去？是这样吗？如果真是这样，你在写哪种书？你不觉得应该事先征得我的同意吗？"

她叹了口气。"如果真像你说的那样，我要把你写进书里，那倒简单了。我只需给你换个名字，再把你的生活环境改动几个地方，那样就可以避开诽谤的嫌疑。而且我也犯不着住到你这儿。不是这样，我一开始就说过，是你找上我的。一个缺了一条腿的人。"

他已经听腻了这一套。"那你找一个主动找你的人，岂不是简单得多？"他干巴巴地说，"饶了我吧。因为你很快就会发现，我不是一个容易相处的对象。你走吧，我不会挽留。你会发现离开我之后你就解脱了，我也解脱了，皆大欢喜。"

"可你那不合时宜的激情呢？我上哪儿再找一个像你这样的人啊？"

"既然你也承认那是我的激情，那么它和你没关系，科斯特洛太太。"

她冷笑着摇摇头，淡淡地回答道："有没有关系，不是你说了算的。"

他的手紧紧握住拐杖。如果是过去那种重重的榉木或红木拐杖，而不是现在这种轻轻的铝合金，他一定会举起来狠狠地敲这个老太婆的脑瓜，不停地敲，需要敲多少下就敲多少下，一直把她敲死在地上，让她的血浸透整张地毯。至于敲死她之后警察会怎么处置他，随他们的便吧。

电话响了。"是雷蒙特先生吗？我是玛丽亚娜。你还好吗？

对不起，这几天我没去，我生病了。我明天过去，可以吗？"

原来如此，她病了。"可以，当然可以，玛丽亚娜。但愿你已经好点了。咱们明天照常见面。"

"玛丽亚娜明天就回来上班了。"他郑重其事地对他的客人说。你该滚蛋了。这是他的言外之意，希望这个叫伊丽莎白的女人能领会到。

"没关系，我不会影响她的。"看到他愤怒的眼神，她接着说，"你是担心她会把我当成你的老相好吗？"她几乎愉快地冲他笑了笑，"别把什么事都搞得这么严肃好吗？保罗？"

玛丽亚娜决定回来的原因，在她进门的那一刻便不言自明了。雨衣还没脱下——外面下着雨，温暖湿润的空气带来桉树的气息——她就"啪"的一声把一本用油光纸印刷的小册子丢在了桌上。小册子的封面上，面积达数十亩的草地上矗立着一片仿哥特式建筑。其中一栋建筑的窗户里，一个收拾得干干净净的男孩儿穿着衬衣打着领带坐在电脑键盘前，另外一个同样干干净净的男孩儿趴在他肩膀上看着屏幕。惠灵顿公学，辉煌五十载。他从没听说过惠灵顿公学。

"德拉格说他想去这个学校，"玛丽亚娜说，"看着像所好学校，你觉得呢？"

他翻了翻小册子。"英国彭布罗克郡惠灵顿公学姊妹学校，"他大声念着，"培养满足新世纪挑战的年轻人才……毕业生可进入商界、科学界、技术界以及武装部队等各种领域。这学校在哪儿？你从哪儿找到这本小册子的？"

"在堪培拉。他在堪培拉找到了新的朋友。他在阿德莱德儿交的那些朋友都不行，只会拖他的后腿。"她说阿德莱德的时候带着一点意大利口音，最后一个字居然儿化了。毕竟从克罗地亚的杜布罗夫尼克到意大利的威尼斯，也就丢一块石头的距离。

"你从哪儿听说惠灵顿公学的？"

"德拉格全都知道，这个学校是国防大学的直属学校。"

"直属学校。"

"哦，直属学校。你也知道，他们学校的学生是有优先录取权的。"

他的目光又回到了册子上。申请表、费用明细等。他知道寄宿学校的学费都很高，但看到那个黑白数字时，他还是吃了一惊。

"他要在这个学校上几年？"

"一月份入学的话，上两年。两年他就能达到十二年级，然后就可以拿奖学金了，所以他只需交两年的学费。"

"德拉格对这个学校很感兴趣吗？他答应去了？"

"兴趣很大，他想去。"

"你要知道像上学这种事，一般都是家长先看看学校，然后再定。到学校去实地考察一下，见见校长，感受一下校园里的氛围。你和你的丈夫还有德拉格，确定不先去这个惠灵顿公学实地看看吗？"

玛丽亚娜脱下雨衣——雨衣是用透明塑料做的，纯粹是为了遮雨——搭在一张椅子上。她皮肤温暖、红润，丝毫没有他们上次相处时的紧张痕迹。"那可是惠灵顿公学，"她说，"你觉得他们会邀请从蒙诺帕拉来的约基察夫妇去他们的学校参观，来决定要不要把孩子送到他们学校吗？"

她的语气已经足够温和，若真的有人尴尬，那这人必定是他，保罗·雷蒙特。

"你知道吗，雷蒙特先生，我丈夫在克罗地亚也算是个名人呢。你不信？所有报纸上都有他的照片哩。米罗斯拉夫·约基察和机械鸭，还有电视上——"她用两根手指演示走路的样子，"——好多机械鸭的照片。他是唯一能让机械鸭走路的人，还能让它像鸭子一样嘎嘎叫、一样吃饭——"她拍拍胸脯，"——还有别的。那鸭子很老了，是从瑞典来的，1680年从瑞典到的杜布罗夫尼克。没人会修，可米罗斯拉夫·约基察硬是把它修好了。也就一两周的时间，他就红遍了克罗地亚，成了家喻户晓的名人啦。可在这里……"她翻了个漂亮的白眼，"谁会搭理他呀？澳大利亚人不知道机械鸭，更没人知道米罗斯拉夫·约基察。他只是个汽车工人，汽车工人什么都不是。"

"这话我不能同意，"他说，"怎么能说汽车工人什么都不是呢？每个人都有他的价值。不管你们去不去考察，也不管你们是来自蒙诺帕拉还是廷巴克图，我猜惠灵顿公学收你们的钱时都会很高兴。去申请吧，我出钱，我现在就给你开个申请费的支票。"

所以，就这么简单，他做到了。现在他成了教父了。教父，把孩子领到上帝面前的人。他心里有把德拉格领到上帝面前的想法吗？

"太好了，"玛丽亚娜说，"我回去就告诉德拉格，他会高兴坏的。"她顿了顿说，"那你呢？腿还好吗？疼不疼？这几天你坚持锻炼了吗？"

"腿没事，不疼。"他说。可他没有言明的意思是：玛丽亚娜，你为什么一连几天都不来上班？你为什么抛弃我？这样做可不够专业呀。我敢打赌，你肯定不希望普茨太太听说这件事。

他依旧满腹委屈，愤愤不平。他想从玛丽亚娜身上看到懊悔的迹象。然而与此同时，他又陶醉于玛丽亚娜归来的喜悦中，并为自己即将资助他们感到激动。给予总能使他兴奋，他很了解自己这一点。这会激励他给予更多。就像赌博，最惊心动魄的就是输。一输再输，漫不经心、不计后果地沦陷。

玛丽亚娜迅速进入了忙碌的工作状态。从卧室开始，撤下床单，换上干净的。他可以肯定，玛丽亚娜一定能感觉到他紧追着她的目光，能感觉到来自他的温暖抚摸着她的大腿、乳房。他早上的性欲总是很强。如果发生奇迹，让他此刻就能拥抱玛丽亚娜该多好啊。在目前这种心境下，也许他能借助给德拉格出钱的这股东风，成功战胜玛丽亚娜的矜持。他决定赌一把。可这当然是不可能的，那太鲁莽了。比鲁莽更恶劣，简直疯狂，他连想都不该想。

这时卫生间的门开了，那个叫科斯特洛的女人，竟然穿着他的便袍和拖鞋，旁若无人地登场了。她正用毛巾擦着头发上的水，不时露出粉红的头皮。他尴尬地连忙介绍说："玛丽亚娜，这位是科斯特洛太太，她暂时在这里小住。这位是约基察太太。"

玛丽亚娜礼貌地伸出一只手，科斯特洛太太郑重地握住。"我保证不会妨碍你。"她说。

"没事。"

几分钟后，他听到前门的锁"啪嗒"响了一声。透过窗户，他看见科斯特洛太太沿着街朝河边走去。她戴着一顶草帽，他认出来那是他的，且多年不曾戴过。这女人是从哪儿找到的？她翻他的柜子了吗？

"多好的一位太太，"玛丽亚娜说，"她是你朋友？"

"朋友？不，才不是呢，熟人而已。她在镇上有生意，看生意的时候暂住这里。"

"挺好的。"

玛丽亚娜似乎很着急。通常上午第一件事是腿部按摩并引导他做康复训练，可今天她根本没提训练这茬儿。"我得走了，今天情况特殊，我得去托儿所接柳比卡。"她说。她从包里拿出一块冷冻乳蛋饼。"我可能得下午才回来。这是我给你买的一点小东东，当午餐吃。我该走了，你回头再给我钱吧。"

"是小东西。"他纠正说。

"好吧，小东西。"她说。

玛丽亚娜前脚刚走，伊丽莎白·科斯特洛后脚就开门回来了。"我买了些水果。"她说着，把一个塑料袋放在桌子上，"恐怕还要面试吧？你觉得玛丽亚娜能通过吗？"

"面试？"

"上学啊。孩子要面试，家长也要面试，但主要是家长，以确保他们达到入学标准。"

"申请上学的是德拉格，又不是他的父母。如果惠灵顿公学的人真的慧眼识珠，他们就该毫不犹豫地接纳德拉格。"

"可如果他们问家长凭什么负担昂贵的学费呢？"

"我会给他们写封信，替他们家担保，不管需要我做什么，我都愿意。"

她把水果在咖啡桌上的碗里堆成了一座金字塔——杏、油桃、葡萄。"那太令人钦佩了，"她说，"我很高兴能有机会进一步了解你，你重新给了我信心。"

"我给了你信心？这话可从来没人对我说过。"

"没错，你重新给了我信心。我说的关于你和约基察太太的事，你别太认真。一个人发现自己处于一段真实且传统的爱情中是很尴尬的。我向你致敬。"

说着她止住话头，不无讽刺地微微颔首。

"不过，"她继续说道，"请你记住，你还有米罗斯拉夫这个障碍要克服。我们现在还不能确定米罗斯拉夫会同意让他的儿子跑到上千英里之外一所昂贵的寄宿学校去上学。另外我们也无法确定，他会不会同意让一个他老婆每周要伺候六天的残疾人替他们出这笔钱。你有没有想过怎么面对米罗斯拉夫？"

"他要是拒绝的话，也太愚蠢了吧。况且这对他又没有影响，这只是影响了他的儿子，他儿子的未来。"

"不，保罗，这可不对。"她轻声说道，"从他儿子到他妻子，再从他妻子到他，他们是一脉相连的。你伤了他的自尊，他作为男人的面子。你迟早要面对米罗斯拉夫的。真到了那一天你会对他说些什么？'我只是想帮忙？'你会这么说吗？那可太牵强了。只有真相才能让人信服。而真相是，你并不纯粹是帮忙。正好相反，你是想在他们的家庭里边横插一脚。你想泡约基察太太，还想拐跑约基察先生的孩子，让他们变成你的孩子，一个，两个，甚至三个。这可一点都不仗义。况且你和米罗斯拉夫还谈不上是朋友，他对你可不会产生好感，而这你能怪他吗？你得好好想想，好好想想。"她用手指戳了戳自己一侧的太阳穴，"如果按照你的思路最终会撞上南墙——我觉得会——我倒有个替代性的意见。"

"替代什么？"

"替代当前你和约基察一家的尴尬处境啊。忘了约基察太太和你对她的非分之想吧，把你的心收回来。你还记得上次去医院的正骨科是什么时候吗？你还记得在电梯里见到的那个陪着一个老女人的戴着墨镜的女人吗？你当然记得。她给你留下了难以磨灭的印象，这连我都看得出来。

"我们生活中发生的一切都有它的意义，保罗，这道理连小孩子都懂。我们读过的每一个故事，都会给我们带来宝贵的经验教训，而这只是其中一条。你现在都不读书了吗？那可就错了，读书是不能放弃的。

"我给你透露一点那个戴墨镜的女人的事吧。她呀，唉，是个瞎子。一年前因为恶性肿瘤，一只眼睛完全摘除，另一只也彻底失明。在这次变故发生之前，她也是个美女呢，至少很吸引人。可是现在，唉，不能看了，盲人一个。别人宁可不看她的脸，有时候不小心看到了也会急忙懊悔地移开视线，露出一脸嫌弃的表情。当然，她看不到别人的厌恶，可她能感觉到啊。她能察觉到别人的目光，就像在她身上摸索的手指突然撤了回去。

"真正双目失明的感觉，比任何人告诉她的，也比她自己想象的要可怕得多。她绝望了，一连几个月都处在恐惧之中。她无法忍受待在外面，待在别人看得到的地方。她想藏起来，想死。而与此同时——她不由自主——她心里又充满不幸的欲望。她正是如狼似虎的年纪，日复一日地压抑，欲望迫使她大声呻吟，就像发情的母牛或母猪。

"我说的这些让你很意外吗？你觉得这是我编的故事？不，不是编的。那个女人真实存在，你自己也亲眼见过，她叫玛丽安娜。保罗，我们栖居的这个世界看起来似乎风平浪静，实则暗藏许多恐怖，有些你做梦都想不到会发生。比如在深海，海床上发生着什么是完全超乎我们想象的。

"玛丽安娜渴望的不是安慰，也不是尊敬，而是以肌肤之亲为表现的爱。她和你一样渴望变回曾经的自己，哪怕只是短暂的片刻。所以我想说，何不考虑一下你们两个在一起会是怎样的效果？你和玛丽安娜，一个瞎子，一个瘸子。

"我再和你说一件关于玛丽安娜的事吧。玛丽安娜认识你呢。对，她认识你。你们两个还是熟人呢，这你知道吗？"

她就像在读他的日记，就像他写过日记，而这个女人半夜溜进家里偷看了他的秘密。可他没写过日记，除非是睡觉时写的。

"你搞错了，科斯特洛太太，"他说，"你说的那个叫玛丽安娜的女人，我只在一个场合见过她，那就是医院。按照你的说法，她应该看不到我，所以你说她和我相熟，简直是无稽之谈。"

"嗯，也许我搞错了，有这个可能。但也可能是你搞错了，或许你和玛丽安娜早就认识，在你们都还年轻漂亮而且健全的时候，只是你忘记了。你的职业是摄影师对吧？也许很久以前你给她拍过照，只是当时你的注意力全在照片上，所以忽视了照片的主人。"

"也许吧，但我的记忆没有错，你说的这些我一点印象都没有。"

"不管是不是老朋友，你和玛丽安娜何不试着往一块儿凑凑呢？鉴于目前情况特殊，我愿意主动帮你们安排见面，你只需做好准备等着就行。放心吧，我会想办法既让她来，又不会伤她的自尊。

"最后一点，我提个建议，不管你和她干什么，尽量选在黑暗的环境里，算是对她的一点善意吧。把你的床想象成一个山洞，外面暴风骤雨，一个女猎人到你的洞里躲避。她伸手摸索的时候碰到了另一只手，你的手。如此这般。"

他本该严词拒绝，可他开不了口，就像他被打了麻药或被什么迷住了。

"你说你对她没印象,"科斯特洛继续说道,"也许你给她拍过照片,也许没有。我只能说,对自己的记忆不要太自信。好好想想,说不定能想起什么呢。但我也不想给你增加压力。咱先将一将你这边的故事,你说你只在电梯里见过她。虽然只一面,却点燃了你的欲望。从你的欲望和她的需要中会诞生什么?最猛烈的激情?深秋的最后一场大火?咱们不妨走着瞧。决定权在你们手中,你和她。我的这个提议你可以接受吗?可以就吱个声,要是感觉不好意思的话,点头也行。可以吗?

"我说过,她的名字叫玛丽安娜,两个 n[1]。这个我没办法,我没权力改人家的名字。不过只要你愿意,你可以临时给她安个别的名字嘛,宝贝儿,亲爱的,或者宠物名,咪咪之类的。她结过婚,但经过这次变故,婚姻破裂了,就像其他的一切都破裂了一样,她的生活乱成一团。眼下她和她妈妈一起生活,也就是你看见的那个和她一起的老太太。

"关于她的背景资料,目前你知道这么多就足够了。其他的你可以亲口问她。玛丽安娜,两个 n,以前是个养猪户的女儿。她现在的生活乱糟糟的,梳妆打扮自然不能与常人相提并论,但这些都可以理解,在黑暗中穿衣服,谁能不犯点小错误呢?

"虽然焦虑,但她是个爱干净的人。手术之后——她的手术极为精细,和粗枝大叶的截肢手术可不一样——她就像有了洁癖,对清洁问题,对自己身上的气味,有了近乎病态的讲究。这

---

[1] 此处玛丽安娜英文为 Marianna,有两个字母 n,常用的玛丽安娜的写法还有 Mariana,只有一个字母 n。

种情况在盲人中间很常见，所以你最好也收拾得干净一点。如果我话说得太直，还请你原谅。总之把自己浑身上下都洗干净点，别老哭丧着脸。失去一条腿算不上什么悲剧，正好相反，失去一条腿应该是喜剧。不管失去身体上的哪个部位都该是喜剧，否则我们从哪儿找那么多讲笑话的机会啊。比方说，有个一条腿的老头儿，拿着帽子沿街乞讨，诸如此类。

"听我一句劝吧，保罗。岁月如白驹过隙，趁着还年轻，及时行乐吧。谁也不知道意外和明天哪个先来。

"至于那个叫玛丽亚娜的护工，那可不是我的主意，如果你心里想的是这个。这些事情毫无关联，杜布罗夫尼克的玛丽亚娜，这个让你春心荡漾的女人是你的朋友普茨太太找来的，跟我没关系。

"你搞不清我的来路，对不对？你把我看成对你的磨炼，大多时候你觉得我说的全是废话，或者编的谎话。可我注意到了，你并没有抗拒。你一直在容忍我，寄希望于我自己主动放弃并离开。别否认了，都写在你脸上呢，只要不是瞎子，谁都看得出来。你就像约伯[1]，而我是你不应受的苦难之一。一个喋喋不休的女人，满嘴都是如何拯救你的计划，啰啰唆唆，啰啰唆唆，而你渴望的是平静的生活。

"保罗，其实没必要非得这样。我再说一遍，这是你的故事，

---

[1] 据《圣经》记载，约伯虔诚忍耐，为人行事正直，乃无可指责之意。约伯在试炼中，虽然曾向神抱一些不平而被神责备，但他本来之行为确实可取，所以神自起初就说他完全正直。

不是我的。什么时候你决定接管了，我会退出。到时候你就再也不用听我唠叨，我会消失得无影无踪，就像从来没有存在过。这个承诺也适用于你的新朋友玛丽安娜。我退出舞台，你们各自拯救。

"想想你的开局还是挺不错的，那个叫韦恩的小伙子在玛吉尔路上把你撞飞，还有比这更引人注目的经历吗？从那以后，你的人生一落千丈有没有？你的生活节奏越来越慢，到现在几乎要陷于停滞。你被困在这间沉闷的公寓里，身边只有一个对你漠不关心的护工。但是看开点吧，玛丽安娜可是潜力股，她容貌尽毁，欲望强烈。她是个真正的女人。问题是，你是那个能够征服她的男人吗？

"回答我，保罗。你别一声不吭啊。"

他的脑袋仿佛正在遭受海浪的冲击。实际上，以他对自己的了解，此刻他很可能已经落水，被深海中的激流拖来拖去。海水终将把他身上最后一片肉也从骨头上剥离，他的双眼会化作珍珠，骨骼会化作珊瑚。

# 第15章

玛丽亚娜打来电话。她尚未开口,他已经猜到她要说什么。她说她很抱歉,今天又不能来了,她女儿遇到点麻烦。不,不是柳比卡,而是布兰卡。

"我能帮上什么忙吗?"他问。

"不,谁都帮不上。"她唉声叹气地说,"我明天一定来,好吧?"

"她女儿有麻烦,"伊丽莎白·科斯特洛若有所思地说,"不知道会是什么麻烦。唉,天底下没有十全十美的事。我跟你提的那个双目失明的女人,玛丽安娜,是不是让你魂牵梦萦了?别装了,保罗,我能一眼看穿你的心思。碰巧今天玛丽安娜闲来无事,不知道该干点什么。今天下午五点去街角的咖啡馆吧,好像叫阿尔弗雷多咖啡馆,我把她给你带过来。虽然她看不见,但你还是要穿得像样点。我把她带给你,然后我就走。别问我怎么做到这些事情的,反正不是用魔法,我就是干这个的。"

整个下午,科斯特洛都不见人影。四点半,他正打算出门时,她回来了,气喘吁吁的。"计划有变,"她说,"玛丽安娜在楼下等着呢,她不想去阿尔弗雷多咖啡馆。她最近——"她气呼呼地哼了声,"她最近脾气有点大。我能用下你的厨房吗?"

从厨房回来时,她手里端了一小碗像奶油似的东西。"这是用面粉和水调的面糊,我要用它糊住你的眼睛。别怕,不会伤到眼睛的。你想问为什么对吧?因为玛丽安娜不想让你看到她。这一点她很坚持。来,弯腰。别动,别睁眼。为了防止面糊干结之后掉下来,我在上面贴了一片柠檬叶,然后再用尼龙丝袜勒住,往后脑勺上一绑。我保证都是洗过的,你随时可以解开拿下,但我不建议你那么做,真的。

"好了,万事俱备。真抱歉,搞这么复杂,可人就是复杂的动物,只不过每个人复杂的方式不一样罢了。现在你先等一下,我去把你的玛丽安娜带上来。你准备好了吗?你觉得自己应付得来吗?可以?那好。记住,你得给她钱。这是说好了的,不然她会很没面子。这世界乱七八糟的,对吧?可我们就这一个世界。"

"一把她带到这儿,我立马就走。你们两个就可以互相了解了。我明天,甚至后天才回来。再见了,别担心我,我可不是那种不中用的老太太。"

她走了,而他面朝门口站着,靠在助行架上。楼梯井中传来低语声,门上的插销再度响起。

"我在这儿呢。"他对着一片黑暗说。虽然不太相信,但他的心脏跳得相当厉害。

滑步的声音,伴随着衣服的窸窣。眼睛上那两片潮湿的叶子的气息盖过了所有气味。通过双手,他感觉到有一小股力量加在了助行架上。"我眼睛闭着呢,确切地说是被封住了。"他说,"我不太习惯看不见东西,还请你包涵。"

一只手,很小,很轻,摸到了他的脸,并停在那里。管它呢,他心里想。他把脸扭向那只手,吻了一下。陪你玩到底好了。

手指探索着他的嘴唇,指甲明显修剪过。透过柠檬的气息,他闻到淡淡的毛料味儿。手指沿着他下巴的轮廓缓缓移动,掠过蒙眼的丝袜,伸进他的头发。

"让我听听你的声音吧。"他说。

她清了下嗓子,音调很高,很清晰,他能听出不是玛丽亚娜·约基察:相比起来这个声音更轻,像飘在空气中。

"你要是能唱支歌就更好了。"他说,"虽然没有观众,但现在的我们无异于处在一个舞台上,周围是特定的布景。"

虽然没有观众,可在某种意义上,他们正处在别人的目光之中,他可以肯定。他的后脖颈能感觉到。

"这是什么?"那个轻柔的声音问。他感觉到助行架晃了晃,对方的口音既不像澳洲人,也不像英国人。克罗地亚人?又一个克罗地亚人?不会,不可能遍地都是克罗地亚人。况且那么多克罗地亚人,一个接一个有什么意义?

"是个铝架子,通俗点说是助行架。我没了一条腿,用助行架比用双拐省力。"这时他忽然意识到,助行架可能成了他们中间的一个障碍,"我把它放一边吧。"他把助行架挪开,弯腰缓缓坐进沙发里。"你能坐我旁边吗?这儿有张沙发,你往前走一两步就能到。真抱歉我没办法扶你,咱们共同的朋友科斯特洛太太把我的眼睛蒙上了。回头她得好好跟我解释解释。"

蒙眼的事,还有别的很多事都让他对科斯特洛太太心怀不满,但他不会摘下眼罩,不会解放他的双眼,暂时不会。

一阵窸窣声,(她穿了什么衣服能弄出这么多噪声?)女人在他旁边坐了下来。实际上,她不小心坐到了他的手上。有那么一刻,在女人起身让他抽回手之前,他的手就以那种羞羞的方式压在她屁股下面。这个女人虽然体格不大,但屁股却不小,而且特别柔软。这是盲人的特征,不能四处走动,不能跑,不能骑车。一身的能量无处发泄,难怪她会焦躁不安,难怪她愿意孤身一人来见一个陌生的男人。

双手重获自由,现在他也可以像她抚摸他一样去抚摸她了。可他想那么做吗?他想探索那双眼睛或者它们周围的地方吗?难道他真的想——怎么说呢?——被吓得魂飞魄散吗?魂飞魄散是什么概念?肚子里翻江倒海,所有的勇气不复存在,脸色煞白,瑟瑟发抖。但一个人真能被自己看不到而仅凭手指感觉到的东西吓得魂飞魄散吗?更何况他还是盲人群体中的新手。

他试探着伸出一只手,碰到了一堆硬硬的东西,像是缝在紧身衣上的珠子或其他球状饰品。由此他估计自己摸到的可能是她的脖子或者紧身胸衣。手往上抬高一英寸,是她的下巴。她的下巴很结实,也很尖。接着是短短的下颌,随后便摸到了头发。凭直觉他认为她的头发应该是黑色的,和她的皮肤一样。再摸下去又是一个硬硬的东西,像根棍子。原来她戴着眼镜呢,镜腿掠过颧骨向下弯曲,也许还是那天在电梯里戴的墨镜。

"科斯特洛太太说,你叫玛丽安娜。"

"是叫玛丽安娜。"

他说的玛丽安娜和她说的玛丽安娜感觉很不一样。他说的玛丽安娜带有玛丽亚娜的色彩,发音更重,更坚实。而她说的玛丽安娜给人一种液体似的柔软,闪着银光,不似水银那般厚重,更像流动的水,像潺潺的小溪。难道这就是盲人说话的特色?每一个字,每一个音节都好像要掂出重量,莫名其妙地热衷于寻找分量相近的音调,就像在作一首蹩脚的诗?

"不是法语中那个玛丽安娜[1]?"

"不是。"

不,不是法语名字。可惜,法国本可以成为他们共同的话题,就像一张毯子同时盖住了他们两个。

面糊在眼睛上粘得倒挺结实。即便瞳孔扩大到极限,他的眼前仍是一片黑暗。科斯特洛从哪儿想到的这个鬼点子?书上吗?或者是古人传下来的?

手指依然插在她卷卷的头发里,他趁机把她扳向自己,而

---

[1] 法语中玛丽安娜的写法为:Marianne,与此玛丽安娜(Marianna)仅仅区别在尾字母。

她也顺势倾斜过来。她的脸贴在他的脸上，还有凉丝丝的墨镜。不过她的双手攥成拳头横在两人中间，隔开了即将挨到一起的胸脯。

"感谢你来拜访，"他说，"科斯特洛太太说起过你当前的烦恼。真的很抱歉！"

她没吭声，但他感觉到一阵轻微的颤动传遍了她的全身。

"其实没必要。"他继续说道，可随后他却不知道接下来该说什么。什么有必要，什么没必要？和男女有关，和屈服有关。用科斯特洛那个女人的话说，和欲望有关。但在他们———一个男人和一个女人——之间，欲望的实践犹如一道难以逾越的万丈深渊。"其实，"他重新组织了一下语言，"我们没必要遵循任何脚本，也不必做任何我们不想做的事。我们是两个自由的个体。"

她依旧在颤抖，抖得像只恐惧的小鸟。"到我这儿来。"他说。她顺从地靠近一些。这对她来说一定很难，他得帮助她，因为此刻他们是一体的。

这会儿他才知道，她脖子里那些绳子和珠子之类的全是饰品。她的裙子在后背上有道拉链，拉开之后裙子的上半身自动垂落到腰间。他手指的移动缓慢而笨拙，倘若她愿意在他手上多坐一会儿，他的手指或许就会热乎得多了，那会带着她的体温。至于胸罩，结构合理，中规中矩，感觉是加尔默罗会[1]修女才会穿的那种。丰乳肥臀，而其他部位则相对瘦小。玛丽安娜。她来

---

[1] 加尔默罗会：一称"圣衣会""迦密会"。天主教托钵修会之一。12世纪中叶创建于巴勒斯坦的加尔默罗山，故得此名。

了，用科斯特洛那个女人的话说，她带玛丽安娜过来并非出于对他的关心，而是为了她，玛丽安娜。因为她有着永远无法满足的欲望。因为她的容貌，她面目全非的脸，所以科斯特洛提醒他不要看，甚至不要去摸，免得被吓到。

"我建议咱们不要说太多话，"他说，"不过出于实际的原因，有个情况我得提一下。出车祸以来我还没有这方面的经验，所以可能需要你迁就我一点。"

"我知道，科斯特洛太太跟我说过。"

"科斯特洛太太并不是什么都知道。连我都不知道的事情，她更不可能知道。"

"是。"

是？什么意思？

他对自己是否为这个女人单独拍过照深表怀疑。如果拍过，他应该不会不记得。也许她藏在一群人中间，比如学校的集体照，这种情况倒有可能。可单独拍照是绝对没有的，他对她唯一的印象来自电梯里的偶遇，以及此时此刻手指传达给他的信息。而他带给她的信息恐怕更为杂乱：冰凉的双手、粗糙的皮肤、沙哑的嗓音，可能还有令她超级敏感的鼻孔难以忍受的体味。她从这些要素中能够拼凑出一个男人的形象吗？她愿意把自己交给一个这种形象的男人吗？无法通过眼睛求证的一个人，她为何还同意来？这就像生物学中的原始试验——把不同种类的动物放在一起，看它们会不会自行配对，比如狐狸和鲸鱼，蟋蟀和狝猴。

"你的钱，"他说，"我用信封装着，放在这边靠墙的桌子上了。四百五十美元，这个数能接受吗？"

他感觉到了她的点头。

一分钟过去了，谁都没有进一步的动作。一个独腿的男人和一个衣服脱了一半的女人，他们在等什么？在等相机被摁下快门的声音吗？就像一本澳大利亚的哥特式小说。玛蒂尔达和她的男人，若即若离、兜兜转转一辈子，直到青春不再、人老珠黄，最后一次面对摄影师的镜头。

女人的颤抖仍未停息，他可以肯定自己也受到了感染：手微微发颤，可能是年纪的原因，也可能是别的。恐惧，或者期待。（但具体是哪种呢？）

他已经付了钱，而她也接受了这笔钱。如果他们还要继续，她就必须克服眼下的窘迫，进入下一个环节。她事先已经知道他截肢的事，知道他行动不便。若要让他骑在她身上，恐怕会很困难，所以最好是她在上面。在她进入状态之前，他自己也有一堆问题要解决，截然不同的问题。或许在盲人群体中，审美直觉已经演变成仅仅依靠触摸。然而在失明的国度，他是一个仍处在摸索阶段的菜鸟。没有视觉感受的美，对他而言依然无法想象。在电梯里偶遇的插曲，在他的记忆中只剩下一个极为模糊的轮廓，更何况当时他的注意力是完全被她和那位老太太平分了的。他想起她的宽边帽、墨镜和侧脸的曲线，而当他试图加上丰满的乳房、肥大柔软，像丝质气球里装满了液体的屁股时，却怎么都无法把它们整合在一起。他该如何让自己相信，这些东西属于同一个女人呢？

他试着把女人轻轻拉向自己。虽然没有抗拒，但是她把脸转向了别处，可能她不想接吻，也可能是担心他会突然摘下她的眼镜，用手摸索眼镜遮挡的地方。她不想那样，因为她脸上毁损的部位，很容易引起别人的不适。

她失明多久了？他可以委婉地问一下吗？而后他是否可以顺理成章地问下一个问题：失明之后她有没有谈过恋爱？是不是之前的经验告诉她，眼睛的残缺会打消男人的欲望？

性欲。为何要看见美丽的女人才能唤起性欲？为何丑陋的景象会扼杀性欲？与漂亮的女人做爱，或者与身体残缺、样貌丑陋的女人做爱，究竟哪一种能提升我们，使我们进步？这都是什么问题啊？！难道那个叫科斯特洛的女人把他们弄到一起，不是为了让他们这两个身体残缺的男女享受云雨之欢，而是为了应对假如性交易无法达成，他们可以搞一个哲学研讨班，彼此依偎着谈论爱情或者真善美？

不知怎的，他心里七上八下的，烦躁、困窘，时而无所适从，时而又陷入哲思。而与此同时，他又不顾一切地想松松领带，因为那玩意儿勒得他几乎喘不过气，（他干吗要打个领带？）然而就在他百爪挠心的工夫，他们竟不知不觉地开始了性爱的动作。这可以称之为性行为，但又不是常人理解的那种性行为，毕竟他们一个下肢残缺，一个双目失明。两人的动作虽有些笨拙，但又没预想中那么笨拙；两人都有些羞怯，但又不至于因此而退缩。虽然速度快了些，但从开始到中间再到结束，他们完成了一场性行为该有的每一个步骤。

一直令他忐忑不安的是科斯特洛的那席话。她说玛丽安娜十分饥渴,身体里充满躁动的欲望。在性事方面,他不是那种过度放纵自己的人,也不喜欢粗暴疯狂的动作,更不会意乱情迷地呻吟或者乱吼乱叫。不过玛丽安娜似乎很懂得克制自己。不管她内心是怎样的一种情景,至少在身体上并未表现出来。完事之后,她立刻恢复了庄重。玛丽安娜到底是不是个饥渴的女人,可能唯一的暗示就是她热乎乎的身体,就像她的子宫或胸口有一团火在燃烧。

然而他们身下的沙发,既不是专为性爱而设计,也不适合做云雨之后的哲学探讨。更何况他们赤身露体,没有遮盖,理所当然,他们很快便感觉到了凉意,可他们又不可能摸到卧室的床上去。

"玛丽安娜,"他咬文嚼字般叫出她的名字,"我知道这是你的名字,但人们平时就这样叫你吗?你没有其他名字了?"

"就只有玛丽安娜,没别的名字。"

"好吧,"他说,"玛丽安娜,科斯特洛太太说咱们以前见过。咱们什么时候见过啊?"

"很久以前了。你给我照过相,是我生日的时候,你不记得了?"

"不记得,也想不起来了,因为我不知道你的样子。你也不可能记得我啊,因为你也不知道我长什么样子。在什么地方照的相啊?"

"在你的照相馆。"

"我的照相馆在哪儿？"

她沉默了。"过去太长时间了，"她最后说，"我想不起来了。"

"不过话说回来，咱们最近倒确实有些交集。我们在皇家医院坐过同一趟电梯，科斯特洛太太提过没有？"

"提过。"

"她还说了些什么？"

"只说你很孤独。"

"孤独，有意思。科斯特洛太太是你的好朋友？"

"一般朋友吧。"

"然后呢？"

长久的沉默。他把手伸进女人的衣服，上下抚摸，大腿、臀部、乳房。多么舒服，又多么意想不到。可以再度自由地享受一个女人的身体，尽管这个女人在他的心中没有容貌。

"你们也是偶然碰到的吗？"他问，"我和她倒是不期而遇。"

他感觉到她慢慢地摇了摇头。

"你觉得，她是不是想撮合咱们？也许只是为了好玩？瘸子带瞎子，搭伙过日子？"

他原本只是想活跃一下气氛，但他明显感觉到女人的身体僵硬起来。他能听出她舔了舔嘴唇，咽了口唾沫，而后毫无征兆地突然哭了起来。

"对不起，"他急忙道歉。他伸手摸她的脸，湿漉漉的，起码她的泪腺还在。"真的很抱歉,可我们都是成年人,为什么要让一个你我都不熟悉的人左右我们的人生呢?这是我偷偷问自己的问题。"

她抽了口气,大概是想笑,没承想却引来一阵呜咽。她半裸着在他身旁坐起,一边摇着头,一边尽情地哭起来。如果他想扯掉绑在眼睛上的丝袜,揭开面糊,一睹她的真容,那现在就是最好的时机。可他没那么做,他等着,忍着,拖着。

她用仿佛是随身携带的纸巾擤了把鼻涕,清了清嗓子。"我以为,"她说,"这就是你想要的。"

"没错,这确实是我想要的。不过这主意,却是我们的朋友伊丽莎白想到的。她是我们的第一推动力。她发布指令,我们遵照执行,尽管没人看见我们服从。"

看见。不是一个合适的词,但他没有纠正的意思。她应该早就习惯了吧,习惯别人说"看见"的时候,表达的却是其他意思。

"除非,"他继续说道,"她还在屋里,偷偷观察着我们。"

"不,"玛丽安娜说,"屋里没有别人了。"

屋里没有别人。据说盲人的其他感觉都特别敏锐,所以她的话应该可信。不过他还是隐隐有种感觉,好像伊丽莎白·科斯特洛正躺在他们脚下的地毯上偷窥,只要他把手伸出去,就能摸到她。

"我们的朋友很提倡这样,"他含糊地摆摆手,"因为在她眼里这代表着跨过了一道门槛。她认为只有我跨过了画地为牢这个槛，才可能成长。这是她想在我身上验证的一个假说。说不定她在你身上，也要验证什么别的假说。"

虽然嘴上这么说着，但他很清楚这是谎话。伊丽莎白·科斯特洛从没提过"成长"这两个字，"成长"是自助手册里的话。鬼知道伊丽莎白·科斯特洛到底想干什么，对他，对她自己，或者对这个玛丽安娜；鬼知道她有着什么样的人生观或爱情观；鬼知道接下来会发生什么。

"不管怎样，跨过了这道门槛，现在我们可以追求更高级、更美好的东西了。"

他喋喋不休地说着，一方面他不希望冷场，另一方面他也想替身边这个女人掩饰一下她刚刚和陌生人上床之后的难堪与伤感。黑暗中，他依然没有放弃勾勒女人的形象。他再次伸手摸她的脸，而他自己也仿佛一头扎进黑暗的深渊。他没有半点玩闹的心思。为什么？为什么他要听信那个叫科斯特洛的女人，陪她进行一场这样的表演？现在看来，与其说是草率，不如说是愚蠢。然而这个可怜又不幸的瞎眼女人，在这些令人不安的场合等待她的良师益友回来解放她时，都是如何自处的呢？科斯特洛当真以为几分钟毫无激情的肉体交合，会像膨胀的气体一样令整个夜晚都春意盎然吗？她以为把两个陌生人丢在一块儿——不，是两个不再年轻的陌生人，其中一个不仅老迈而且冷淡——就期望他们能像罗密欧与朱丽叶一样柔情蜜意、干柴烈火吗？太天真了吧！她居然还是个知名的文艺家。而眼睛上那些该死的面糊，她言之凿凿地说没有危害，可它们慢慢变干之后开始刺激眼周的皮肤：

她怎么想的？难道用面糊堵住他的眼睛就能让他改头换面，变成另一个人了？失明是一种很纯粹的残疾。男人失去视觉并不能改头换面，而只是不再完整，就像他失去了一条腿。她送到他面前的这个女人也是不完整的，至少不如原来的她完整。两个不完整的残疾人，她凭什么觉得他们之间能擦出神圣的火花，或任何火花？

至于身边这个女人，身体正随着时间一点一点变得冰凉。她心里在想些什么？对方得苦口婆心地费多少唇舌，才能说服她来敲开一个陌生人的门，献上自己的身体啊！在这次可悲的邂逅之前，他的故事有着一段漫长的前奏。这前奏可以回溯到很久很久以前，久到完全可以单独写一本书来描述。它从那个致命的冬天的上午，韦恩·布莱特和保罗·雷蒙特这两个素不相识的人从他们各自的家中出发开始。而她的故事也必然有个序幕，其开端很可能是某种病毒，或太阳黑子、基因变异、针头或其他随便什么导致她失明的东西，随后一步一步往前发展，直至遇见一个能说会道的老女人（对于只能听声辨人的她来说，那老女人何止能说会道）。老女人说她有办法帮她发泄体内蓬勃的欲望，只要她搭一辆出租车去北阿德莱德一个名叫阿尔弗雷多的咖啡馆。老女人把车费塞到她手上，还安慰她不要紧张，说她要见的那个男人是个人畜无害，又十分孤独的家伙。他会把她当作应召女郎，还会付钱给她。老女人保证说她会在附近保护她——而她只能听到老女人的声音，却看不到她眼睛里闪烁着的疯狂的目光。

归根结底，这是一项试验，一项毫无意义的夹杂着生物学和文学的试验，就像蟋蟀和狒猴的配对试验。而他们两个竟以各自的方式，欣然答应了。

"我该走了。"女人说，她就是试验中的狒猴，"出租车等着呢。"

"既然你这么说，"他说，"对了，你怎么知道出租车会来？"

"科斯特洛太太叫的。"

"科斯特洛太太？"

"对，科斯特洛太太。"

"科斯特洛太太怎么知道你什么时候需要出租车呢？"

她耸耸肩。

"好吧，看来科斯特洛太太对你照顾得很周到嘛。我替你付车费吧？"

"不用不用，已经包括在里面了。"

"那好吧，替我向科斯特洛太太问个好。出去的时候小心点，台阶很滑。"

女人在穿衣服，而他克制着，静静地坐着一动不动。然而房门刚一关上，他便立刻扯下丝袜去抓眼睛上的面团。可面团凝固了，硬邦邦的，硬抠的话可能会扯下睫毛。他不由得暗骂，看来只能重新弄湿了。

# 第16章

"她和你一样,都是自己找上我的。"科斯特洛说,"一个生活在黑暗中的女人。讲讲她的故事吧,一个声音对我沉睡的耳朵说,这声音来自哪里?来自从前被我们称之为天使的东西。它召唤我去参加摔跤比赛,可是你的玛丽安娜,我根本不知道她住哪儿。之前我和她一直是电话联系。如果你想让她再来,我可以给你她的号码。"

再来?他可不这么想。也许以后可以吧,但现在不行。现在他只想搞清楚自己经历的这些事情是否真实发生过:到他公寓来的那个女人是不是他在电梯里遇到的那个女人;她的名字是不是真的叫玛丽安娜;她是不是真的和她驼背的妈妈一起生活,她丈夫是不是因为她眼睛的事抛弃了她;等等。他要确定自己没有被骗。

因为他发现,自己可以轻易地编造出这个故事的另外一个版本。在另一个版本中,那个叫科斯特洛的女人从黄页中找到了大屁股的玛丽安娜。当然,玛丽安娜也可能叫娜塔莎或塔妮娅,是经迪拜和尼科西亚来到澳洲的摩尔多瓦人。她在电话里装模作样地指导玛丽安娜。"我得事先告诉你,我的这个弟弟,"她会这样对她说,"有些怪癖,可话说回来,哪个男人没有一点小怪癖呢?女人要想过活,总得想办法适应不是吗?我弟弟最大的怪癖是不愿意看到和自己打交道的女人。他喜欢保留想象的空间,喜欢把脑袋藏在云层里。很久以前他曾深深地迷恋过一个名叫玛丽安娜的女演员。他曾委婉地让我告诉你,他希望你能以那个女演员玛丽安娜的身份出现,穿一样的衣服,戴一样的首饰,当然这些我都会提供。这就是你要扮演的新角色,只要你答应,他就愿意付钱给你。你听明白了吗?""明白。"娜塔莎或者塔妮娅会说,"但上门得加钱啊。""上门肯定加钱。"科斯特洛会说,"我会提醒他的。最后一点,好好伺候他。他前不久出车祸截了一条腿,精神和以前不太一样。"

可能细节上会有少许出入,但说不定这就是那个所谓的玛丽安娜背后的真相。或许那副墨镜不是为了掩饰她失明的双眼,而是为了掩饰她并非盲人的事实?她的颤抖不是因为紧张,而是因为看到一个用丝袜蒙着眼睛的家伙笨手笨脚地解她的内衣,所以不得不极力忍住笑?跨过了这道门槛,现在我们可以追求更高级、更美好的东西了。真是蠢得惊天动地!她坐出租车回家时肯定笑了一路吧。

这个玛丽安娜到底是玛丽安娜,还是娜塔莎?这是他首先要搞清楚的事情，而这必须得问科斯特洛。只有问清这一点，他才好继续思考更深层的问题：那个女人是谁重要吗？即便他被耍了，又有什么关系呢？

"你把我当木偶对待，"他抱怨说，"你把所有人都当成木偶。你编造一些故事，操纵我们为你表演出来，你该开一家木偶剧院或动物园。现在应该有很多动物园等着出售，毕竟它们大部分都落伍了。去买一家吧，把我们关进笼子里，挂个牌子写上我们的名字。保罗·雷蒙特：犬科（不幸之人）；玛丽安娜·波波娃：盲人冒充者（移民），诸如此类。一排排的笼子里装满了——用你的话说——在你从事骗子行当时主动找上你的人。你可以收门票了，肯定能挣不少钱。大人们一到周末就会带着他们的孩子来参观我们，向我们丢花生。这可比你写那些没人看的书强多了。"

他停下来，等着她咬钩。但她却一言不发。

"可我不明白的是，"他继续说道——开始这通长篇大论时他并不愤怒，现在也不愤怒，反倒有种酣畅淋漓的宣泄的快感——"我不明白的是，我这个人那么沉闷无聊，还不配合你，你为什么还继续缠着我呢？我求你放过我吧，让我安安生生地过自己的日子。去写那个瞎眼的玛丽安娜吧，她比我更有潜力可挖。我不是英雄，科斯特洛太太。缺一条腿并不代表我能胜任一个戏剧性的角色。失去一条腿既不是悲剧，也不是喜剧，它只是个不幸而已。"

"别抱怨了，保罗。放弃你，选择玛丽安娜？我也许会，也许不会。以后的事，谁也说不准。"

"我不是抱怨。"

"你当然是。我都从你的声音里听出来了。你是在抱怨，可抱怨又怎么了？你都这样了，谁还会怪你啊？"

他拿来双拐。"我不需要你的同情，"他唐突地说，"现在我要出去，不知道什么时候回来。你走的时候把门锁上。"

"走的话我肯定会锁门。但我应该不会走，你不知道我想洗个热水澡都想了多久了，所以如果你不介意，今天我要好好犒劳一下自己。这在眼下可是难得的享受。"

这个叫科斯特洛的女人，已经不是第一次拒绝为自己解释了。不过她最新的这个借口让他既气恼又不安。我也许会，也许不会？她对他的兴趣只是暂时的吗？会不会玛丽安娜才是她最终的目标？抛开模糊的印象不管，说真的，他什么都想不起来。但他们的两次邂逅——一次在电梯，一次在沙发上——难道并非他保罗·雷蒙特人生故事中的插曲，而是玛丽安娜·波波娃的？当然，在某种意义上，也许他只是玛丽安娜或其他随便什么人生命中的一个过客，就像玛丽安娜和其他人也只是他生命中的过客一样。不过在更基本的层面上，他会不会也是过客？比如某个一闪而过，聚光灯甚至来不及照到的人。他和玛丽安娜之间的故事，会不会只是玛丽安娜真爱之旅上许多插曲中的一段？或者，这个叫科斯特洛的女人，正在同时写两个故事？两个故事的主人公都是不幸的人，一个双目失明，一个行动不便，他们要学着习惯这样的人生。而后也许是出于试验的目的，甚至可能是由于某种职业性的玩笑，在她的安排下，两个人的人生轨迹相交在一起。他没和小说家打过交道，不知道他们的运作模式，但这听起来并非完全不可信。

公共图书馆里，他在 A823.914 类目下找到了一排伊丽莎白·科斯特洛的书：《炽热的熔炉》、几本翻烂了的《埃克尔斯街上的房子》《致友爱岛》《邓巴先生的探戈》《时间之源》《彬彬有礼》，还有一本装帧简朴，封皮为深蓝色的书，名字叫《永恒之火：伊丽莎白·科斯特洛小说中的意图与构思》。他浏览了一遍索引，没发现有提到玛丽安娜或玛丽亚娜的，也没有关于盲人的。

他随手翻了几页《埃克尔斯街上的房子》。利奥波德·布卢姆，休·博伊兰、玛丽安·布卢姆。[1] 她到底怎么回事？难道就编不出自己的人物吗？

他放下这本，又拿起《炽热的熔炉》，随便翻了一页读了两段。

他用手掌揉搓着橡皮泥，直到橡皮泥变得温暖柔软，而后将橡皮泥捏成了各种小动物的样子：小鸟、蟾蜍、小猫，以及竖着尖耳朵的小狗。他把这些小动物在桌面上摆成一个半圆，让它们一律仰着头，仿佛在对着月亮号叫。

橡皮泥是他在上个圣诞节收到的礼物，隔了许久，早就不新

---

[1] 上述几个人名均出自爱尔兰作家詹姆斯·乔伊斯的长篇小说《尤利西斯》。

鲜了。原来的砖红、叶绿和天蓝全都混到了一起,变成了如今这种透着铅灰的紫色。为什么?他心里想,为什么鲜亮的色彩会变得暗淡,而暗淡的色彩却再也无法鲜亮起来?有什么办法能使这团肮脏的紫色褪去,然后像刚刚破壳而出的小鸡一样,重新变回鲜艳的红色、蓝色和绿色呢?

为什么?为什么?为什么她提出一个问题却不给出答案?答案很简单:红色、蓝色和绿色永远不会复原,因为有熵的存在。换句话说就是,这个过程是不可逆的,是无法改变的。这是世界公认的基本定理,即便是图书管理员,或者女小说家也该懂得。从多样可以变成统一,但反过来却不行,就像灰飞烟灭归于尘土的老母鸡,永远不可能变回生机勃勃的小鸡崽儿。

他翻到书的中间。她不能和一个已经厌倦她的男人在一起。掩饰她自己的厌倦,已经够累的了。只要一和他躺在那张熟悉得不能再熟悉的床上,她就能感受到他的厌倦像无色无味而又呆滞的潮水席卷她的身体。她必须逃离!越快越好!

这里有个玛丽安,但没有玛丽安娜。而且他也没有看到和瞎子或者被截肢者有关的内容。他愤然合上这本《炽热的熔炉》。他实在受不了从书中散发出的那种无色无味、呆滞且压抑的气息了。伊丽莎白·科斯特洛,如果她真是一个受人欢迎的作家,那他倒想问一句,她到底是凭什么受人欢迎的呢?

书的护封上有张照片。伊丽莎白·科斯特洛比现在要年轻许多,她身穿防风夹克,好像是在一艘游艇上,靠着一根绳索站着。光线的缘故,她眯着眼睛,皮肤晒得黝黑。女水手?有这种叫法吗？或者女水手都是美人鱼，就像海马也是鱼一样？不算漂亮，可能中年时比年轻时要好些。但就她而言看着十分朴素，甚至有些单调。她不是他喜欢的类型，可能也不是任何男人喜欢的类型。

图书馆的当代作家区有关于她的作家小传，配的是同一张照片。小传里说她1928年生于澳大利亚墨尔本，长期居住在欧洲。第一本书出版于1957年，随后是获奖记录。有作品名录，但没有内容提要。结过两次婚，有一儿一女。

七十二岁！都这么老了！她现在在干什么，在公园的长凳上睡大觉吗？她的思维是不是开始混乱了？她是不是有些疯疯癫癫？那是不是就可以解释她现在的所作所为？该不该把她的儿子和女儿也扯进来？他是不是有责任找到他们？拜托你们快来，你们的妈妈非要和我同住，赶都赶不走，而我可是一个陌生人。现在我束手无策，请你们把她带走，看住她，不管怎样，只要能让我解放就行。

他回到公寓，科斯特洛不在，但她的笔记本在咖啡桌上放着。很可能是故意为之。如果他偷看一眼，她就又赢了。可是……

她的字写得龙飞凤舞，又粗又大，每行只有寥寥几个字。他翻到最近一页。黑暗，黑暗，黑暗，他心里念道，他们全都进入了黑暗，看不见月亮的虚空之境。

他往回翻。

在尸体旁恸哭，他念道，祈祷。该词加了下划线。她在床边呆呆地前后摇晃，双手捂着耳朵，双目圆睁一眨不眨，仿佛生怕错过她的灵魂像喷气一样离开身体穿越大气，直达平流层乃至更远的地方的那一刻。窗外阳光明媚，鸟儿欢唱，一切如常。她像一个长跑者，被困在悲伤的节奏之中。一场悲伤的马拉松。如果没人来安慰，她会保持这种状态一整天。然而她一次也没有碰他（他的尸体）。为什么呢？是害怕冰冷的肉体？难道恐惧终究战胜了爱？或者，也许在悲伤的逆流中，她已经学会了刚强，克制着自己，不去对他做无谓的挽留。她已经道过别了，道别即结束。永别了，上帝与你同在。随后翻到下一页：黑暗，黑暗，黑暗……

如果他往前多读一些，无疑就能知道这个悲痛的女人和那具尸体分别是谁。但这一刻他的好奇心仿佛偃旗息鼓了。他不确定自己是否想探究明白。本子里的笔迹颇为古怪，完全信马由缰、漫不经心，根本没有按照线格来；而文字对神灵也有失虔敬，甚至充满挑衅意味，好像写的都是些见不得光的事情。

难道一整本都是这样对庄重的挑衅和羞辱？他从开头仔细浏览，看了半天都毫无头绪。她仿佛是匆忙间记下一个偶然听来的故事，所以尽量压缩描述性的文字，缩短句子，急不可耐地从一个场景跳跃至另一个场景。这时一句话引起了他的注意：一条腿蓝色，一条腿红色。柳巴？只能是柳巴。在德国，身上有斑纹的牛都不正常，很容易发疯，疯了就对着月亮蹦跶。小狗笑了。带回一只狗，小小的杂种狗，会对所有人摇尾巴，会叫，急于讨好别人？PR（保罗·雷蒙特）的反应："我虽然喜欢狗，但也没到那个程度！"马特和杰夫那样的难兄难弟。

他"啪"的一声合上笔记本。如果他的耳朵这会儿还没有开始发烧，那也是迟早的事。和他最怕的情况一样：她什么都知道，包括每一个细节！该死的！他一直以为他是自己的主人，可实际上他就像笼子里的老鼠，上蹿下跳，吱吱乱叫。而那个可恶的女人站在他旁边，观察着，聆听着，还记录下了他的所有活动。

或者，可能比这还要可怕，可怕得无以复加，可怕到内心濒临崩溃？难道这可以理解为眼下他只能用"另一边"来形容他的处境？难道这就是发生在他身上，或者发生在每个人身上的事情？

他在扶手椅中小心翼翼地坐下。如果这都不算重大的时刻——就像哥白尼提出了日心说的时刻——那还有什么能算呢？也许所有秘密中最大的那个秘密，会在他面前自动褪去面纱。也许在最初的这个世界旁边，还存在第二个世界，没有人怀疑。人在第一个世界里熬过一定长度的时间，而后死神就以韦恩·布莱特或其他什么人的身份来到你面前。时间静止了，瞬间化为永恒。人跌进一个黑暗的洞穴，随后突然之间就来到和第一个世界一模一样的第二个世界。时间重新恢复，进行的动作仍会继续——像只猫一样飞过半空，围观的人群、急救车、医院、汉森医生，等等——不同的是，这个世界里有个讨厌的伊丽莎白·科斯特洛，或者和她相似的人。

从笔记本中的"狗"字联想到死后，这是极大的跳跃，也是足够疯狂的揣测。也许他错了，很可能真的错了。但不管对或错，不管他内心在犹豫中称之为"另一边"的东西是真实存在的，还是仅仅为错觉。那个最先出现在脑海中，且被神灵的打字机在他眼睑上打出来的修饰词，是"微不足道"。如果濒临死亡只是一场骗局，或者说文字游戏；如果死亡只是时间打了一个嗝，而之后的生活仍一如从前，那我们还有什么可大惊小怪的呢？一个人可以拒绝这种灵魂不死的结局，或拒绝这种微不足道的命运吗？我想要回到从前的人生，那个在玛吉尔路上终结了的人生。

他累极了，头昏脑涨的，也许只要闭上眼睛就能立刻睡着。但他可不想等科斯特洛那个女人回来时看到他睡在椅子里。他开始注意到这女人身上有种奇怪的特质，与其说像狗，不如说像狐狸。这和她的长相没有关系，却令他格外紧张，让他很难相信她。他可以轻而易举地想象出，她在黑暗中从一个房间溜到另一个房间，一边走一边嗅着，搜寻着。

有人轻轻摇晃他时，他还没有离开那张扶手椅。站在他面前的不是狡猾的科斯特洛太太，而是裹着红头巾的玛丽亚娜·约基察。从某种意义上说（眼下他头脑昏沉，也说不出个所以然来），她是当前这种种复杂情形的根源。

"雷蒙特先生，你没事吧？"

"玛丽亚娜！哦，没事。我当然没事。"但这不是实情。此刻他并不舒服。嘴里发臭，后背僵硬，而且他不喜欢突然袭击式的访问，"现在几点了？"

玛丽亚娜没有理会他的问题。她在他旁边的咖啡桌上放下一个信封。"你的支票，"她说，"他让我还给你，我们不要钱。我丈夫说他不接受其他男人的钱。"

钱，德拉格。这是另一个话语世界。他得抖擞一下精神。"那德拉格怎么办？"他说，"他怎么上学？"

"德拉格还上以前那样的学校。我丈夫说，他不需要上寄宿学校。"

柳巴那孩子一边心不在焉地揪着妈妈的裙摆，一边吮着另一只手的大拇指。身后，科斯特洛蹑手蹑脚地溜进了屋。他睡着的时候，她也在公寓里吗？

"你希望我和你丈夫谈谈吗？"他问。

玛丽亚娜用力摇摇头。在她看来，这个提议既危险又愚蠢。

"那好吧，咱们还是想想接下来怎么办吧。也许科斯特洛太太能给个建议。"

"你好啊，柳巴。"伊丽莎白·科斯特洛说，"我是你妈妈的朋友，你可以叫我伊丽莎白，或者伊丽莎白阿姨。玛丽亚娜，很遗憾听说你遇到了麻烦，可我刚来，对具体情况还不了解，所以最好还是不干预了。"

你不是一直都在干预吗？他心里恨恨地说，不干预，你来这儿还能做什么？

玛丽亚娜发出一声带着哭腔的叹息，重重地坐在沙发上。她挡住自己的眼睛，以免被人看到呼之欲出的泪水。孩子乖巧地站在她旁边。

"多好的孩子，"她说，"多好的孩子。"随后她忍不住啜泣起来，"他那么想去！"

在另外一个世界里，他依然年轻潇洒，四肢健全，口气清新。他会把玛丽亚娜拥入怀中，吻掉她的泪水。原谅我，原谅我，他会对她说。我做过对不起你的事。我也不知道为什么会那样。但那种事只发生过一次，我保证今后不会再发生！请你接受我，我会一直照顾你。我发誓，一直照顾到我死的那一天。

孩子乌溜溜的眼睛死盯着他。你把我妈妈怎么了？她好像在问。这全都怪你！

确实怪他。那双乌黑的眼睛似乎看透了他的心，看穿了他隐秘的欲望，看清了他在察觉到这对夫妻出现第一道裂缝时从内心深处涌上来的狂喜而非忧伤。也请你原谅我！他看着孩子的眼睛默默地说，我没有恶意，我只是被一种更高级的力量控制住了。

"我们还有足够的时间。"他用最冷静的声音说，"现在离明年入学申请的截止日期还有一个星期。学费的事我来做担保，我会让我的律师写一封担保信，那样看起来正式些。回去等你的丈夫冷静下来后再跟他谈谈，我相信你和德拉格会说服他的。"

玛丽亚娜不抱希望地耸耸肩，对孩子说了句什么，他没听明白，随后孩子小跑着出去，回来时手里抓了一把纸巾。玛丽亚娜大声擤着鼻子，眼泪、口水、鼻涕，使悲伤变得不那么浪漫起来，甚至透出了悲伤阴暗的一面，就像性爱的阴暗面：污渍和臭味儿。

坐在沙发上的她，能意识到这间公寓里发生了什么吗？她能感觉到吗?

"或者,"他继续说道,"如果是因为面子,如果你丈夫无法接受来自其他男人的资助,那我们也许可以让科斯特洛太太写支票,权当她是个中间人。"

这是他第一次把科斯特洛往前推,心里喜滋滋的,有种幸灾乐祸的感觉。

科斯特洛太太摇了摇头。"我觉得我还是不要干预为好。"她说,"况且这里面还有一些实际的困难,我就不掺和了。"

"什么困难?"他问。

"我就不掺和了。"她重复道。

"我没觉得有什么实际困难啊,"他说,"我给你开张支票,然后你再给学校开张支票,很简单的嘛。如果你不答应,或者用你的话说,如果你拒绝干预,那就请你走开,别打搅我们。"

他希望自己的刻薄能刺激到她,可她好像无动于衷。"别打搅你们?"她淡淡地说,声音小得几乎听不见,"如果我真的不理你们,"她瞥了一眼玛丽亚娜,"你们会变成什么样子?"

玛丽亚娜站起身,又擤了下鼻子,随手把纸巾藏在袖子里。"我们该走了。"她决然说道。

"扶我起来,玛丽亚娜,"他说,"拜托了。"

来到楼梯平台处,他们已经走出了科斯特洛的耳力范围。玛丽亚娜面对他,问道:"这个伊丽莎白,是你的好朋友?"

"好朋友?不,我可不会这么说,我们的关系没那么亲密。实际上她连朋友都算不上,她是最近才出现在我的生活中的,以前我们素不相识。伊丽莎白是个职业作家，写小说的，言情小说。眼下她正搜集人物材料，用在她计划写的一本新书里。她对我的故事似乎寄予厚望，而间接地，也对你的故事很感兴趣。但我并不合适，所以她才缠着我，想把我变成合适的样子。"

她想主宰我的生活。救救我。这才是他想说的话。不过鉴于玛丽亚娜目前的处境，跟她说这些似乎不太公平。

玛丽亚娜微微一笑。虽然泪水没了，但双眼依旧通红，鼻子也有点肿。天窗里透进来的光把她彻底照亮了，因为没有化妆，她的皮肤显得有些粗糙，牙齿也发黄。这个女人是谁啊？他心里想，竟让我如此神魂颠倒、朝思暮想？这真是个谜。他拉住她的手。"我会支持你的，"他说，"我会帮你，我保证。我会帮德拉格。"

"妈妈。"孩子低声叫道。

玛丽亚娜收回她的手。"我们该走了。"说完，她便拉着孩子转身离去。

# 第17章

"我有客人要来,"他向那个叫科斯特洛的女人宣布,"你可能会不习惯,所以我建议你今天晚上做些别的安排。"

"没问题,我很高兴看到你重返社交圈。让我想想……我该干点什么呢?要不去看场电影吧?你知不知道最近有什么值得看的片子?"

"可能我说得不够清楚,我让你做别的安排,意思是让你回避一下。"

"哦!那你觉得我该去哪儿?"

"我不知道,你去哪儿跟我没关系。要不,干脆从哪儿来的就回哪儿去。"

沉默片刻。"嗯,"她说,"至少你够坦率。"顿了顿,她接着又说,"保罗,你还记得辛巴达和老头儿的故事吗?"

他没有回答。

"在一条水流湍急的小溪边,"她说,"辛巴达遇到一个老头儿。老头儿说:'我年老体弱,只要你把我驮到对岸去,真主就会保佑你。'于是热心肠的辛巴达就驮起老头儿蹚过溪流。可来到对岸后,老头儿却死活不下来。他两条腿拼命夹住辛巴达的脖子,夹得他几乎喘不过气。'现在你是我的奴隶了,'老头儿说,'从今往后要对我唯命是从。'"

他记得这个故事,是一本名叫《黄金传说》的书里讲的。那本书就放在他在卢尔德的书柜里。而且现在他仍然清楚地记得那里面的插图。一个骨瘦如柴的老头儿,浑身赤裸,只在腰间缠了一块布。他两条瘦腿骑在英雄辛巴达的脖子上,辛巴达驮着他蹚过齐腰深的溪流。那本书后来怎么样了?那个书柜以及其他伴随他在法国度过童年时期,并陪他漂洋过海来到这个新国度的东西,最后都怎么样了?如果他回到巴拉腊特那个荷兰人的房子里,他会不会在地窖里找到那些东西?辛巴达、狐狸、乌鸦、圣女贞德,还有其他故事人物,全都封在纸箱里,耐心等待着它们的小主人回去拯救它们?那个荷兰人会不会早在他丧偶之后就把它们丢出去了?

"是,我记得。"他说,"我是不是可以理解为我就是故事里的辛巴达,而你就是那个老头儿?那样的话,你倒确实面临一个实际的困难。你没办法——我该怎么说呢——你没办法骑到我头上来,因为我不打算帮你。"

科斯特洛神秘地笑笑。"也许我已经骑上了,"她说,"只是你还不知道罢了。"

"不，你没有，科斯特洛太太。我没让你骑在头上，没有，我会用事实证明，我不会任你摆布。我请你爽快一点，把钥匙还给我——当初你拿钥匙根本就没有得到我的同意——然后离开这个公寓，永远别再回来。"

"雷蒙特先生，你用这样的语气和一位老太太说话，未免太刻薄了吧？你说的都是真的吗？"

"这不是喜剧，科斯特洛太太。我在请你离开。"

她叹了口气说："那好吧，但我不敢保证我会变成什么样子，外面下着倾盆大雨，天又快黑了。"

外面没雨，天也没那么快黑。这是个美好的下午，温暖、安静，让人感觉活着真好。

"给，"她说，"你的钥匙。"她带着夸张的小心，把钥匙放在了咖啡桌上。"不过我得麻烦你给我一点时间，好让我收拾行李，化个妆什么的。然后我就走，从此你又能一个人逍遥快活了。我想你肯定很期待吧？"

他不耐烦地转过脸。几分钟后，她回来了。

"再见了。"她把一个塑料购物袋从右手转到左手，而后伸出右手，"我留下了一个小行李箱，过两天等我找到住的地方会派人来拿。"

"我觉得你还是直接带走比较好。"

"那不可能。"

"没什么不可能，我希望你带走。"

两人不再多说什么。他在门口看着，她提着那个行李箱，一步一步,慢吞吞地走下楼梯。如果他是个好心的绅士,那么不管他是不是残疾人,都会上前帮一把。可现在他做不了绅士,他一心只想让这个女人从他的生活中消失。

# 第18章

没错,他确实很期待一个人的生活。实际上他渴望独处。但伊丽莎白·科斯特洛刚刚离开没多久,德拉格·约基察便来到了他家门口,肩上还背着个背包。

"嘿。"德拉格和他打了个招呼,"你的自行车修得怎么样了?"

"恐怕还是老样子,我一点都没修,最近有别的麻烦事。我能为你做点什么?要不要进来?"

德拉格走进屋里,把背包直接放在了地板上。他身上那种自信的神情已不再明显,实际上他看起来好像有点难堪。

"你来是为了上学的事吧?"他问,"你想聊聊吗?"

小伙子点点头。

"那就说说吧,到底有什么问题?"

"我妈妈说你要为我出学费。"

"对，我可以出两年的学费。你要是心里过意不去，可以把这当成是借的，长期借款。反正你怎么想，对我来说都无所谓。"

"妈妈跟我说需要多少钱了，我之前不知道要那么多。"

"德拉格，我手里的钱没什么用处。如果不能花在你的教育上，那它们就只能待在银行里，一无是处。"

"是，"德拉格固执地说，"但为什么是我？"

为什么是我？好像每个人都习惯问这样的问题。他本可以用一些冠冕堂皇的话敷衍一下德拉格，但他没有。这个年轻人亲自跑到他的家里是为了解开心中的疑惑，因此他要郑重其事地回答他，给他一个真实的答案，或真实答案的一部分。

"德拉格，你妈妈在我这里工作期间，让我对她产生了一种特殊的好感，她给我的生活带来了翻天覆地的变化。可她过得并不好，这你我都知道。所以，我想提供一些力所能及的帮助。"

这个时候，小伙子已经不再躲躲闪闪，他直视着他的眼睛，挑衅着他。你就只能说这些？你就只愿意说这些？而他会回答：是的，眼下我只能这么说。

"我爸爸不同意。"德拉格说。

"我听说了。对你爸爸来说，这可能关系到他的面子，我能理解。但你应该提醒他，接受朋友的资助并不是一件丢脸的事情。因为我就是希望他这样看待我——一个朋友。"

德拉格摇摇头："不是这么回事，我爸爸和妈妈大吵了一架。"他嘴唇哆嗦起来。十六岁，还是个孩子。"他们昨天晚上吵架了，"他继续轻声说道，"妈妈一气之下走了，去我莉迪姑妈家住了。"

"那是哪儿啊？你莉迪姑妈家在哪儿？"

"沿我家那条路往南，伊丽莎白北。"

"德拉格，"他说，"咱们还是开诚布公吧。我知道，如果不是因为你对我和你妈妈的关系感到困惑，今天你是不会来找我的。请你放心好了，我和你妈妈之间没有任何见不得人的事情，我对她的感觉也是光明正大的。我尊重她，就像我尊重任何一个女人一样。"

没有任何见不得人的事情，这是老掉牙的说辞了。何为见不得人？粗俗不堪的，不可言说的，总之就是一种掩饰。它的真实意思无非是：我没和你妈妈上过床。如果这一切都围绕着上没上过床的问题，如果让米罗斯拉夫·约基察妒火中烧，让眼前这个小伙子急得想掉眼泪的核心问题就是他和玛丽亚娜有没有上过床，那他还啰里啰唆地扯什么面子问题呢？我没和你妈妈上过床，这种事我连提都没提过，回去告诉你爸爸吧。可倘若他没有觊觎玛丽亚娜，没有想和她上床的欲望，那他的所作所为到底是图什么呢？他凭什么让一个"80后"相信他的话呢？

"我很抱歉，因为我让你的父母闹矛盾。我最不愿意看到的就是这种结果了，你爸爸对我有误会。如果他能亲眼见到我，就不会想那么多了。"

"他打了我妈妈。"德拉格说。现在他开始控制自己了，控制声音，控制眼泪，说不定还控制住了内心的活动，"我恨他，他还打了我妹妹。"

"他打了布兰卡?"

"不是,是打了我的小妹妹。布兰卡站在我爸爸那边,她说妈妈出轨了,说妈妈和你搞外遇。"

妈妈出轨了。那个叫科斯特洛的女人说过,玛丽亚娜是个对婚姻忠贞不贰的女人。她提醒过他不要在玛丽亚娜·约基察身上浪费时间。谁说得对呢?该听这个叛逆的女儿的,还是该听那个疯疯癫癫的老太婆的?想想那是多么可怕的情景。米罗斯拉夫是个彪悍的家伙,震怒加上醉酒,对玛丽亚娜拳打脚踢,甚至连他那个天真可爱的小女儿都不放过。而他站在旁边的儿子把一切看在眼中,义愤填膺,热血沸腾。巴尔干男人的热血。他到底怎么和一个巴尔干人扯上关系的呢?一个巴尔干机修工和他的机械鸭子。

"你妈妈和我清清白白,没有半点暧昧关系。"他笃定地说,"这种事她连想都不会想,我也不会想。"真会撒谎!我日思夜想呢。"如果你不相信我也没办法,我不会试图说服你。你现在有什么打算?我是说眼下你是留在家里,还是去陪你妈妈?"

德拉格摇摇头。"我不想回去,打算先到朋友那儿挤挤。"他踢了下背包说,"东西我都带好了。"

从背包的样子看,他带的东西可不算少。

"你愿意的话,可以住我这里。我的书房里有张空床。"

"我也不知道。我跟朋友说了要去找他住,我能待会儿再跟你说吗?另外,我能不能先把背包放这儿?"

"随便你。"

他熬夜等待德拉格,一直等到午夜之后。可德拉格直到第二天才回来。"我带了个朋友在楼下,女的,"他在应门对讲机中说,"她能上去吗?"

一个朋友,女朋友。看来他昨晚住在她那儿。"可以,上来吧。"可打开门时,他气得差点叫出声。只见既邋遢又憔悴的德拉格身旁,赫然站着伊丽莎白·科斯特洛。他算是甩不掉这个女人了?

他们警惕地注视着彼此,像两只对峙的狗。"我在维多利亚广场遇到了德拉格,"她说,"他夜里睡在那儿。他结识了一些新朋友,可那些人正想引诱他喝酒。"

"我记得你不是说去和朋友一起住吗?"他问德拉格。

"没去成,我没事。"

我没事。可这孩子显然有事,他无精打采的,一副宿醉未消的样子。

"你和你妈妈谈过了吗?"

年轻人点点头。

"然后呢?"

"我给她打过电话,说我不回去了。"

"我不是问你,是问她。她怎么样了?"

"她还好。"

"去洗个澡吧,德拉格。去吧,把自己收拾干净。睡一会儿,然后回家，跟你爸爸和解。我估计他也很内疚。"

"他不会。他从来不会内疚。"

"我能插句话吗？"伊丽莎白·科斯特洛说，"只要德拉格的爸爸认定了自己没错，那他就不会内疚。至少我是这么看的。至于玛丽亚娜，不管她在电话里和儿子怎么说，她都不会好受。你想啊，她都被逼到去孩子的姑妈家躲难了，说明她实在没有别的地方可去。而孩子的姑妈肯定不会和她同仇敌忾啊。"

"这个莉迪[1]，是约基察的妹妹？"

"她叫莉迪亚·卡拉季奇[2]，是米罗斯拉夫的妹妹，德拉格的姑妈。莉迪和玛丽亚娜关系不怎么样，可以说从来就没好过。在莉迪看来，玛丽亚娜被赶出家门纯属咎由自取。俗话说，无风不起浪嘛，这是她的话。"

"你怎么会知道这么多？你连莉迪说了什么话都知道？"

这个叫科斯特洛的女人没有理会他的问题。"对莉迪来说，玛丽亚娜究竟有没有出轨并不重要。重要的是关于她的风言风语，已经在克罗地亚人的圈子里流传开了。别不当回事，保罗。闲谈八卦、流言蜚语，用罗马人的话说这叫公众舆论。推动社会前进的不是事实和真相，而是舆论。你跟我们说你和德拉格的妈妈是清白的，因为你和她在事实上没有发生性关系。不好意思，德拉格，请原谅我这么说。可如今人们是如何定义性关系的呢？

---

1 原文为 Lidie，译者遵从原文译出。
2 原文为 Lidija Karadžić，译者遵从原文译出。

背地里的一次苟且偷欢和长达数月狂热的渴望相比,哪一个情节更严重?当男欢女爱这种事成为议论的对象时,不明真相的看客有几个会真的去关心真相?而且我们可以更加肯定的是,关于玛丽亚娜和自己的客户搞暧昧这件事,已经在人群中传开了,也不知道是谁开的头。谣言的可怕之处在于它的传播速度,因为人群为它提供了充足的土壤。而且你越是极力辟谣,信谣的人就越多。

"我知道你不喜欢我,雷蒙特先生,而且你毫不掩饰想摆脱我的决心。但我可以实话告诉你,重新回到你这个破公寓,对我来说也不是什么高兴的事。不过你得赶快处理好你和德拉格妈妈的事,处理好你和前几天上门的那个黑衣女人的事,甚至处理好你和麦科德太太的事。虽然你没跟我提过她,但最主要的还是处理好你和德拉格妈妈的事。这些事处理得越早,咱们两个也就能越早分开。这对我们都有好处。至于怎么处理,得由你自己决定,我帮不上忙。要是我能未卜先知,那就没必要来这儿了。我完全可以重新回到自己的生活里,老实说,那可比在这儿舒服得多,也用不着忍受这么多破事。可在你切实采取行动之前,我只能等着。俗话说,你是你自己的主宰。"

他摇摇头说:"我不明白你的意思。你这话毫无道理啊。"

"你当然明白。不过一个人在做事之前没必要什么都明白,除非这个人是圣贤。我提醒你,人是会冲动的。如果你允许,我绝对会把这种冲动用到你身上。你说你爱上了约基察太太,起码德拉格不在场的时候你这么说过。那好啊,用你的爱干点什么呗。另外，你在德拉格面前坦诚一点不会有什么坏处。你觉得呢，德拉格？"

德拉格苦笑了一下。

"对于一个成长中的孩子来说，这也是教育的一部分，比送他去堪培拉那个自命不凡的学校更有意义。让他见识一下爱情能使人迷惘到什么地步，让他看看人是如何驾驭激情的，是如何根据星座辨别方向的——大小熊座、射手座、南十字星座等。如今的他也必定充满激情，年纪到了。你肯定有激情吧，对不对，德拉格？"

德拉格默不作声，但嘴角依然挂着微笑。这个女人与这个孩子之间，仿佛正产生着某种反应。但具体是什么呢？

"我来问你，德拉格。如果把你放在雷蒙特先生的位置，或者如果你是雷蒙特先生，你会怎么做？"

"我会怎么做？"

"是的，想象一下：你今年六十岁，突然有一天醒来发现，自己彻头彻尾地爱上了一个不仅仅是比你年轻，而是年轻了整整四分之一个世纪的女人，她已婚，有个幸福的家庭。你会怎么做？"

德拉格缓缓摇了摇头说："这么问不公平。我才十六岁，怎么可能知道六十岁的人心里怎么想？这和问一个六十岁的人完全不同嘛，如果我真有六十岁倒也可以代入一下试试。可我们正在说的是雷蒙特先生，对吧？我不是他，怎么可能知道他的想法呢？"

他们都不吭声,等着德拉格继续说下去。可这孩子的话似乎已经说完。尽管带着宿醉的憔悴,他的脸依旧像天使般纯洁,不过他显然愿意代入这个假设。

"那我换个问法吧,"科斯特洛太太说,"有人说,爱情使人年轻。它会让你脸红心跳,声音变得温柔,脚步变得轻盈。咱们不做争论,就当它真是这样,然后再看雷蒙特先生。雷蒙特先生因为车祸失去了一条腿,于是他雇了一位护工来照料他,结果他很快爱上了这个护工。他从一些莫名其妙的暗示中,感觉自己要梅开二度、枯木逢春了,甚至还想过再生一个儿子。对,这是真的,给你生个同母异父的小弟弟。可他能相信这些暗示吗?也许这只是他一厢情愿的白日梦。所以现在要思考的问题是,鉴于我刚刚描述的这些情况,雷蒙特先生或者类似他这种情况的人,接下来该怎么办?是盲目遵循自己的欲望,一条道走到黑,还是权衡利弊,充分认识到与有夫之妇搞暧昧是一件多么轻率的事情,从而悬崖勒马呢?"

"我不知道,我不知道他会怎么做。你觉得呢?"

"我现在也不知道,德拉格。不过,咱们还是一步一步地解决这个问题吧。不妨先假设。首先,我们假定雷蒙特先生按兵不动。不管出于什么原因,他决定控制自己的激情。那随后会产生怎样的结果呢?"

"如果他什么都不做?"

"对,如果他只是坐在自己的公寓里,什么都不做。"

"那一切都将变回原来的样子,枯燥乏味。他也会像从前一样。"

"但是——?"

"但是什么?"

"但是过不了多久,他就要后悔。白天无精打采,情绪低落。夜里时不时惊醒,咬牙切齿地埋怨自己说:要是怎么怎么就好了。记忆,关于他自己优柔寡断的记忆,会像硫酸一样腐蚀他的心灵。啊,玛丽亚娜!他会自怨自艾,我真不该把你放弃!从此他郁郁寡欢,活得像个影子,直到最终在抑郁中离开人世。"

"好吧,他会非常后悔。"

"那他应该怎么做,才不至于带着遗憾死去呢?"

他实在听不下去了。在德拉格回答之前他抢先开口说道:"你放过这孩子吧,伊丽莎白,别把他也拉进你的游戏,也不要再当着我的面说我的事。你把我当空气了吗?我怎么生活是我自己的事,一个陌生人是没资格说三道四的。"

"陌生人?"伊丽莎白·科斯特洛扬起一侧眉毛说。

"对,陌生人。尤其是你,你对我来说就是个陌生人。我真希望从来没有见过你。"

"彼此彼此,保罗,彼此彼此。咱们两个为什么会碰到一起,只有天知道,因为咱们显然不是一路人。可现实摆在眼前,你想要的是玛丽亚娜,结果却摊上了我。而我想要的是一个更有趣的实验对象,结果却遇到了你。只有一条腿不说,还是个优柔寡断的家伙。造化弄人啊,你说是不是,德拉格?来嘛,给我们提提建议。我们该怎么办?"

"如果你们都看对方不顺眼，那我建议你们分开。"德拉格说。

"那保罗和你妈妈呢？他们也该分开吗？"

"我不了解雷蒙特先生。可为什么没人问问我妈妈的意见呢？谁知道她会怎么想呢？也许她后悔接了雷蒙特先生的工作，也许她希望一切都回到从前的样子……回到我们家仍然和睦时的样子。"

"这么说你是激情的敌人，婚外激情。"

"不，我没这么说。我不是你说的所谓激情的敌人，可是——"

"可是你妈妈是个非常漂亮的女人。走在外面，人们会看她，被她吸引，欲望会在陌生人的心里萌芽。而在你能说出小蟋蟀吉米尼这个名字之前，不可预见的激情已经喷薄而起，你不得不打起精神与之抗衡。从你妈妈的角度考虑，陌生表白者的热情是很容易抵御的，可要忽视它们就没那么容易了。因为那需要足够冷酷。鉴于陌生男人和他们的欲望是既成的事实，你希望你妈妈会如何应对？把自己关在家里足不出户？或者出门时戴上面纱？"

德拉格奇怪地笑了笑。"不，也许她根本就不想和那些冲她抛媚眼的男人搞婚外情……"他对那自带羞耻感的三个字嗤之以鼻，仿佛那是某种异国语言，"所以我才说为什么没有人问问她的意见。"

"如果可以，我现在就问她。"伊丽莎白·科斯特洛说，"可我找不到她，和她说不上话，所以我们只能靠猜测。但让她勉为其难地和一个六十岁的老头子发展一段婚外恋情,而这个老头子还是她的照顾对象。遵照协议她每周要上门照顾他六天,不论雨雪或冰雹。我想这与她的真正内心应该相去甚远吧。你觉得呢,保罗?

"不会,她绝对不会考虑。"

"这不就结了嘛,看来我们都不开心。德拉格,你不开心是因为家里的争吵迫使你露宿维多利亚广场,和那些酒鬼厮混。你妈妈不开心是因为她不得不躲到一个对她没有好感的亲戚家。你爸爸不开心是因为他觉得人们都在嘲笑他。保罗不开心,一是因为苦恼已经成为他的第二天性,但更重要的原因还是他对自己内心涌动的欲望束手无策。我不开心,则有哀其不幸,怒其不争的成分。四个不开心的人什么都不干,躲在各自的角落里郁郁寡欢,就像贝克特[1]作品中的那几个流浪汉。而我则处在你们中间,浪费着时间,也被时间浪费着。"

所有人都沉默了,也被时间浪费着:这个女人几乎是在恳求了。可他为何对此无动于衷呢?

"科斯特洛太太,"他说,"请你认真听我说几句,我和德拉格他们家的事与你无关。你不属于这里,这里不是你家,当然也就不是你的地盘。我喜欢玛丽亚娜,也喜欢德拉格,还有他的妹妹,我甚至对德拉格的爸爸也怀有好感。可我对你实在喜欢不起来。我们中间不会有人喜欢你,你是个局外人。你的介入,虽然

---

[1] 即爱尔兰作家、评论家和剧作家萨缪尔·巴克利·贝克特(1906—1989),诺贝尔文学奖获得者,代表作品《等待戈多》讲述的是几个流浪汉的故事。

可能出于好意,但对我们全无帮助,只会搅乱我们。这你能理解吗?难道我就没办法说服你不要插手,让我们自己解决我们的问题吗?"

一段漫长的、令人尴尬的沉默。"我得走了。"德拉格说。

"不,"他说,"如果你想的还是回公园去,我劝你打消这个念头,我不同意。公园里太危险,要是让你的父母知道,他们肯定会担心的。我给你一把钥匙吧,冰箱里有吃的,书房里有床。你随时可以来,也随时可以走。这样要求不过分吧?"

德拉格似乎想说什么,可随后又改了主意。"谢谢你!"他说。

"那我呢?"伊丽莎白·科斯特洛说,"德拉格可以像个王子一样住在这里,而我却要流落街头,忍受风吹日晒?"

"你是成年人,应该能照顾好自己的。"

# 第19章

公寓楼下的街对面停着一辆车,一辆饱经风霜的霍顿牌海军准将[1]红色旅行车。它从中午就一直停在那里。司机长什么样看不清楚,但不用猜也该知道是米罗斯拉夫·约基察。只是他想干什么就不好说了。他是在监视自己的妻子,还是想恐吓那一对有罪的男女?

他拄着双拐,花了整整十分钟才走下楼梯,来到门口;而后又花了几乎相同的时间才走过大街。靠近那辆车时,司机摇下车窗,从里面飘出一团烟气。

"约基察先生?"他说。

约基察完全不是他想象中矮矮壮壮、老实巴交的样子。恰恰相反,他个子高挑,清瘦但很结实。脸庞狭窄,肤色黝黑,鹰钩

---

[1] 霍顿是美国通用汽车公司旗下品牌之一,创立于1856年,总部在澳大利亚墨尔本。海军准将是该品牌下的一款车型。

鼻子。

"我是保罗·雷蒙特，咱们可以谈谈吗？不如我请你喝杯啤酒？街角那儿就有个小酒吧。"

约基察开门下车，他穿着工作靴，蓝色牛仔裤，黑色T恤，黑色皮夹克。他胯部极窄，没屁股似的，像根竹竿儿，他心想。莫名其妙地，他脑海中突然浮现出这副身板压在玛丽亚娜身上的画面。

他一瘸一拐，尽量在前边领着路。

酒吧里人不多，一半地方都空着。他滑进一个卡座，约基察绷着脸跟在后面。他瞥了一眼约基察的双手，手指又细又长，上面有一丛丛的黑毛，指甲修剪过。脖子里的黑毛也不少，整个儿跟狗熊一样。难道玛丽亚娜很喜欢他这一身体毛吗？

如何对付某个女人的气愤难平的丈夫，他可没这方面的经验。他该可怜这个男人吗？但他没有这种感觉。

"不如我就开门见山吧？你想知道我为什么愿意资助你儿子的教育，对不对？我不是富翁，约基察先生，但日子过得还算可以，而且我没有孩子。我愿意资助你的儿子是因为我希望他将来能有出息。德拉格给我留下了深刻的印象，他很有前途。他挑的这所学校我以前从没听说过，但他说这个学校声誉很好，我觉得可以接受。

"很抱歉我的行为给你的家庭带来了麻烦。现在我意识到问题了，我应该事先和你还有你妻子商量。

"说到你妻子，我想简单解释一下我和她的关系。我们之间清清白白，从来没有越界的举动。"他迟疑地打住，因为对面那个男人的眼睛像枪口一样盯着他。他也不卑不亢地凝视着他："约基察先生，我和女人没什么瓜葛，至少现在不可能了。那样的生活已经成为过去。如果想要女人，我只能通过其他的方式。了解我之后，你就会明白了。"

他在撒谎吗？有可能，但感觉又不像。尽管他念念不忘玛丽亚娜的小腿，还有她丰满的胸脯，只要能让他把脸埋上去一会儿，他愿意付出任何代价。可此时此刻他对玛丽亚娜的爱是纯洁且仁慈的，就像上帝的爱。如果因此便招致眼前这个男人或其他任何人的嫉恨，那就太过荒谬可笑了。

"我和我妻子1982年结婚，"约基察说，他声音粗犷、低沉，像熊一样，"十八年了。我遇见她时，她正在杜布罗夫尼克美术学院上学。起初我在联邦军队服役，后来去美术学院做焊接工和机修工，但大多时候干的都是焊接的活儿。那是我们认识的地方。然后我们一块儿去德国。我们努力工作，为了攒钱，一直过着清贫的生活——你明白我的意思吧？同时我们开始申请来澳洲，还有我妹妹，一共四个人。德拉格当时还小，一开始我们住在墨尔本，我在一个焊接车间上班，然后又和几个伙计去澳宝镇，想碰碰运气看能不能挖到澳宝石[1]。你知道澳宝镇吧？"

"知道。"

"那地方热得很。后来玛丽亚娜也去了，我们在澳宝镇住了

---

[1] 澳宝石，澳洲宝石，又叫蛋白石、变彩石，因产地在澳大利亚，所以叫澳宝石。外观绚丽多彩，集各种宝石色彩于一身，非常漂亮。

三年。女人在那里很受罪的。想挖到澳宝石，运气得特别好才行，可惜我运气不佳。你知道这意味着什么吧？幸亏伙计们经常帮我，我们互相扶持。"

"嗯。"

"带孩子的女人在那里更受罪。所以随后我在霍顿汽车公司找了份工作，我们便举家搬到了伊丽莎白。工作不错，房子也不错。"他放下手中的空杯子，沉默，独白结束。这就是我的故事，这仿佛是他的画外音，又好像把所有的牌都摊开在了桌子上。该你出牌了，住在科尼斯顿街的阔先生！

"你认不认识一个叫伊丽莎白·科斯特洛的女人？上了点年纪，是个职业作家。"

约基察摇了摇头。

"她好像认识你。你刚才说的那些经历，她也跟我提过——你和玛丽亚娜怎么认识的，在杜布罗夫尼克干过什么，等等。不过，她没说过墨尔本和澳宝镇。反正这个伊丽莎白·科斯特洛目前正在写一本书，她想把我当成书中一个人物的原型。所以她是因为对我的事感兴趣，才间接开始关注玛丽亚娜和你的。而且很显然，她调查过你们的过去。"

约基察想等着他把话说完，可他却说不下去了，越说听起来越荒诞。他犹豫着不愿说出口的话是：你我之间的纠葛就是伊丽莎白·科斯特洛挑拨的结果，所以如果你想怪就怪她吧。她是这一切的幕后推手。伊丽莎白·科斯特洛是个挑拨离间的小人。

"如果你不怪我多嘴，"然而他接着说道，"不妨听我一句劝，跟玛丽亚娜和好吧。另外为了德拉格，请你接受我的资助。德拉格一心只想上惠灵顿公学，明眼人都看得出来。至于借款的方式，可以正式也可以不正式，全凭你做主。咱们可以签合同，也可以不签，对我来说都无所谓。"

这个时候，他应该给约基察再点一杯啤酒，好让他在喝酒的时候，连同他的自尊一起吞下，如此即便并非心甘情愿，他们也能变成表面上的朋友。可他没有要啤酒。他已经说得够多了，现在轮到约基察了——轮到约基察付酒钱，轮到约基察继续说他的事。而那之后，他希望这次他原本就不情愿的会面，和眼前的尴尬场面就此结束。尽管此人是玛丽亚娜两个——甚至可能是三个——天使般的孩子的爸爸，可他发现自己对他依然提不起兴趣。他的兴趣全在玛丽亚娜身上：玛丽亚娜以及她遗传到孩子们身上的随便什么东西。那他对玛丽亚娜的兴趣究竟是感兴趣的兴趣，还是不感兴趣的兴趣呢？他曾拿自己对玛丽亚娜的爱与上帝对玛丽亚娜的爱相比较，那么这个上帝是感兴趣的上帝呢，还是不感兴趣的上帝？他不知道。这个问题太抽象，他现在的脑子还转不过来。

约基察打断了他的思绪："你的公寓很漂亮。"

这是疑问句或是陈述句？应该是疑问句，毕竟约基察没去过他的公寓。所以他点了点头。

"很舒服。你说你过得很舒服，你的公寓很舒服。"

"还可以，我说我过得还算可以，这和公寓没关系。不想炫富的人通常只说自己过得还可以。放在我身上的意思就是我的收入还行，自己够用，还有剩余。只要我愿意，我可以捐给福利机构，但也可以做件好事，比如送你的儿子去上大学。"

"如果我儿子能去上那种贵族学校，就会认识一些贵族朋友，而且他会喜欢上贵族喜欢的东西。你懂我的意思吗？"

"懂，贵族学校有可能会让他瞧不起自己的出身，这我无法否认。别误会，约基察先生，我不是贵族学校的粉丝，惠灵顿公学也不是我最先想到的。可如果德拉格想去，我愿意支持。我是觉得惠灵顿公学并没有听上去那么贵族化，真正的贵族学校是不需要打广告的。"

约基察陷入沉思。"也许吧，"他说，"也许我们可以为德拉格设立一个信托基金。那样看上去就和私情没关系了。"

信托基金？主意不错，尽管有点小题大做。可这个从别国逃出来的难民，又懂什么信托基金呢？

"我们倒是可以考虑一下，"他说，"如果你希望能在法律上做到严谨，且严谨得无懈可击，我们可以找个律师咨询。"

"或者找银行，"约基察说，"我们可以给德拉格开个账户，信托账户。你把钱存在这个信托账户，那样比较安全，以免……你应该明白。"

以免什么？以免他——保罗·雷蒙特——改变主意，撒手不管德拉格了？以免他死了？以免他对米罗斯拉夫·约基察的妻子的爱慕之情会突然消失？

"那样也行。"他说，尽管他心中的疑虑越来越深。难道非要设立一个信托基金才能安慰他受伤的自尊吗？

"还有玛丽亚娜。"

"对,还有玛丽亚娜。你有什么想说的吗?"

"每天伺候人,玛丽亚娜都累坏了。她同时打着两份工,也就是要照顾两个人,你和一个老太太,艾罗太太。不是那种专业的护理,大多是做家务。你自己算算,一周五六十个小时,还得加上开车,每天都开。她是受过教育的,一个文化人天天干着家政的工作,这不合适。她每天回到家都累得只剩半条命。所以我们想,也许该让她放弃护理工作,换个好一点的行业试试。"

"对不起,我不知道玛丽亚娜同时打两份工,她没跟我提过。"

约基察盯着他,目光如炬。难道他漏掉了什么东西?

"如果她不干了,我会怀念她的,"他说,"玛丽亚娜是个特别能干的女人。"

"是啊,"约基察说,"你也知道,我只是个机修工。机修工算什么呀,什么都不是。在克罗地亚不是,在澳大利亚也不是。可玛丽亚娜是受过教育的,学的是艺术品修复——她跟你说过没有?可在澳大利亚根本找不到对口的工作。在蒙诺帕拉她连个可以说话的人都没有。好吧,德拉格兴趣广泛,可以陪她聊聊天。但后面她就遇见了你,雷蒙特先生。"

"我和玛丽亚娜的交流十分有限,"他小心翼翼地回答,"就像我们的其他关系一样,非常有限。我是最近才知道她在美术学院上过学,而且还是听科斯特洛太太说的,就是我刚刚提过的一个女人。"

他渐渐开始明白，这个把老婆赶出家门的约基察为什么放着好好的班不上，却开车跑到科尼斯顿街这里守着了。约基察一定认为，不管他的妻子主观上有没有沦陷，客观上她正面临一个既有钱又和她在艺术领域有着共同语言的客户的诱惑；另外科尼斯顿街这里幽雅的环境也会使她产生对蒙诺帕拉工薪阶层的轻视。约基察是想恳求他，恳求他行行好。如果这恳求落了空，结果会怎样？难不成这个约基察还会揍他一顿？

看着我，你这可恶的情敌！保罗·雷蒙特很想抗议。你依然四肢健全，而我却拖着这条难看的残腿！很多时候，我连撒尿都会撒到地板上！你看我现在的样子，就算我有心，可我凭什么能勾引到你的老婆呢？

然而就在此时此刻，玛丽亚娜踮起脚尖清理书架上层的画面，再度浮现在他眼前，尤其是她健壮有型的双腿。倘若他对玛丽亚娜的爱是纯洁无瑕的，那为什么直到看见那双腿之后他才有感觉呢？为什么爱情需要美的刺激才能复活？从理论上说，好看的腿和爱情有关系吗？或者它和欲望有关系？难道这就是无人质疑的所谓的天性？动物之间的爱情，又是怎样产生的呢？比如狐狸、蜘蛛，母蜘蛛难道也是靠几条美腿把公蜘蛛迷得神魂颠倒，从而把它们吸引到它身边去的吗？他很想知道约基察对这个问题有何高见，但他绝不会问他。今天他和约基察待的时间已经够久了，他估计对方也同样在忍耐吧。

"你要不要再来杯啤酒？"他客套地问了一句。

"不了，我该走了。"

约基察该走了,他也该走了。他们该去哪儿?一个返回蒙诺帕拉的空床上,另一个返回科尼斯顿街的空床上,然后躺在上面彻夜难眠。如果愿意,他可以聆听客厅时钟的嘀嗒声。他们两人倒不如合为一处,做一对像马特和杰夫[1]那样的难兄难弟。

---

[1] 马特与杰夫是美国漫画家巴德·费舍尔于1907年创作的连环漫画《马特与杰夫》中的两个人物,两人一高一矮反差强烈的搭配对后世喜剧电影的影响很大。

# 第20章

为了寻找伊丽莎白·科斯特洛,他瘸着腿在公园里到处转了将近一个小时,最后终于在河边找到了她。她坐在一条长凳上,被一群鸭子簇拥着,好像在喂它们吃东西。他走近时,鸭子们受到惊吓,扑棱棱全都跃入了河中。

他拄着双拐站在科斯特洛面前的草地上。时间已过傍晚六点,可他依然能感受到夏日太阳的分量。"我在找德拉格,"他说,"你知道去哪儿能找到他吗?"

"德拉格?不知道。我以为他住你那儿了,你不打算关心一下我吗?你把我粗鲁地赶出来,难道就不好奇我在哪里过的夜?"

他没有理会她的揶揄。"我刚和玛丽亚娜的丈夫碰了面。"

"米罗斯拉夫,哦,可怜的家伙,他的自尊受到伤害了。先是吃醋闹的,现在又搞清楚了他的情敌是个什么样的人。你跟他都说什么了?"

"我让他再考虑考虑,并请他把德拉格的利益放在首位。我再次声明,我的资助不带任何附加条件。"

"你的意思是表面上没有。"

"暗地里也没有。"

"那你心里呢,保罗?你的感情呢?"

"感情不是重点。这笔钱是德拉格的教育经费,你要非认为我在试图收买他的妈妈就太荒谬了。"

"荒谬?我们应该问问玛丽亚娜。她可能会有不同的看法。滴水之恩,当涌泉相报,她或许会说。有恩必报,你做了有恩于她的事,接下来就看她如何报答你了,说不定会以身相许。"

"别说得那么龌龊。"

"说实在的,我还没搞清楚你到底看上那个巴尔干女人哪里了。在我看来,她身材不行,有点矮胖,穿衣打扮也没什么品位。我从没想过你会喜欢这类女人。大高个配个矮墩子,颇有喜剧效果。像你这样的人完全可以找个更好的,看来还真是萝卜青菜,各有所爱。

"我个人的看法,你姑且听之。如果你的目的是得到她的回报,而且是以爱的形式,那我觉得你应该放弃约基察太太,她不适合你。你的最佳选择是玛丽安娜,名字里有两个 n 的玛丽安娜。或者找个像她那样的,什么问题都解决了。像你这样年纪的单身男士,因为残疾不愿意抛头露面,但很适合在家里找点乐子。每周挑一个下午,请某个谨慎可靠的女性朋友上门,类似玛丽安娜那种。当然了，作为回报，你得不时给人家准备个小礼物。

"对，保罗，礼物。你得习惯给钱，世间哪有免费的爱啊？"

"我不能爱我选中的人？"

"你当然可以爱你选中的人。但从现在起，你最好把你的爱藏在心底，就像把感冒堵在自己家里，免得感染邻居一样。

"不过，如果你觉得玛丽安娜不符合你的标准，我能说什么呢？要是那样，你何不给普茨太太打个电话？让她给你找个新护士。就说你不要太年轻的，也不要太老的，要胸部丰满、曲线玲珑，要单身的，孩子不是障碍，最好不抽烟。还有什么？性子要热烈，但又容易满足。

"或者，何必麻烦普茨太太呢？何必费事请一个护士，然后再爱上她？直接打广告不得了？'六十岁男士，无儿无女，行动不便，精力充沛，现有意结交 35~45 岁的女性朋友。要求有爱心，会疼人，胸部要丰满，等等。非诚勿扰！'

"别拿眼瞪我，保罗。我开玩笑呢，不想冷场罢了。放心吧，我已经吸取教训，不会再给你牵线搭桥了，我保证。如果你铁了心认为玛丽亚娜无可替代，除了她你谁都不要，那我也没办法，只能接受。但我要告诉你，玛丽安娜，可怜的玛丽安娜，你的态度深深伤害了她，让她天天以泪洗面。我劝她说，看开点吧，天涯何处无芳草嘛。可她听不进去。自从找过你一次，她的自尊受到了沉重的打击。她说你觉得她太胖了，这不是胡扯吗？我安慰她说你的心在别的地方，仅此而已。

"但也许是我误会你了,可能你并不想要所谓爱的回报。也可能你追求的爱,伪装成了别的东西。客观地说,保罗,像你这样的人,或者像我这样的人,到底需要多少爱情呢?答案是不需要。像我们这样的老年人是不需要爱情的。我们需要的是照顾,需要的是在我们颤抖的时候有人能拉住我们的手,给我们泡上一杯茶,扶我们下楼梯。在我们死的时候能替我们合上眼睛。照顾和爱情是两回事,照顾是每一个称职的护士都能提供的服务,只要我们不提过分的要求。"

在她停下来喘气的工夫,保罗终于有机会开口了。"我是来找德拉格的,"他说,"不是来听你练口才的。我非常明白爱情与照顾的区别,我从没奢望玛丽亚娜会爱上我。作为一个六十岁的男人,我的愿望很简单,就只是想为她和她的孩子做点事情。至于我对她的感情,那是我自己的事,我绝对不会再把它强加给玛丽亚娜。"

"既然你不愿意相信,我就再多说一句,不要低估我们的保护欲,人的保护欲。"

"我们?"她说。

"对,我们。哪怕是你也不能免俗,只要你是人。"

说得已经够多,他的两条胳膊都开始疼了,拄拐的位置火辣辣的。他想坐下歇歇,可如果坐在科斯特洛太太旁边,那他们恐怕会引起旁人不必要的误会:一对歇脚的老夫老妻。可他还不能走,因为还有一件事要说。

"科斯特洛太太,你为什么在我身上下这么大功夫?我只是个无名小卒啊。难道你就从没问过自己,挑中我会不会是个错误?自始至终都是个错误。"

一对年轻夫妻驾着一艘天鹅形的脚踏船,有说有笑地从他们附近经过。

"我当然问过自己,保罗,问过很多次。以某些标准来看,你确实是个无名小卒。可问题是,我遵循的是什么样的标准?另一个问题是,你到底能渺小到什么程度?于是我对自己说,耐心。也许他身上还有尚未发掘的潜力,就像挤出柠檬里的最后一滴果汁,或从石头里挤出血。但你说得也可能没错,挑中你或许真是个错误,这我必须得承认。如果你不是个错误,我可能还不会留在阿德莱德呢。我留下来是因为我不知道该拿你怎么办。

"我该承认失败吗?我该放弃你,然后在别的地方另起炉灶吗?你肯定乐见其成。可我不行啊,那样做我会颜面扫地的。不行,我必须坚持到底。"

"到底?"

"对,到底,到结局。"

他想听她细说,他想知道结局是什么样子。但科斯特洛紧紧闭上了嘴巴,目光也从他身上移开了。

"不管怎样吧,"他继续说道,"为了搞清楚你在我身上的企图,我也有过很多猜想。详细的我就不说了,但我可以告诉你,没有一个你听了会高兴的。第一个,貌似也是最可信的,是你把我当作你新书中的一个人物原型。如果是那样,我就重申一遍我之前说过的话,因为我看你不大接受的样子。从出车祸那天起,因为有了大难不死的经历，我心里就一直存着一个念头，要做善事。趁我还活着，力所能及地去帮助别人。你大概会问，为什么？一句话说到底，因为我没有孩子，无法以父亲的身份付出我的爱。坦白地说，没要孩子是我这辈子最大的失误。对此我始终耿耿于怀，就好像心里有道伤口永远无法愈合。

"尽管笑吧，科斯特洛太太。但我要提醒你，我曾经也是个纯洁善良、信奉天主教的小男孩儿。在那个荷兰人带着我们全家天南地北地到处跑之前，我在卢尔德跟着一群善良的修女学知识。到了巴拉腊特，又有基督教弟兄的照顾。你干吗要那样啊，孩子？为什么要犯罪呢？难道你看不见耶稣基督的心，在为你的罪恶滴血吗？从那以后，耶稣和他滴血的心深深印在了我的记忆里，即便在我不去教堂很久以后依然清晰。我为什么要说这个？因为我不想自己的行为再伤害到耶稣了。我不想让他的心滴血。如果你想记录我的人生，你就必须明白这一点。"

"纯洁善良、信奉天主教的小男孩儿。这我看得出来，保罗，而且很清楚。别忘了，我自己也是个正宗的爱尔兰天主教徒，来自墨尔本诺斯科特的科斯特洛家族。不过你继续，我听着挺有意思的，信息很丰富。"

"科斯特洛太太，从前的我很少会像今天这样随便谈论自己。可能出于礼貌，也可能碍于面子。但我提醒自己，在保密方面，你是专业的，就像医生、律师或者会计一样，会守口如瓶。"

"或神父。别忘了神父，保罗。"

"好吧，也像神父。不管怎样，反正车祸之后，我不再像从前那样沉默寡言了。现在不说,我告诉自己,还要等到什么时候才说?所以现在我经常问自己一个问题:耶稣会同意吗?这是我给自己定下的标准。不过我也要承认,我并没有像自己要求的那样严谨。比方说宽恕,我没打算宽恕那个撞伤我的年轻人,不管耶稣会说什么。但玛丽亚娜和她的孩子们,我想为他们略尽绵薄之力,我想保护他们,让他们茁壮成长。这才是你试图了解我时应该考虑的东西,而我觉得你并没有做到。"

关于他说的自己一改过去沉默寡言的毛病,开始对人吐露真心的事,严格来说并不真实。即便对玛丽亚娜,他也没有真的敞开心扉。可面对连朋友都算不上的科斯特洛,他又为何愿意坦诚相见了呢?答案只有一个:他已经被科斯特洛搞得疲惫不堪了。于科斯特洛而言,这是一场彻头彻尾的职业表演。她蹲在自己的猎物旁边,等待着,直到猎物最终屈服。每一个神父都熟悉这种操作,或每一只秃鹫。这就是秃鹫的捕猎术。

"坐下来吧,保罗,"她说,"一直仰着脸和你说话,我脖子都累了。"

他在她旁边重重地坐下。

"你滴血的心。"她咕哝道。夕阳的余晖映在水面上,她遮住眼睛避开刺目的反光。那鸭子一家,比一家要大,应该说是一个鸭子家族,又聚拢起来准备登岸。显然它们通过观察评估发现,他这个侵入者不具有伤害性。

"是啊,我滴血的心。"

"心脏是一个很神奇的器官,心脏以及它的运动。西班牙人称之为黑暗。黑暗之心,用西班牙语说是 el oscuro corazón。保罗,虽然你有很多良好的意图,但你能确定你的心里,就没有一点点黑暗的东西吗?"

他原本还希望与这个女人和解,即便不能给她提供一个栖身之所,起码帮她买张回墨尔本的机票。可现在愤怒之火死灰复燃了。"那你能肯定你写的那些无聊的故事,就没有无中生有的成分吗?"

科斯特洛太太把手伸进腿上的塑料袋,从里面摸出一个面包卷扔向那群鸭子。鸭子们纷纷争抢,乱作一团。

"我们都想简单一点,保罗。"她说,"每一个人,尤其在我们晚年时。可人类是很复杂的动物,这是我们的天性。你希望我更简单一点,你希望你自己更简单一点,更赤裸一点。相信我,我会惊奇地看着你把自己脱光。不过简单也是有代价的,心越简单,看世界的方式就越简单。你看看我,看到了什么?"

他不言语。

"我告诉你你看到了什么吧,这也正是你告诉你自己看到的东西。一个坐在托伦斯河边喂鸭子的老女人,一个连干净内衣都没有的老女人,一个在你眼中只会对你冷嘲热讽令你生气的老女人。

"可现实比这个要复杂得多,保罗。在现实中你看到的也更多——你看到东西,然后画出它的大致轮廓。比如一道强烈的光,人物被光笼罩着,旁边是缓缓流淌的小河。光芒像长矛一样刺向她,仿佛要洞穿她的身体。

"不必要的复杂化?我看不一定。扩展而已,就像呼吸。吸入,呼出;扩张,收缩。这是生命的律动。保罗,拥有这律动你才是一个更丰满的人,更大,更广阔。但你似乎很排斥。我劝你不要把自己的思路缩短了。跟着它走,一直走到尽头。你的所思所感,跟着它们你就会和它们一起成长。有个美国诗人说什么来着?事与事之间总是穿插着想象。我的记忆在消退,随着日子一天天过去,我也变得越来越茫然。多么遗憾。因此我想给你上一小课。他在河边找到了她,她坐在一条长凳上,被一群鸭子簇拥着,好像在喂它们吃东西——作为一段描述,这或许很简单,简单得甚至带有欺骗性,但它还不够好。因为它没能让我这个人物活起来。也许我能不能活起来对你并不重要。可如果我活不起来,你想活起来就会很困难。就此而言,那些鸭子也是一样。假如你不希望我成为画面的中心,让那些卑微的鸭子活起来吧,它们能让你活起来,我向你保证。如果你只选玛丽亚娜,那就让她活起来,她会让你活起来。事情就这么简单。但我拜托你,不要再犹豫不决了。依照现在这种存在方式,我不知道自己还能撑多久。"

"你指的是什么存在方式?"

"大庭广众之下的生活,公共广场上的生活。与醉鬼和无家可归者为伍的生活,也就是我们以前常说的流浪汉。你忘了吗?我告诉过你,我无处可去。"

"胡说,你可以住酒店啊。你也可以搭飞机回墨尔本,或者去随便什么你想去的地方。我可以借钱给你。"

"对，你可以借钱给我。就像你也可以甩掉约基察一家的麻烦，卖掉公寓，搬到一个管理正规的养老院去。可你没那么做啊。保罗，我们就是我们。眼下这就是我们的生活，我们必须得接受。和你在一起我就有了家，离开你我就无家可归，这都是注定的。你很奇怪我这样说吗？没什么好奇怪的。但你也不要苛责自己，我现在已经很擅长过这种新的生活了。你看看我，你觉得我还像那种四处奔波的人吗？你看我像几天没吃饭的人吗？虽然我吃了几个葡萄。"

他沉默了。

"总之，我说得够多了。我一再告诫自己，耐心点，又不是保罗·雷蒙特让你来的。不过，假如保罗·雷蒙特能加把劲儿就更好了。我说过，我已经接近极限。我都不敢告诉你我有多累。而这种累，不是找一张舒适的床好好睡上一觉就能解决的。这种累已经成为我的一部分。就像一种染料，开始渗透到我的一言一行中。我感觉，用荷马的话说，自己像断了弦。你应该很熟悉这种感觉吧，失去了张力。平时紧绷的弓弦变得松弛干巴，像一缕棉线。而这不仅仅是身体上的，精神上也一样，松弛无力，随时都可能睡着。"

他已经很久没有认真看过伊丽莎白·科斯特洛了。一部分原因是科斯特洛从一开始就没有让他高兴过，还有一部分原因是他发现科斯特洛平淡无趣、毫无特色，和她的穿衣打扮一样索然无味。但现在他仔细打量了她一番，正如她所说，最近她确实瘦了，胳膊上的肉耷拉着，脸颊苍白瘦削，鼻子显得更加高挺。

"其实只要你开口，"他说，"我会帮忙的。现在我就可以帮你，但是其他的……"他耸耸肩，"我并不是一个优柔寡断的人，至少我自己不那么认为。我只是以我自己的节奏行事。我不是那种与众不同的人，科斯特洛太太，很抱歉，我不会因为你就一反常态。"

他会帮她，这是真的。他愿意请她吃饭，愿意给她买张机票，送她去机场，和她挥手告别。

"你真冷漠。"她说。明明在指责，语气却云淡风轻，甚至还面带微笑，"你这个可怜又冷漠的家伙。我已经尽力解释了，可你什么都没听明白。老天把你派到我面前，而我也被老天派到了你面前。至于为什么，恐怕只有天知道。你现在要做的就是自我疗愈，我尽量不催你。"

她吃力地站起身，把空空的袋子叠起来。"再见了。"她说。

科斯特洛离开之后很久，他依然留在原地，眯起眼睛望着河面，身体微微摇晃。之前被投喂过的那群鸭子见他一动不动，大着胆子慢慢靠近，几乎来到他的脚边，但他并不在意它们。

冷漠。这真是他在旁人眼中的形象吗？他想抗议，他心地不坏。朋友们可以证明——认识他的人总比科斯特洛了解他。就算他前妻也得承认他心地不坏，甚至还很善良。一个心地善良的人，一个凭良心做事的人，怎么可以被人指责冷漠？

"冷漠"这个词，他的前妻从没用过。她对他的评价颇为不同：我以为你是法国人，她说，我以为你会有些想法。什么想法？她离开这么多年，他依然没想明白这句话的意思。法国人，哪怕只是传说中的法国人,该有什么想法?取悦女人的想法吗?如何让女人高兴可是千古之谜啊,凭什么一个法国人会有能力解开它?更何况,他还只是一个理论上的法国人。

冷漠,盲目。吸气,呼气。他不接受这个指责,也不相信这是真的。人在愤怒时能说出什么事实呢?事实若能口头传达,也只能是因为爱。爱的凝视是骗不了人的。爱使人能从心爱之人身上看到最美的东西,即便这东西极其隐秘。玛丽亚娜是什么人?一个从杜布罗夫尼克来的护工,她没有小蛮腰,没有明眸皓齿,只有一双腿还看得过去。除了他,还有谁会用充满爱的凝视,发现她身体里藏着一只眼睛又黑又大、天性害羞腼腆的小羚羊呢?

这也正是伊丽莎白·科斯特洛难以理解的地方。伊丽莎白·科斯特洛将他视作惩罚,是来扰乱她晚年生活的。他是她逃不掉的忏悔,终有一天她要说出来,背出来,可能还要不断地重复。她看到他就讨厌,就沮丧,就恼怒,就气不打一处来,总之各种不爽,就是没有爱。好吧,等下次再见到她时,他要和她好好说道说道。我并不冷漠,他要告诉她,我也不是法国人,而只是一个用自己的方式去看世界、去爱的人。但别忘了,这个人不久前才跨入了残疾人的行列。行行好吧,他会说,也许随后你就会发现,其实你自己身上也有好多可写的东西。

# 第21章

德拉格。他实在纳闷,这小伙子好像很少意识到自己长得有多英俊。他绝不自恋,也从不表现。不过换句话说,若他真是一个看重容貌之人,恐怕身上就少了那种无畏的坦率和勇士般的目光。

德拉格的这种坦率,有没有与之对等的女性气质呢?亚马孙女战士的纯洁?他的妹妹布兰卡是个未知数。她是个什么样的人?保罗·雷蒙特有机会见到她吗?

那喀索斯在湖水中看到一个和自己一模一样的人,他被对方的美所吸引,久久不愿离去。他笑,湖中的人也笑。可每当他弯腰去亲吻那热情的嘴唇时,湖中的人便化作一片浮动的涟漪。

德拉格没有半点自恋情结,现在没有,也许永远都不会有。玛丽亚娜也没有自恋情结。这是一种值得赞美的品质。奇怪的是他居然为玛丽亚娜着迷,而过去他通常只痴迷那些除了自己谁都不爱的女人。

他本人也不喜欢照镜子。很久以前,他就用布把卫生间的镜子蒙起来,并让自己学会了盲刮胡子。科斯特洛在他家暂住期间,做过的另一件让他气愤的事情就是取下了镜子上的布。不过她走之后,他立刻重新蒙了上去。

他蒙上镜子,不是怕看到自己又老又丑的样子。不,他没那么肤浅。真正让他受不了的,是他发现被禁锢在玻璃后面的那个人简直乏味得要命。感谢上帝,那一天终将到来,他心里想,到时候我就再也不用看到镜子里的自己了。

自从出院回归到从前的生活,四个月过去了。大多时候,他都待在自己的公寓里,与世隔绝,连太阳都很少见到。玛丽亚娜不来之后,他连饮食都不再规律。他对什么吃的都提不起胃口,也懒得花时间和精力打理自己。照镜子的时候,他只会看到一个形容枯槁,像流浪汉一样胡子拉碴的老头子。而实际情况比这更糟,有一次他在塞纳河边的一个书报摊上随手翻了一本医学杂志,里面配有萨伯特医院里的患者照片,他们分别患有躁狂症、痴呆症、忧郁症、亨廷顿舞蹈症。尽管那些人看上去邋里邋遢,满脸胡子,还穿着病号服。可他对他们顿生好感,大有惺惺相惜的意思,仿佛那些是他的多年老友或表亲兄弟,只是他们在某一条路上走在了他前面,而他迟早也有步他们后尘的那一天。

他想到德拉格,是因为自从那小伙子在他的公寓住了一晚后,就再也没有回来过,且音信全无。他想到镜子,是因为听了科斯特洛太太那个关于老头儿把辛巴达变成奴隶的故事。科斯特洛太太是想将他代入她的小说或别的她脑子里的东西。他很愿意相信，经过玛丽亚娜这件事，他已经成功避开了她的阴谋，不再受她牵制。可这是真的吗？一想到哪怕瞥一眼镜子就可能看到的景象，他就不寒而栗：一个披头散发、袒胸露乳的老妖婆，挥舞着鞭子，掐着他的喉咙，趴在他的肩膀上龇牙咧嘴地笑。

也许他该给玛丽亚娜写封信，寄到她孩子们的姑妈家，或她自己的家，或随便她住的什么地方。求求你不要和我断绝来往。不管我说过什么话，我保证不会再说。这是个错误，我不会再想方设法拉近我们的关系。尽管你为我做了许多职责以外的事情，我从来没有愚蠢到把你的善良当成爱意，当成真实存在的东西。我为德拉格所做的事，以及间接为你所做的事，只是为了表达我的感激之情，除此之外没有别的意思，所以请你务必接受。你把我照顾得很好，现在我想做点事情回报你，请给我这个机会。我是自愿帮你的，或许至少能为你减轻点负担。这么做是因为我打心眼里在乎你，在乎你和你的一切。

在乎。他可以把这两个字写在纸上，但要说出口，却不好意思。这个英语单词的含义太丰富了，唯有知情者能够领会。而来自巴尔干、从事护理工作的玛丽亚娜，也许更能体会他的感受，因为她在生活中使用外语的频率远远高于他，但也许不会。或许她早已不假思索地接受了认证委员会灌输的知识：在英语世界中，她所从事的工作属于护理行业，因此她的职责是照顾和关心别人。而这种照顾与心无关，除非被照顾的对象有心脏病。

然而在过去这四个月中，他的心不是也生病了吗？曾几何时，他的心脏是他身体内最强健的器官。其他任何器官都可能辜负他——肠、脾脏、大脑——但唯独心脏不会，它首先在玛吉尔路上得到了检验，随后又在手术台上，它会兢兢业业地陪他走到最后。

遇到玛丽亚娜之后，他的心发生了变化，变得和从前不一样了。现在它渴望为玛丽亚娜服务，为玛丽亚娜和她的家人。她给过他，所以他的心也在寻找办法予以回报。回报和补偿可不是一回事，他应该加个脚注。请原谅我的词不达意，就语言来说，我也是在学习、摸索，因为我自己也是个异乡人啊。

亲爱的玛丽亚娜，他写道，这一次是郑重其事地写在了纸上，您和您的丈夫真的认为我为德拉格出学费，是因为我对您有非分之想，并企图得到回报吗？天地良心，我可从来没有这样的想法。科斯特洛太太一直守着我，生怕我干出什么出格的事。"任何一个女人，只要她不是瞎子，都不可能看上你。"她是这么说的，而我也完全赞同。

您在我家做事这段时间，对我应该是有所了解的，甚至了解得比任何人都多。我不妨直说吧，对于您为我提供的专业、出色的护理，我终生感激不尽。所以我提出资助德拉格的教育，目的很单纯，只是想还你一个人情而已。

我和米罗斯拉夫讨论过信托基金的事。如果设立信托基金能让米罗斯拉夫面子上好看些，我可以考虑为德拉格设立一个。其实说白了，是为你们的三个孩子设立一个信托基金。

我从科斯特洛太太那里问出了你的地址，她好像什么都知道。您和米罗斯拉夫可否再考虑一下,请务必赏光接受我的礼物。就像英语里常说的,这件事我不求回报。

*你永远的朋友*

*保罗·雷蒙特*

# 第22章

给玛丽亚娜的那封信,他得寄给住在伊丽莎白北的莉迪亚·卡拉季奇太太,并请她代为转交。但愿伊丽莎白北只有一个卡拉季奇,他也希望自己没有把字写错。

两天后,他便收到了玛丽亚娜的回复,但不是通过写信的方式——他从没奢望能收到回信,用英语写信恐怕会要了玛丽亚娜的命——她打来了一个电话。

"很抱歉,没能去看您,雷蒙特先生,"她说,"可我们最近麻烦事一大堆。布兰卡,您还记得布兰卡吧?她惹麻烦了。"随后是一个关于银链子的冗长故事。那链子甚至不是银的,在市场里顶多卖一块五一条。某个店老板,一个犹太人,说布兰卡偷了他的链子。而事实上,布兰卡并没有偷窃,当时她的一个朋友丢给她,而她只是还没来得及放回去。那个犹太店主说,那条假银链子值四十九块九毛五,并威胁要把布兰卡送上法庭,少年法庭。结果现在布兰卡不吃不喝，也不去上学，整天把自己关在房间里。可问题是，一周之后他们就要考试了。不过昨天晚上她倒是打扮整齐出了一次门，至于去哪儿，她不愿意说。米罗束手无策，她也一筹莫展。所以现在就看他，保罗·雷蒙特有没有熟人来斡旋一下布兰卡的事。最好是能和那个犹太店主说上话的，从而能劝他撤销对布兰卡的指控。

"玛丽亚娜，你怎么知道他是犹太人？"他问。

"好吧，他是不是犹太人不重要。"

"或许我也是犹太人。你能确定我不是犹太人吗？"

"算了算了，我只是随口一说。没什么，你不想和我说话没关系，就这样吧。"

"我当然想和你说话，而且我想帮忙。不帮忙，我在这个世界上还有什么用？把具体情况再详细说说吧，银链子的事是什么时候发生的，在哪儿发生的？再跟我说说布兰卡的那个朋友，就是和她一起逛商店的那个。"

"我都记着呢，店名叫偶遇，"她还特意告诉他怎么写，"就在郎德尔商城里面，经理是马修斯先生。"

"这是什么时候发生的事情？"

"星期五，星期五下午。"

"她朋友是……"

"布兰卡不愿透露。可能是特蕾西，我也不确定。"

"玛丽亚娜，我看看有什么办法没有。处理这种事，我可能不是最合适的人选，但我会想办法。我该怎么联系你？"

"打电话吧,你有我的号码。"

"打到家里?你不是住在孩子的姑妈家吗?我还写了一封信让她转交给你呢。你收到信没有?"

沉默许久。"都过去了。"玛丽亚娜最后说,"有消息给我打电话吧。"

玛丽亚娜需要的是一个有势力的男人,而他不是。他甚至不确定,自己是否赞同仗势欺人那一套。不过,这也许是克罗地亚人解决问题的方式。所以为了玛丽亚娜,也为了她那倒霉的女儿——她现在应该得到教训了,即偷东西的时候务必加倍小心——他准备试一试。可玛丽亚娜凭什么认为,那个名字拗口的机修工约基察干不成的事情,他就能干成呢?他叫雷蒙特,这名字平平无奇;他住在城里舒适的社区,有一个舒适的家。玛丽亚娜会不会看错他了?

"马修斯先生对吗?"他问。

"对。"

"我能私下和您谈谈吗?"

偶遇,一家所谓的服装店,想私下谈话可不容易。店铺面积最多也就五平方米,衣架上挤挤挨挨地挂满了衣服。店里面有个柜台,上面放着收银机,头顶有音乐缭绕,仅此而已。他要和马修斯先生谈话,就只能在这里谈。

"有个女孩子在这里因为偷窃被抓过,"他说,"那是上周五的事,女孩儿名叫布兰卡·约基察。您还记得这件事吗?"

马修斯先生，管他是不是犹太人，总之刚才他还和蔼可亲，一副开门迎客的生意人模样。这时忽然脸色一变，严肃起来。马修斯先生也就二十多岁，瘦瘦高高的，眉毛倒是又粗又黑，头发染过，一根根像刺一样竖起来。

"我叫保罗·雷蒙特，"他继续说道，"和约基察家是朋友。我能跟您聊聊布兰卡吗？"

小伙子——他可不就是个小伙子嘛——谨慎地点了点头。

"布兰卡从小到大没干过一次偷窃的事。自上周五以来，她整个人都快崩溃了，而且她用自我折磨的方式惩罚自己。她对发生在自己身上的事感到万分羞愧，她不愿意见人。我可以打包票，她已经得到了教训。她还是个孩子，我觉得起诉她并不会带来好的结果。所以我冒昧地前来和您商量。您看这样行不行？她拿的那个东西，我照价赔偿，听说是条银链子，零售价五十块。"

"四十九块九毛五。"

"只要您能答应不起诉她，我另外可以在您这里消费五百块钱的东西。这样，我也算光明正大地还了您一个人情。"

年轻的马修斯先生摇摇头。"这是公司的规定，"他说，"每一年我们所有分店因为偷窃损失的营业额高达百分之五。我们必须得杀一儆百，好让那些扒手知道厉害，在我们的店里偷东西是要付出代价的。依法办事，对偷窃行为零容忍。很抱歉，这就是我们公司的政策。"

"你们损失的那百分之五，会通过提高定价的方式挣回来。

我没有指责你们的意思，不过是指出事实。针对偷窃行为，你们有你们的公司政策。这很合理。但布兰卡并不是小偷。她只是一个思想不够成熟的小孩子，小孩子难免会干傻事。他们抱着侥幸心理，总觉得倒霉事只会发生在别人身上。好了，现在她知道自己并不比别人幸运。如果您想给她一个教训，那您的目的已经达到了，这件事她将终生难忘。我想这辈子她都不敢再做类似的傻事，因为不值得，干这种事会让她痛不欲生。所以不妨手下留情，考虑一下我的提议，给公司打个电话，撤销起诉。我赔偿那条链子的钱，另外再买五百块钱的东西。现在就买。"

马修斯先生显然心动了。

"再加一百，我买六百块钱的东西，现在就刷卡。像这种小案子警察也懒得管，他们整天忙得要命，哪有工夫处理这些偷鸡摸狗的小事啊。"

"这个，我单方面做不了主啊，我得跟经理说。"

"你不就是经理吗？"

"我只是这个小店的经理，我们还有地区经理。我去和他谈谈，但我不能保证任何事。我说过，起诉是公司政策决定的，因为只有这样我们才能让别人知道我们对偷窃行为毫不姑息的态度。"

"那您现在就问地区经理吧，给他打个电话，我在这儿等着。"

"德维托先生出门了，要周一才回来。"

"出门应该也可以联系上吧，给他打个电话，把这件事尽快解决了对谁都好。"

年轻的马修斯先生走到收银机后头,转过身去掏出手机。马修斯的这一天算是毁了,被一个瘸子毁了。他不是那种恃强凌弱的人,但通过寻找这个小伙子的弱点,不停地向他施压,倒也是一次颇为愉快的体验。布兰卡·约基察,马修斯短时间内,应该忘不掉这个名字了。

店里的那个女员工,一直在偷偷观察他们。她扑了太多的粉,脸白得像死人,嘴唇又是夸张的紫色。他示意她过来,对她说:"帮我挑些衣服吧,要最新款式的,适合十四岁孩子穿的。"

那一家人的朋友。他就是这样自我介绍的,店员也是这么认为的。一个彬彬有礼的残疾老头儿,谁知道出于什么原因,对那个有着生僻姓名的女孩儿竟如此关心。没错,他的确是一个彬彬有礼的小老头儿,一个乐善好施的捐助者。这是事实,但又不完全是。他不惜与整个郎德尔商城作对,不惜舰着脸与人讨价还价,说尽好话,买些他并不需要的东西。他这样做的目的,绝不会是为了那个他素未谋面的小女孩儿,或不单单是为了她。

玛丽亚娜会怎么看?她会不会觉得他在顽固地追求她?她有没有别的像他这样的客户,一样是爱宠人的老头子?你肯定知道。女人的感觉是很敏锐的。你肯定知道,我爱你。她必定大为震惊,甚至恼怒。一个被她照顾的对象,竟然口口声声说爱她。她会愤怒,但最终却不会把这当回事。一个在家快憋疯了的独身老人,做做白日梦很正常。这只是一种迷恋,不是真的。

那要怎么做,才能让玛丽亚娜认为他是认真的呢?何为认真？肉体的欲望？和性有关的亲密？他们——他和玛丽亚娜——确实很亲密，且他们这段亲密关系，已经维持一段时间了，甚至可以说比某些人谈一场恋爱的时间还要长。但所有的亲密，所有的赤裸相对，以及所有的情不自禁都是单方面的。这是一条单行道，行驶的车辆没有交会的可能。他们之间没有亲吻，哪怕亲一下脸颊。两个曾经的欧洲人。

"你没事吧？"一个声音问。

他看到一双眼睛，一双温和友善的眼睛。它们的主人是个身穿蓝色制服的年轻姑娘，一位女警官。

"啊？哦。我能有什么事？"

她瞥了旁边的男人一眼，那是另一名警官。"你家住哪里？"

"北阿德莱德，科尼斯顿街。"

"你打算怎么回家？"

"我先走到普尔特尼街，再搭出租车。有什么问题吗？"

"没，没什么问题。"

他把印有偶遇服装店名字的购物袋往肩膀上一挂，紧握双拐，把身子从他坐着休息的垃圾箱上撑起来。随后他一句话不说，高昂起头，走进了人群。

# 第23章

"她不能要，"玛丽亚娜说，"不，无论如何都不能要。"

他完全同意，这样做确实不合适。一个人因为偷窃被抓，尽管偷的那条银链子在市场里只卖一块五毛钱，然后呢？然后我们却奖励她六百块钱的衣服？公道何在？我们是在鼓励她吗？德拉格知道后会怎么想？

布兰卡辱没了门楣，而德拉格却光耀了门庭。他是仗剑的天使，家族荣誉的捍卫者。皇家澳大利亚海军指挥官，德拉格·约基察。

"把衣服锁在柜子里。"他对玛丽亚娜说。他情绪高昂，和玛丽亚娜像老朋友一样通起了电话。"要是我的话就会这么做，然后当作激励的手段，一点一点往外拿。比方说，如果她答应去上学，等等。但也不能藏太久，可能一个月后这些衣服就过时了。"

玛丽亚娜没有回应，他都不记得她何时回应过他的幽默。是不是他太轻佻了，不合她的品位？她会不会觉得他太轻浮，太浅薄，太爱哗众取宠？或者是不是因为她嫌自己英语太差，所以大多时候宁可选择三缄其口？只是游戏而已，他应该告诉她。有的地方叫开玩笑。你也应该试试，很简单的，并不需要你改变灵魂。

玛丽亚娜的灵魂忠实坚定，平淡务实。米罗斯拉夫倒是个不那么世俗的人，他能用一年时间把一堆齿轮和弹簧组装成一只鸭子，并带着那只鸭子上了克罗地亚的电视。这样一个人必定是有点幽默细胞的。德拉格大抵也一样，笑起来狂野又克制。德拉格的性格完全介于他的爸爸和妈妈之间。玛丽亚娜说他网球打得很棒，反反复复。三种类型的巴尔干人，三个巴尔干灵魂。可话说回来，他什么时候成情感专家了？或者说巴尔干专家？"很多克罗地亚人，"巴尔干人说，"通常否认克罗地亚属于巴尔干。他们说克罗地亚是西方天主教的一部分。"

"天天吵架。"玛丽亚娜在电话里说。

"吵架？谁跟谁吵啊？"

"德拉格和他爸爸。德拉格说他想过来住在你的储藏室里。"

"我的储藏室？"

"我说不行。我说雷蒙特先生是个好人，可我们约基察家已经够麻烦他了。"

"雷蒙特先生算不得什么好人，他只不过是想帮忙而已。但不管是我的还是别人的储藏室，德拉格都不能去住，那太离谱了。不过，假如他们父子又遇到关系紧张的时候，你可以告诉他，我这里欢迎他随时过来小住几天，但前提是你得同意。他晚餐喜欢吃什么？比萨吗？告诉他我每天晚上都会专门为他订张大比萨。一张不够的话，两张也行，两张大比萨。他正长身体呢。"

可以说就是一刹那间，事情就这样发生了。倘若他们中间曾经出现过乌云，此刻也烟消云散了。

"这就是我们说的蛋白相纸，"他对德拉格说，"相纸上有一层稀释的蛋白，里面悬浮着氯化银结晶体。在玻璃底片下曝光之后，会产生化学反应形成影像。这种洗印技术是在福舍里那个年代发明的。你看，这里有张蛋白相纸发明之前使用的相纸，那时人们还不懂得在相纸上覆膜，而只是把相纸放在银盐溶液中浸泡。你能看出福舍里的照片更丰满、更明亮吗？那是由蛋白覆膜的厚度决定的。虽然差别不到一毫米，但是这一毫米产生的效果大不一样。你用显微镜看看。"

他想让德拉格认为，他并不是一个沉闷无趣的人。可这很难，毕竟后者是新时代精英分子的代表人物。而他有什么呢？一辆坏了的自行车、一条被截了的腿。这不仅吸引不了人，反而有可能让人望而却步。此外，还有一个装满照片的橱柜。总而言之，不算多。至少不足以让一个年轻人甘心当他的神秘教子。

但是，德拉格是个优秀的孩子，他有一个优秀的妈妈，也许还有一个优秀的爸爸。他的礼貌无可挑剔。只见他听话地趴在显微镜上,用心记下了那据说能造成天壤之别的一毫米干蛋白。

"雷蒙特先生,您本人也是摄影师吧?"

"对,我在南澳大利亚开了一家照相馆,有时候夜里我也给人上摄影课。但我从来都不是一个……怎么说呢——摄影艺术家。我充其量只是个照相的。"

没有成为艺术家,他需要为此道歉吗?为什么道歉?年轻的德拉格,为什么希望他是一个艺术家,而他自己的人生目标却是军人?

"福舍里也不是艺术家啊,"他说,"至少在他来澳洲之前不是。他在19世纪50年代的淘金潮中离开了巴黎,在维多利亚凑热闹似的淘了一阵子金,感觉就像体验生活,但主要目的还是摄影。"他指了指照片中站在篱笆小屋门前的一群女人,"就在那段时期,他发现了自己的天赋,摄影技术也日臻纯熟,直到像所有伟大的摄影师一样,完全掌握了这门媒介。"

"我妈妈希望我能成为艺术家,回克罗地亚去。"

"是吗?"

"是,她上的就是艺术学校。毕业之后从事艺术品修复工作,你知道啊,就是修复古代壁画之类的。"

"有意思!这我还不知道呢。修复艺术品是很专业的工作,甚至也称得上是艺术,虽然经常因为不是原创而遭人非议。修复古画的首要原则,就是不能背叛原作者的初衷,不要试图改进。放弃原来的工作转行做护工,对你妈妈来说肯定是个艰难的决定。她现在还画画吗?"

"画笔和其他画画的工具都在呢,只是她没那么多时间。"

"我想也是。不过她是个一流的护工,她真正做到了干一行爱一行,并为这个职业带来了荣誉。我希望你能明白这一点。"

德拉格点点头:"这些照片从哪儿来的,雷蒙特先生?"

"这是我多年以来一点一点收藏的。去古董店、拍卖场,遇到旧相册或装满旧照片的箱子就花钱买回来。其实买回来的那些照片,大部分都没有收藏价值,不过偶尔能遇到些好的。有的照片情况比较糟糕,我就自己做些修复。这和修复壁画自然不能比,但也算是比较专业的工作吧。这是我多年的业余爱好,就靠它打发闲暇时光。如果我的时间不能每分每秒都创造价值,起码也要合理利用起来,不至于虚度。所以我就告诉自己,我死以后,这些收藏品就全部捐出去。到时候它们就是公共财产,某种意义上相当于历史文献。"他随便挥了挥双手,意外的是,他几乎快要哭了。为什么?因为他竟然在这个年轻人、这个新生代的先驱者面前提到自己的死,而年青一代注定要接管这个世界并带领它继续前进。也许吧。但更可能的原因大概和我们有关。我们的记录,你的和我的。因为陈列在他们眼前的这一幕,相纸上被银微粒记录下来的1855年的某一天,阳光洒在两个早已不在人世的爱尔兰妇女脸上的情景,或许拥有某种神奇的魔力,将他们二人——一个来自法国的卢尔德,一个来自克罗地亚的杜布罗夫尼克——拉到了一起,而他们与照片中的人全都毫无关系。

"不管怎样吧,"他说,"如果你觉得无聊了,或实在没别的事可做,那你随时可以来翻看其他的照片。只是不要把它们从保护套里拿出来,另外,看完放回原处就行。"

一个小时后,他正准备铺床睡觉时,德拉格在门口探出脑袋:"雷蒙特先生,你有电脑吗?"

"有啊,就在桌下面的地板上,我不常用。"

片刻之后,德拉格又回来了:"雷蒙特先生,我找不到猫上用的线。"

"不好意思,我没听明白。"

"调制解调器上的连接线,联网用的。"

"没有,我的电脑可能和你说的那种不一样。我只偶尔用电脑写信而已。你要做什么?为什么需要联网呢?"

德拉格不敢相信似的冲他笑了笑。"干什么不都得联网吗?你的电脑是什么时候买的啊?"

"不记得了,很多年前吧。应该是 80 年代。肯定已经跟不上时代了,你要是需要高级的,我这儿可没有。"

德拉格没有放过这个话题。第二天晚上,他们在厨房吃饭。今天保罗没有像他原来说的那样订比萨,而是亲自下厨做了好吃的意大利烩饭,配上蘑菇和法国的苏特恩白葡萄酒。

"雷蒙特先生,您是不是很讨厌比较时兴的东西啊?"德拉格突然问道。

"没有啊,为什么这么说呢?"

"我没别的意思。只是这种感觉,你家里整体给人的感觉。"他靠在椅背上,随手一挥,正如他说的,整体,"很酷。我只是好奇,你不喜欢新的东西吗?"

科尼斯顿街这栋公寓所在的街区战前统一整修过,每间屋子的天花板都很高,空间很宽敞,只是房间都不算大。他离婚后就买了这里,因为这里的一切都符合单身汉的预期,而且从那之后他一直住在这里。

购买公寓时,协议要求他接受原房主的家具。这些家具笨重、深沉,与他的品位格格不入。他一直考虑换掉它们,可又没精力做这件事。结果几年后他自己竟适应了,而且变得和那些家具一样深沉忧郁。

"我不妨直说了,德拉格,但你不要笑话我。我已经被时间、被历史打败了。这套公寓,以及公寓里的一切也被打败了。被时间打败并不奇怪,也不算耻辱。你也会遇到这样的事,只要你活的时间足够长。现在请你告诉我,咱们今天聊这个话题到底是因为什么?是和那台达不到你使用要求的电脑有关吗?"

德拉格一脸迷惑地盯着他。其实连他自己也感觉莫名其妙,何必把话说得这么刻薄呢?这孩子做错了什么?您是不是很讨厌比较时兴的东西啊?对老人而言,这是一个非常恰当的问题。他有什么可生气的呢?

"很久以前,这些也都是新的。"他说着,也学德拉格的样子挥了一下手,"世界上所有的东西在很久以前也都是新的。就连我自己,也是新的。出生的那一刻,我在这个世界是最新的生命。随后时间便开始在我身上起作用,谁也跳不出时间的手,它会慢慢地吃掉你,德拉格。将来某一天,你会和你美丽的妻子一起坐在你们漂亮的新房子里,你们的儿子会转身面对你们问:你们怎么这么老土啊？等到了那一天时，我希望你能想起咱们今天的这场对话。"

德拉格用叉子吃掉了最后一口烩饭和最后一口沙拉。"去年圣诞节，我们回了一趟克罗地亚，"他说，"我、妈妈和两个妹妹。我们去了扎达尔，那是我外公外婆生活的地方。他们如今年事已高，就像你说的，他们也被时间打败了。妈妈给他们买了一台电脑，教他们怎么用。现在他们学会了网上购物，还会发电子邮件，所以我们可以经常给他们发照片。他们很高兴。而他们，年纪可不小了。"

"你想说什么？"

"我想说人是可以选择的，"德拉格回答，"仅此而已。"

# 第24章

邀请德拉格来住,他自认为没有什么——再三斟酌,他选了一个时下流行的词——不当之处。以他对自己的了解,他相信自己的心不管在过去还是现在,都是纯洁的,动机都是单纯的。他喜欢德拉格,且分寸得当,一如养父对养子或未来儿子的喜欢。

他想象中两个人一起住的情景,是建立在温和得体的基础之上的:某些和谐的夜晚,德拉格伏在餐桌上写作业,他坐在扶手椅中看书,一起等待约基察家中的火药味儿渐渐散去。

可现实与想象有很大的不同。德拉格带了朋友过来,搞得公寓里比火车站里还热闹。厨房里堆满了外卖餐盒与没洗的碟子;卫生间里永远有人。他期待的那种默默成长的亲密关系始终没有出现。实际上,他感觉德拉格在故意疏远他。自从吃过那顿烩饭,他们就再也没在一起吃过饭。

"晚饭我要煎蛋卷。"他故作漫不经心地说,"要不要给你也做一份？配火腿和番茄？"

"不用了，"德拉格说，"我晚上出去，哥们儿会来接我，我们一起吃饭。"

"你身上有钱吗？"

"有，谢谢关心！我妈妈给过我钱。"

所谓的哥们儿名叫肖恩，满脸粉刺，红色头发，保罗第一眼看见他就不喜欢。听德拉格说，肖恩经常旷课，因为他加入了一个乐队。这家伙在公寓里转来转去，两人天黑之后才出去，夜里很晚才回来，而后便把自己锁在他的前书房中，如今那是德拉格的临时卧室。音乐声、喃喃的说话声吵得他天快亮了还没睡着。他困顿不堪，又一肚子火气，只能躺在黑暗中听 BBC 广播。

"让我烦躁的不仅仅是噪声，"他向伊丽莎白·科斯特洛发牢骚说，"德拉格生在一个大家庭，我没指望他能多安静。不，让我难受的是在我请他顾及一下别人的感受时他的反应。"

"他什么反应？"

"不搭腔了。他不再看我一眼，在他眼里我还不如一件家具呢。玛丽亚娜说他和他爸爸也经常较劲顶牛。唉，现在我总算知道原因了，我都开始同情他爸爸了。"

自从科斯特洛在河边说了那些冷言冷语之后，他以为自己再也不会和她见面了。看来是他想多了。这不，她又回来了，可能因为她不想放弃他，也可能因为身体不舒服。她明显瘦了许多，身子很虚弱，还不停地咳嗽。

"可怜的保罗！"她说，"晚年想清净一下都不行，瞧现在把你气的！替别人看孩子，你可真行！理论上，你肯定会喜欢年轻的德拉格，可现实就是这么容易打脸。我们不能根据意志行为去爱一个人，保罗。我们得学习。正因为如此，灵魂才会离开高高在上的天国，重新投一次胎到人世。如此，当他们与我们一同成长时，才能在爱的艰苦道路上指引我们。一开始你就在德拉格身上看到了超凡脱俗的东西，我相信你没看错。德拉格与他在另一个世界的天使之身所保留的联系，比大多数孩子都要多。克制一下你的失望和愤怒吧，努力从德拉格身上学点东西。迟早有一天，他身后那些闪着光芒的荣耀会消失得无影无踪。到那时，他也就和我们一样，泯然众人矣。

"你肯定觉得我疯了，对不对？或者被蒙骗了？但请你记住，我自己也养育了两个孩子，真的孩子，不是臆想，而你一个也没有养育过。我了解孩子，而你对他们一无所知。所以当我说话的时候请你认真听，即便我只是在用数据说话。我们生养孩子的目的是什么？是为了学习爱和服务。通过孩子，我们成为时间的奴仆。扪心自问，你是否具备走完这段旅程所需要的勇气和耐力？如果没有，或许你该及早放弃，现在还不晚。"

用数据说话，天使下凡。这是自她发表关于那个墨镜女人的一番评论之后所说的最让人捉摸不透的话。她是饿昏头了吗？她是不是又想涮他？除了喝茶，他还能请她吃别的东西吗？他狠狠瞪了她一眼，但她毫不动摇。看来，她对自己说的话笃信不疑。

至于他和玛丽亚娜之间曾经郑重订立的合约，看来已经形同虚设。一天又一天，她就像消失了一样，不见踪影，也没半句解释。而她儿子倒时常接到她的电话，只是他们通电话用的是克罗地亚语，而且德拉格一向惜字如金，从来都是一个字一个字地往外迸。

然后有天下午，玛丽亚娜出人意料地突然出现。那时德拉格还没放学，他也在打盹儿。

"雷蒙特先生，我吵醒你了吧？真抱歉，我敲门了，可是没有回应。需要我给你泡杯茶吗？"

"不用了，谢谢！"被人抓到睡觉，他心里很不舒服。

"您的腿怎么样了？"

"腿？腿还好。"

愚蠢的问题，愚蠢的回答。他的腿能好到哪儿去？他没腿。被问到的那条腿早就截掉了，烧成灰了。没有腿过得怎么样？她应该这么问。坦白地说，没有腿过得不怎么样。丢了一条腿，我的人生就像被凿了一个大窟窿，只要长眼睛的人都能看出来。

玛丽亚娜带着柳巴呢，看在孩子的分儿上，他竭力掩饰着愤怒。

玛丽亚娜一边走，一边避开地板上乱七八糟的东西，最后来到他的床前。"你本来过着多么舒服的日子啊，舒服且宁静。"她说，"可突然'咣当'一下，一辆车把你撞成了残疾；接着又是'咣当'一下，你遇到了我们一家。结果日子就不好过了，对不对？真抱歉！没有茶吗？你确定？你和德拉格相处得怎么样？"

"没什么可抱怨的，我们相处得很好。我相信和年轻人接触对我有好处，这能让我重新焕发活力。"

"你们成朋友了？好。另外，布兰卡说谢谢你。"

"没什么。"

"布兰卡会亲自来向你道谢，只是得改天了，今天她来不了。你也知道，她还有个爸爸管着呢。"他对此的理解是：约基察家依然分为两个阵营，爸爸阵营和妈妈阵营。而这全都因为你，保罗·雷蒙特。因为你搅起的狂风暴雨；因为你对你的护工萌芽中的激情，以及你愚蠢的表白。

"看来，你有新访客啊。"

他一时没明白玛丽亚娜的意思，但他很快就认出了她拿在手中端详的东西：科斯特洛太太曾经用来蒙他眼睛的尼龙丝袜。也不知道为什么，他鬼使神差地把它绑在床头台灯的基座上就忘记了。

玛丽亚娜小心翼翼地把丝袜拿到靠近鼻子的地方闻了闻。"柠檬花！"她说，"非常好！你的女朋友喜欢柠檬？你知道吗？我们克罗地亚人在教堂举行婚礼的时候，就会向新郎新娘撒柠檬花。这是很古老的风俗了。不撒米，撒柠檬花，祝福新人多子多福的意思。"

这是玛丽亚娜的幽默。直来直去，他得适应。假如他仍然期待有朝一日能成为她神秘的新郎，一起走过柠檬花瓣雨的话。

"你可能误会了，这不是你想的那个样子，"他说，"我不想解释，只管相信我的话就行。总之不是你想的那样。"

玛丽亚娜把丝袜举在一臂开外，潇洒地松开手，任其自由落地。"你想知道我是怎么想的吗？我什么都没想，没想。"

两人同时陷入了沉默。没关系，他告诉自己，我和玛丽亚娜已经很熟了，不会觉得尴尬。

"好吧，"玛丽亚娜说，"那我现在看看你的腿吧，然后帮你洗洗，再像往常一样做些训练。我们的训练已经落后许多了，是吧？一个人做训练效果没那么好，你确定不想装假肢吗？"

"我不想装假肢，现在不想，以后也不会想。这个话题结束了，拜托你不要再提。"

玛丽亚娜去了别的房间，柳巴继续用她那双乌溜溜的眼睛注视着他，看得他直发毛。"嘿，柳巴，"他说，"柳比卡。"声音亲昵得在他自己听来都格外陌生，甚至有些冒昧。那孩子没有吭声。

玛丽亚娜端着大洗浴盆回来了。"私人时间到了，雷蒙特先生。"她说："去给妈妈画画吧。"她把孩子支出去，关上门。她已经脱掉了凉鞋。他第一次注意到她的双脚，又宽又平。脚指甲上居然还涂了指甲油，颜色和瘀青差不多，红得发紫。

"要帮忙吗？"玛丽亚娜问。

他摇摇头，脱掉裤子。"躺下。"玛丽亚娜说。她把一条小巧的毛巾盖在他的腰身处，抬起残腿搭在她的大腿上，熟练地解开绷带，对着裸露的创面满意地轻拍一下，"不装假肢是吧？你以为你的腿会重新长出来吗？雷蒙特先生？只有小孩子才会觉得截掉了还能长出来。"

"玛丽亚娜,求你别说了。我们早就谈过这个话题,我不想再谈——"

"好好好,不再提假肢的事了。你就一直待在家里吧,你的女朋友会来找你,这也挺好。"她用拇指摩挲着创口,"也更省钱。疼不疼?痒不痒?"

他摇摇头。

"好。"说完,她便开始往残肢上涂肥皂。

他蹩脚的幽默,已经像早晨的浓雾一样消散了。让我做什么都行,他心里想,让我做什么都行,只要能……他想得心里像燃起一团火,玛丽亚娜是不可能察觉不到的。可玛丽亚娜面无表情。喜欢,他在心里对自己说,我喜欢这个女人!不管怎样都喜欢。还有,我已经完全掉进她的手掌心里了。

玛丽亚娜洗完腿,擦干,开始按摩。第一轮按摩之后是拉伸练习,拉伸练习之后是第二遍和最后一遍按摩。

**就这样一直持续下去吧!**

她可能早就习惯了,所有的护工可能都习惯了:被她们护理的男人出现生理上的反应。这一定就是她每次都那么迅速的原因,且每次都像例行公事,全程不敢看他的眼睛。针对男性客户的生理反应,她们接受的大概就是这样的培训。这种事难免遇到……重要的是我们得理解这种现象……某些生理反应是自然而然产生的,不受控制,因而对病人、对护工同样尴尬……最好……在某堂枯燥的培训课上,这或许是相对生动的时刻。

奥古斯丁[1]说过，在堕落之前，身体的所有行为都受灵魂支配，而灵魂带有上帝的色彩。倘若今天我们受到身体某些部位古怪行为的支配，那就是人性堕落的结果，是灵魂疏离上帝的结果。但这位神圣的奥古斯丁说的话都对吗？他身体某些部位的反应，仅仅是古怪吗？灵魂的膨胀，内心的膨胀，欲望的膨胀，对他来说都是一样的，是同一种运动。他无法想象，此时此刻他对上帝的爱能超过对玛丽亚娜的爱。

玛丽亚娜今天没穿她的蓝色工作服，这就表示她没有把今天当成工作日，或至少出门的时候没有考虑过工作。她今天穿了一条橄榄绿色的裙子，系着黑色腰带，裙子左侧有开衩，露出了膝盖和一点大腿。她赤裸的褐色的胳膊，光滑的褐色的双腿。哦，让我做什么都行，他又开始浮想联翩。让我做什么都行！然而这个所谓的做什么都行，以及他对玛丽亚娜这身橄榄绿裙子的赞许，与他对上帝的爱并无不同。这个发现引起了他极大的兴趣。假如上帝不存在，起码这份感情填补了那个巨大的、能吞噬一切的窟窿。

"现在把身体翻向左侧。"她调整毛巾，遮好他的隐私部位说，"朝我身上使劲儿。"

她把残肢往后扳，而他应该朝相反的方向用力。这个姿势两人需要保持片刻。玛丽亚娜双手抓着残肢向他身上压，他手抓床沿用力抗拒。多么遥远！他想。近在咫尺，却又仿佛远在天边。

---

[1] 奥古斯丁：古罗马时期著名思想家，代表作品有《忏悔录》《论三位一体》等。

他们的胸口几乎贴在一起，两个堕落的身体就像要融为一体。如果韦恩听说这件事，他会怎么说？但如果不是韦恩·布莱特，他可能永远也不会遇到玛丽亚娜·约基察。如果不是韦恩·布莱特，他可能永远体会不到这种压力，这种爱，这种迫切。幸运，幸运，幸运的错误。毕竟一切都要朝最好的方面看。

"好了，现在放松。"玛丽亚娜说，"很好，现在换趴的姿势。"

她拉起裙子，骑在他身上。广播还开着，之前他听睡着了所以没关。此刻一个男人的声音正在谈论韩国的汽车工业，他时不时列举一些枯燥的数据。玛丽亚娜的双手伸在他的衬衣下面，拇指在臀部上方找到一处痛点，开始按摩消痛。谢谢你，上帝，他心想。感谢上帝科斯特洛不在这里，否则她会既是观众，又是评论员。

"你在干什么，妈妈？"小女孩儿的声音，且说的是克罗地亚语。

他吓了一跳，睁开眼睛，只见柳巴就站在一臂之外的地方，直勾勾地盯着他，目光极为严肃。而他，又老又丑，浑身汗毛，半裸着身子。且对于小女孩儿纯洁的鼻孔而言，他无疑臭不可闻。而他和她的妈妈正呈现出一种十分尴尬的姿势。这姿势甚至不具备做爱那种令人厌恶的庄严。

孩子说话的当儿，他能感觉到玛丽亚娜也愣住了。但她很快恢复了按摩的节奏。"雷蒙特先生身上疼，"她说，"妈妈是护工呀，你忘了吗？"

"今天就到这儿吧,玛丽亚娜。"他慌忙拿东西盖住自己说,"谢谢你!"

玛丽亚娜爬下床,穿上凉鞋,拉住柳巴的小手。"别啃手指头,"她说,"那样子很丑。好吧,雷蒙特先生,现在可能已经不疼了。"

# 第25章

周六,玛丽亚娜把自己和德拉格关在书房里。听起来两人好像在吵架,玛丽亚娜的声音急促连贯,不时把儿子的声音压下去。

柳巴在楼梯上跳上跳下,发出噔噔噔的声音。

"柳巴!"他叫道,"来喝酸奶啊。"孩子没理他。

玛丽亚娜从书房出来。"我能把柳巴留在这里吗?让她和德拉格在一块儿。她不会给你惹麻烦的,我过一会儿就来接她。"

他原本还想让玛丽亚娜再给他做个别的项目,或者来一次身体护理,可眼前这情况,显然是没指望了。每月两次,像闹钟一样准时,银行会从雷蒙特的账户中划拨一笔钱到约基察家的账户。一方面是出钱;另一方面是为德拉格提供了一个容身之地。作为回报,他得到了什么呢?购物服务,但越来越不规律——偶尔一次的保健服务。从玛丽亚娜的角度看,这交易倒是划算。但正如科斯特洛一再告诉他的，如果他想成为一个父亲，最好先搞清楚什么是真正的父亲身份，不掺杂任何神秘色彩的父亲身份。

玛丽亚娜刚走，楼梯井里就传来了说话声。随后柳巴和科斯特洛以及德拉格那个名叫肖恩的朋友便一同出现。肖恩今天穿了一件宽松的T恤和一条七分短裤。

"你好啊，保罗。"科斯特洛说，"希望你不要介意我们不请自来。亲爱的柳巴，快去告诉德拉格，肖恩来了。"

很快，房间里只剩下他们两个老年人。

"我们的这个朋友，肖恩和德拉格好像不是一类人啊。"科斯特洛说，"不过，神灵和天使似乎就是这样，他们挑选最普通的凡人配对。"

他沉默不语。

"有个故事我一直想跟你讲讲，我想你应该会喜欢的。"她接着说，"故事发生在很久很久以前，是我还年轻的时候。我们家那条街上有个男生和德拉格特别像。一样的黑眼睛，一样的长睫毛，一样超凡脱俗的英俊外表。我被他深深迷住了，当时我只有十四岁，他比我大一点。那时我经常祈祷。'上帝呀，'我说，'只要他冲我笑一下，我就永远都是他的了。'"

"然后呢？"

"可惜上帝对我的祈祷置若罔闻，那个男生也对我视而不见。我那少女的渴望从来没有得到过回应。所以，唉，我一直没有变成上帝的孩子。最后一次听到那个长睫毛帅哥的消息是他已经结婚并搬到了黄金海岸，在那里他从事房地产行业发了大财。"

"这么说，所谓的英年早逝都是骗人的咯？"

"恐怕是。我怕众神已经没时间顾及我们，顾不上爱，也顾不上惩罚。他们在天国里的麻烦，已经够多了。"

"对德拉格·约基察也没时间？这就是你故事的寓意吗？"

"没时间，他们顾不上德拉格·约基察了。他只能靠自己。"

"和我们一样。"

"和我们一样。不过他更轻松些，因为不会有厄运降临到他头上。他可以当水手，当兵，当补锅匠，当裁缝，随他怎么选。他甚至也可以投身房地产行业。"

这是他第一次和科斯特洛进行友好甚至亲切的交流，也是破天荒头一次，他们站在了同一条战线上：两个老家伙联合起来对付年轻人。

也许这就是她突然造访的原因：不是为了如何把他写进她的书里，而是为了引导他加入老年人的行列？他和玛丽亚娜那点事，核心是他对她欠考虑且注定毫无结果的激情，或许到头来只不过是一个复杂的仪式。伊丽莎白·科斯特洛是被派来引领他一程的人？他之前以为韦恩·布莱特才是上帝派给他的天使。但也许他们是合作的关系，科斯特洛、韦恩和德拉格。

这时，德拉格在门口探出头。"雷蒙特先生，我和肖恩能看看您的照相机吗？"

"可以，但要小心，看完之后放回原处。"

"德拉格对摄影感兴趣？"伊丽莎白·科斯特洛小声问。

"他只是对照相机感兴趣。因为我那些东西他没见过，他只见过最新式的数码相机。哈苏相机对他来说就像帆船或者古希腊的三层划桨战船一样，都是老古董。不过，他倒是花了好几个小时看我那些照片，19世纪的那些。起初我觉得奇怪，但后来想想也没什么好奇怪的。他肯定是想了解一些澳大利亚的过去、血统，以及澳大利亚先人们神秘的多样性。否则，他就只能做一个名字滑稽的难民孩子。"

"他这么跟你说的吗？"

"不，他才不会跟我说这些咧。但我可以猜啊，我可以换位思考。身为移民的感受我并不陌生。"

"那当然，我老是忘记。多好的一位盎格鲁阿德莱德绅士，可我忘了你不是英国人，雷蒙特先生。"

"我有三次移民经历，所以感受格外深刻。第一次，我小时候就离开故土被带到澳大利亚；长大独立之后，我回到法国；可后来我又放弃法国来到了澳大利亚。我属于这里吗？每一次迁移我都会这样问自己。这里是我真正的家吗？"

"你回过法国，这段我忘了，有时间你得好好跟我讲讲那段经历。不过，你最终找到答案了吗？这里是你真正的家吗？"她用力挥了下手，表示她所指的并不局限于他们眼下所在的这个房间，而是要扩大到整个城市，超越远处的群山和沙漠，直至包含整片大陆。

他耸耸肩："家，我一直认为这是一个非常英国化的概念。英国人老说家园。对他们来说家是一个温暖的地方，让他们在寒冷的日子里不会挨冻。可我在这里并没有感觉到温暖。"他学她

· 211 ·

的样子挥了下手,虽然模仿得很拙劣,"我到哪里都感觉不到温暖,你不也说我是一个冷酷的人吗?"

科斯特洛沉默了。

"法国人的思想中没有家的概念。对他们来说,家就是他们自己,就是和同类待在一起。在法国,我也找不到家的感觉。这很明显,我和任何人都划不到同一类。"

他竟然在科斯特洛面前感叹命运。这是他们走得最近的一次了,但也让他微微有点恶心。我和任何人都划不到同一类。她是如何做到从他口中撬出这么一句话的?这里一个诱饵,那里一个诱饵,而他像只小羊羔似的一步步走进她的陷阱。

"那玛丽亚娜呢?你难道不想和玛丽亚娜以及德拉格划到同一类吗?还有柳巴,加上你没见过的布兰卡。"

"那是另一个问题了。"他气愤地答道。他不想再被她牵着鼻子走。

过了中午,玛丽亚娜还没回来。德拉格用橡皮筋在妹妹背上绑了一个布娃娃,随后柳巴张开双臂从一个房间跑到另一个房间,嘴里发出飞机引擎的声音。肖恩带了电子游戏过来,两个大男孩儿坐在电视机前玩得不亦乐乎。

"你应该知道,我们不必忍受这些东西,"伊丽莎白·科斯特洛说,"这些年轻人都这么大了,不需要保姆看着。咱们可以悄悄离开,到公园里去,坐在树荫下听鸟叫。我们可以把这看作周末远足,一次小小的探险。"

他十分愿意接受玛丽亚娜的帮助,因为那是他付了钱的;可他不愿接受一个年纪比他还大的女人的帮助。他让科斯特洛到门口等着,自己拄着双拐走下楼梯。

下楼时他遇到了一个邻居,一个身材苗条、戴着眼镜的新加坡姑娘。她和两个姐妹住在他楼上,几个人安静得像并不存在一样。他冲她点头,但并未得到对方的回应。几个姑娘在科尼斯顿街居住期间从来就没有留意到他的存在。她们每个人都只关心自己,或许这就是她们的典型思维:自立。

他和科斯特洛找到一条没人坐的长凳。一条狗小跑过来,先是扫了他一眼,然后走向科斯特洛。女人被狗闻裤裆是件很难堪的事情,狗会不会也想到性?狗的性,或者它会不会只是喜欢闻一些新奇复杂的气味?他一直认为伊丽莎白是个性冷淡的女人,但毕竟狗鼻子灵一些,或许它能闻出更多秘密。

伊丽莎白没有拒绝小狗,而是任由它嗅探一番,随后才友善地将它推开。

"呃,"她说,"你要跟我说什么来着?"

"我说什么?"

"说你的人生故事啊,你在法国的经历。我曾经和一个法国人结过婚。我没跟你说过吗?我的第一次婚姻。那是一段难忘的时光,最后他为了另外一个女人抛弃了我和我的孩子们。他说我太任性,还说我心狠,用英国人的说法是心如蛇蝎,*齷齪的毒蛇*。这是他的话。他从不知道,和我在一起时他处在什么位置。法国人对秩序很执着,而且很热衷于找到自己和对方在一起时的位置。这些就不用多说了。我们现在聊聊你。"

"我以为你会说法国人都充满激情。激情,而非秩序。"

她若有所思地看了他一眼说:"激情和秩序,保罗。两者都有,都有。我们还是继续说你在法国的浪漫故事吧。"

"我的故事并不长。上学时我理科比较好,但也不是特别突出,我在任何方面都不突出,只是还行罢了,所以上大学时我就选了科学方向。那年头科学挺吃香,主要是稳定,那也是我妈妈最希望我和我姐姐得到的:她希望我们在那片异国的土地上找个稳定的工作,能够养活好自己。天知道为什么,当初她委身跟随着来到法国的那个男人变得越来越自私,所以我们基本没有家庭的资助,加上妈妈语言不通,在当地找个工作都十分困难。后来我姐姐去教书了,那倒也不失为一份稳定的工作,而我则投身科学。

"可接着我妈妈就去世了,我觉得继续穿着白大褂天天对着一堆试管已经毫无意义,于是便退学,买了张票去欧洲。我去图卢兹[1]找外婆,并在那里的一间照片冲印室找了份工作。我的摄影生涯也就是从那里开始的。可这些你不是都知道吗?我以为我的一切你都了解。"

"这些倒是新的,保罗,我不骗你。你几乎是不带任何历史地出现在了我面前。我只知道,你是个对自己的护工萌生了非分之想的独腿男人,仅此而已。你以前的生活对我来说,就像未开垦的处女地。"

---

[1] 图卢兹:法国南部城市。

"我跟外婆一起住，同时尽量维持好和妈妈娘家人的关系。因为对法国人来说，尤其是法国的农民，家族意味着一切。我的几个老表有的是汽车维修工，有的是店员，有的是站台领班，但骨子里他们仍是农民，脱离黑面包和牛羊粪也才一代人的时间。当然我说的是20世纪60年代，那是很久以前了。如今时代变了，一切也都变了。"

"然后呢？"

"日子过得并不顺心。换句话说，我有点融不进法国的生活。我缺失的东西太多了，首先我没有在法国上过学，而更重要的是我的青少年时代没有在法国度过，因而错过了许多和同龄人交朋友的机会，要知道同龄人的友谊是比爱情还要持久的东西。通过老表们结识的那些和我同龄的年轻人，已经各有各的生活。甚至在离开学校之前他们就知道，自己将来要从事什么样的职业，和什么样的对象结婚，会在哪里生活。他们猜不透我——这个高高瘦瘦、口音古怪、一脸糊涂样的家伙——在那个地方干什么，而我又没办法告诉他们，因为我自己也不知道。我从来都是最不合群的那一个，到哪里都显得格格不入，家庭聚会的时候通常也像个外人一样躲在角落里，他们在自己的圈子里叫我英国佬。第一次听见这个称呼时我大吃一惊，因为我和英国半点关系都没有，连去都没去过。但澳大利亚已经超出了他们的认知范围。在他们眼中，澳大利亚人就是英国人。防水雨衣，开水煮白菜，等等，传播到世界各地，在袋鼠中间刨生活。

"我有个朋友叫罗杰，在我上班的那个工作室跑腿打杂。周六下午我和他会收拾行囊，骑上自行车去圣吉伦或塔拉斯孔；或者深入比利牛斯山，跑到库斯特或欧吕莱班。我们在小餐馆里吃饭，在野外露营，白天就一直骑行。周日回来时，虽然筋疲力尽但是倍感充实。我们说的话并不多，可现在想想，他算是我交过的最好的朋友。用法国人的话说，是最好的伙伴。

"那是在汽车风靡法国之前的事了。那时的公路上人少车少，所以骑着自行车在乡间飞驰，并不会让人觉得奇怪。

"后来我认识了一个女孩子，周末便有了别的事可做。她来自摩洛哥，于是我又一次成了亲戚眼中的特殊分子。那是我第一次不合时宜的激情。如果不是她的家人阻止，我们两个很可能会结婚。"

"被激情的闪电击中，还是为了一个外国姑娘。这本身就是写书的好材料。太棒了！太好了！你惊到我了，保罗。"

"别嘲笑我了。我们没有出格的地方，是很纯洁的男女关系。她学习做图书管理员，直到被家人叫回去。"

"然后呢？"

"就这样了。他爸爸让她回去，她照做了，我们的关系也到此结束。我在图卢兹又待了半年，然后便放弃了。"

"你回家去了。"

"家？什么意思？我说过我对家的理解。鸽子有家，蜜蜂有家，也许英国人也有家。我只有住处，住所。这里就是我的住处，这套公寓，这座城市，这个国家。家对我来说，是个充满神秘的地方。"

"可你是澳大利亚人，不是法国人，这连我都看得出来。"

"走在澳大利亚人中间，没人会觉得我是个移民，但走在法国人中间却不行。我看就这么回事，这是个民族认同的问题。有些地方你融得进去，有些地方却正好相反，你会特别与众不同。用英国人的话说，像疼痛的大拇指；或用法国人的话说，像一个污点，干净布料上的污点。说到语言，英语对我和对你的意义是完全不同的。这和流利程度无关。你应该也听出来了，我的英语很流利。但我学英语很晚，它并不是我的母语，我甚至没有真正系统地学过。暗地里，我一直感觉自己就像腹语术者手中的假人。说话的并不是我，只是假借我传了出来。而那些话并非出自我的本心。"他稍一迟疑，看了看自己。我的内心是中空的，他想说，你肯定听得出来吧？"伊丽莎白，不要对我刚才的话过度解读。"他说，"我这些话没多大意义，不过是闲聊罢了。"

"可是保罗，你的话很有意义啊，真的。这世界上有两种人：一种人扎根在自己土生土长的地方；而另一种人却像蝴蝶一样飞来飞去，他们到哪里都只是短暂停留，却让自己的光芒照亮这里又照亮那里。你愿意做一只蝴蝶，也想做一只蝴蝶，但后来有一天你不幸地从半空坠落，摔在大地上。等你站起来时，你发现自己再也不能飞了，甚至连走路都困难。你现在什么都不是，只是一大坨还算结实的肉。这就是一个教训，你不可能对它视而不见。"

"对，是个教训。在我看来，科斯特洛太太，只要动用一点点才智，一个人就算抠也能从一系列最偶然的事件中抠出教训。

你是想告诉我，我在玛吉尔路上被人撞成残废，是因为上帝对我另有安排吗？那你自己呢？我记得你说过你有心脏病。那请你解释一下，你的心脏病算怎么回事。上帝让你得心脏病是出于什么考虑呢？"

"没错，保罗，我没撒谎，我确实有心脏病。但我并不是唯一有心脏病的人。你自己的心也有问题啊，你不知道吗？我敲开你的门，可不是为了研究一个独腿男人怎么骑自行车的，我是想探究当一个六十岁的男人心里有了非分之想时会如何应对。如果你能恕我直言，我想说到现在为止，你的表现非常遗憾地令人失望。"

他耸耸肩。"我活着可不是为了讨你开心。如果你想开心，"他挥手指了指那些跑步的、骑自行车的和遛狗的人，"可供你选择的余地还是很大的。你又何苦在一个总是不断地让你失望、惹你愤怒的人身上浪费时间呢？把我当成一份差劲的工作辞掉吧，去找其他令你满意的对象。"

她扭头冲他微微一笑，在他看来这笑容里并无恶意。"也许我是有点任性，保罗，"她说，"但也没任性到那个程度。什么叫任性？像山羊那样从一块石头跳到另一块石头，那是任性。可我已经老得跳不动了，你就是我的石头，我暂时会待在上面。还记得我跟你说过的吗？爱是依恋。"

他再次耸耸肩。爱是依恋，有些人可能会说爱是随心所欲的闪电。如果说面对爱的疾病他就像个无知的婴儿，那他觉得科斯特洛也比他好不到哪儿去。但他不打算和她争论，他已经厌倦了争论。

另外,他还感到口渴。这时要能来杯茶就再好不过了,他们可以过桥去对岸的茶室。他们也可以回公寓,接着忍受那里的嘈杂和混乱。或者,他们还可以暂时不想茶的事情,继续坐在河边,看河里的水鸟嬉戏,打发时间,等着下午过去。那究竟选择哪个方案呢?

"跟我说说你的婚姻吧,"伊丽莎白·科斯特洛说,"你很少提你的前妻。"

"我看还是算了。"他说,"说那些不合适。我前妻可不会乐意让我把她变成你书里的一个次要人物。如果你想听的是故事,我倒可以讲一个我们结婚期间发生的事,但故事内容并不包含我的前妻。你可以用这个故事来衬托我的人物特点,当然愿不愿意听随你的便。"

"好啊,说吧。"

"这个故事发生时,我还在南澳大利亚开照相馆。当时我有两个助手,其中一个爱上了我。准确地说,那不能算爱,只能说是爱慕。她对我没什么企图,所以才特别放得开。她是个很聪明的女孩儿,也很漂亮。二十多岁,面带稚气,长得漂亮,但身材粗壮结实,像打橄榄球的运动员。对于自己的身材她也没办法,节食都无法让她苗条起来。

"那时,夜里我还在一所工艺学校里代课,讲摄影原理。这女孩儿每星期去听三个晚上的课,每次都坐在后排盯着我看。但她从来不记笔记。

"'埃伦,你不觉得这也太过分了吗?'有一次我对她说。结果她回答说:'这是我唯一的机会。'她说话的时候脸一点都不红,她从来不会脸红。'唯一的什么机会?''和你单独相处啊。'自由自在地坐在教室里看我讲课,她就是那么定义单独相处的。

"我是有原则的,永远不和员工搞暧昧。但那一次连我自己也动摇了,我破坏了原则,给她留了张字条,上面写道:定个时间、地点,其他什么都不需要。她准时赴约,随后我们就上床了。

"你大概希望我说,不管对她还是对我,那都是一次不光彩的经历吧。可我没觉得有什么不光彩的,我甚至乐意称之为一段愉快的经历。当然我也从中学到了一点,那就是当你爱得足够深时,便不再渴求回报了。那女孩儿的爱足够两个人的。你是作家,是研究人心的,你知道这一点吗?只要你爱得足够深,对方爱不爱你都不再重要了。"

科斯特洛沉默了。

"她跟我说'谢谢',她躺在我的臂弯里喘息着说:'谢谢你,谢谢你,谢谢你!''没事的,'我说,'谁都不需要感谢谁。'

"第二天我桌子上便有张字条,上面写道:无论何时,只要你需要我……但我再也没有联系过她,没有尝试重温那样的经历。吸取教训的事,一次就够了。

"之后她又为我工作了两年,且始终与我保持着适当的距离,因为我似乎也表现出了这种态度。没有哭哭啼啼,没有指责怪罪。随后她就突然消失了，一声招呼都没打，说不来便不来了。我问过她的同事——我的另一个助手，可她同样不明所以。我给她妈妈打电话，她妈妈说，你不知道吗？埃伦找了份新工作，在一家制药公司做销售代表，所以搬到布里斯班去了。她妈妈问埃伦没有通知我吗？我说没有，我也是第一次听说她找到了新工作。她妈妈'哦'了一声又说，埃伦跟他们说她已经和我谈过，而且我十分痛心。"

"然后呢？"

"就这些，讲完了。她说我十分难过，除了关于爱情的道理，这是最让我觉得有意思的部分。因为我一点都没有痛心，真的。难道这个女孩儿认为她的离开会让我感到痛心吗？或者她这么说只是为了敷衍她的妈妈，好让自己看上去没那么可怜？"

"你是在问我的意见吗？我不知道答案，保罗。说你这个老板很痛心，八成也是这个故事最让你感兴趣的部分，可我却没那种感觉。我比较感兴趣的是，倘若玛丽亚娜向你屈服，你会不会也对她说一堆感谢的话。另外，为什么你没有对我介绍给你的那个姑娘说'谢谢'呢？就是那个你特意挑选出来的，眼睛看不见你落魄样子的女人。"

"我没有特意挑选，是你把她带到我那儿去的。"

"胡说，我只是按照你的吩咐去做，你在医院的电梯里就选中她了。你做梦梦见她。我再问一遍，你为什么没有感谢她呢？是因为你付了钱给她吗？付了钱是不是就不必说谢谢？你说你那个打橄榄球的姑娘有足够的爱分给两个人，你真的认为爱是可以量化的吗？你觉得爱也能像啤酒一样计量？也就是说，只要你带着一箱爱过来，那么对方就可以空着手？空着手，空着心？谢谢你，玛丽亚娜，谢谢你让我爱你。谢谢你让我爱你的孩子。谢谢你让我给你钱。你真有这么蠢吗？"

他脸上有些挂不住了。"你让我讲一个故事，我讲了。如果你不喜欢，我很抱歉。是你自己说想听故事的，我满足了你的要求，可换来的却是冷嘲热讽，这算哪门子道理？"

"你应该加上一个限定语，什么样的爱？我没说不喜欢你的故事。相反，我觉得你和那个橄榄球姑娘的故事还挺有意思的，也比较容易讲述，即便是你给出的解释也十分有趣。可我不明白的一个问题是，你为什么偏偏选择了这个故事讲给我听？"

"因为这个故事是真的。"

"当然是真的。可真假有什么关系呢？我又不是上帝，管它山羊还是绵羊，去伪存真的活儿不归我管。如果问我以谁为榜样，那他肯定不是上帝，而是西多修道院的那位神父，也就是那个臭名昭著的法国人。他对被他照顾的那些士兵说：把他们全部杀光，上帝知道哪些人能上天堂。

"保罗，即便你杜撰一个故事，我也不会在乎。谎言和事实所揭露的人性是一样的。"

她顿了顿，冲他扬起一侧眉毛。该他了吗？他已经没什么好说的了。如果事实与谎言效果相同，那说与不说大概也都一样吧。

"保罗，你有没有注意到，"她继续说道，"咱们两个的谈话最后总会陷入同样的模式。一开始聊得挺愉快，然后我说些你不乐意听的话，你就闭口不言，或者转身离开，或者把我赶走。难道我们就跳不出这个怪圈吗？要知道咱们两个剩下的时间，可都不多了呀。"

"别跟我提'咱们'。"

"不，在天堂的光芒之下，在上帝冷酷的眼神中，咱们真的没多少时间了。"

"这倒是真的，说下去。"

"你觉得我的日子比你好过吗？你觉得我愿意睡在大街上，或睡在公园的灌木丛下，与那些酒鬼为伍，每天只能在托伦斯河中洗漱？你眼睛又不瞎，应该看得出我有多落魄。"

他瞪了她一眼。"你在编故事骗人。你是个成功的职业女性，你和我一样衣食无忧，你根本用不着露宿街头。"

"也许吧，保罗。也许我有夸大的成分，但这是个很有挖掘潜力的故事，很适合我的情况。正如我提醒你的，我们的日子所剩无几了，你的，我的。可你瞧瞧，我居然还在这里浪费时间，浪费生命，等着，等着你。"

他无可奈何地摇摇头。"我不知道你想要什么。"他说。

"我想推你一把。"她回答。

# 第26章

门厅的边桌上有张潦草的字条：再见，雷蒙特先生。我暂时留下了一些东西，明天过来取。谢谢你做的一切！德拉格。另外，照片全都放回原处了。

德拉格说的东西原来是用垃圾袋装着的一包衣服。随后，他在被褥中又找到了几条德拉格的内裤塞了进去。除此之外，公寓里已经找不到约基察家人到过的痕迹，不管是妈妈，还是儿子。他们来过，他们又走了。他们从不解释为什么走，他最好习惯这一点。

然而，重新回到一个人的状态是多么惬意啊！和女人共同生活是一回事，可和一个邋里邋遢又不懂得为他人着想的年轻小伙子同住却是另一回事。所谓一山不容二虎，当两个男性处于同一片领地时，神经总是紧绷着的。

他一下午都在整理书房，把搞乱的东西放回原位，然后他洗了个澡。洗澡时洗发水瓶子不小心从手上掉落，弯腰捡的时候，齐默式助行架（他通常会带进淋浴间）往旁边一滑，他没扶稳，失去平衡摔倒在地，头撞在了墙上。

千万别受伤，这是他的第一反应。被绊在齐默式助行架里，他试着移动手脚，突然一阵钻心的疼痛从后背一直传到那条正常的腿上。他缓缓吸了口气，冷静，他提醒自己，洗澡滑倒这种事很多人都遇到过，不必大惊小怪，可能什么事都没有。现在有的是时间思考，有的是时间补救。

补救（他努力镇静，让头脑清醒起来）的意思是：一，从齐默式助行架中挣脱出来；二，从淋浴间出去；三，查明后背的情况；四，根据情况再确定下一步的行动。

主要问题出在第一步和第二步之间。如果不坐起来，他就无法从齐默式助行架中挣脱。可只要他尝试着坐起，身上便疼得厉害。

没人跟他说过，这个如今在他生命中扮演重要角色的齐默是谁，当然他也没想过问。为了方便记住，他曾想象这个齐默是个紧闭着嘴巴的瘦脸男人，身穿19世纪30年代的高领衬衣，系着白色颈巾。其实约翰·奥古斯特·齐默是一个奥地利农民的儿子，但他厌倦了农民辛苦乏味的生活，一心想逃离农村。因此他经常在屋后的牛棚里，一边忍受着奶牛睡着之后的呻吟之声，一边借着烛光刻苦攻读解剖学书籍。最后勉强通过了各种考试（他天赋并不高），他谋得了一份军医的差事。此后二十年间，他一直在卡尔·约瑟夫·奥古斯特皇帝陛下的军队中服役，每天所做的就是包扎伤口和截肢。退役之后,他走过几段弯路,最终来到巴特施瓦讷尼斯,那是波希米亚的一个小型温泉疗养地,主要为患关节炎的贵妇们提供服务。工作期间他突发灵感,把老家卡林西亚已经用了几个世纪的婴儿学步车加以改装,设计出了一种可以辅助体弱病人走路的工具,这个新发明为他赢得了不少声誉。

此刻,保罗·雷蒙特躺在铺着瓷砖的地板上,浑身赤裸,无法动弹。齐默的发明压在他身上,挡住了淋浴间的门,而花洒一直在喷着水,漏在地上的洗发水泛起大团泡沫,几乎包围了他的残肢。不幸的是,摔倒时残肢创面触地,这会儿正有规律地一阵一阵地疼。真够狼狈的!他心想,谢天谢地这一幕不会被德拉格看到!谢天谢地科斯特洛没有在场,否则又要被她奚落一番。

可德拉格和科斯特洛都不在场也不是什么好事,他连个可以寻求帮助的人都没有。其中一个麻烦是,热水流光之后便是冷水。而他够不着花洒开关。本来只要不被人嘲笑,他在这里躺一晚上也没关系,可现在的问题是说不定到不了明天早上,他就冻死了。

他费了三十分钟,才逃出他给自己画的牢笼。站不起身,又无法推开齐默式助行架,最后他只好咬着牙用尽全力去推淋浴间的门,直到门上的合页断裂。

他顾不上什么羞耻,在地板上爬着来到电话机前,拨通了玛丽亚娜的号码。接电话的是个孩子。"麻烦找一下约基察太太。"他拼命控制着颤抖的牙齿,然后说,"玛丽亚娜,我出了个意外,人没事,但你能过来一趟吗?"

"出什么意外了?"

"我摔了一跤,后背有点不舒服,现在动不了。"

"我马上来。"

他拽下床单蒙住身体,可还是觉得冷。不仅仅是手脚,也不仅仅是头皮和鼻子,连肚子和心口也冰凉冰凉的。痉挛控制了他的身体,他浑身僵硬,连哆嗦都哆嗦不起来了。他接二连三地打起了哈欠,直到打得头昏脑涨。人老了,血液没温度。他头脑嗡嗡直响,血管里热量不足了。

渐渐地,他仿佛看到了幻象。他看到自己被绑着脚踝倒挂在一个寒冷的屋子里,周围密密麻麻的全是冰冻的尸体。他的身边没有火,只有冰。

他恍恍惚惚,好像睡着了。突然,玛丽亚娜出现在面前。他努力让嘴唇动起来,挤出一丝微笑,又吃力地挤出几个字。"我的背。"他低声说道,"小心。"感谢老天,他不必解释发生了什么。至于如何发生的,从浴室里的一片狼藉以及花洒中吱吱淋下的冷水,应该也能猜个八九不离十。

家里没有茶叶了,玛丽亚娜冲了咖啡,把一个药片塞进他嘴里,扶着让他喝下咖啡。然后,也不知她从哪里来的那么大劲儿,竟直接把他抱起放在了床上。"你怕不怕?"她说,"以后还是不要一个人单独洗澡了。"

他乖乖地点了点头,闭上双眼。在这样一位杰出的女人和专业护理的服侍下,他能感觉到心里的坚冰开始融化。没有骨折,没有被普茨太太批评,也没有遭到科斯特洛的嘲笑。只有一位天使，放下手头的一切赶来救他。

毫无疑问，对于一个上了年纪的残疾人来说，未来还可能发生更多的意外，摔倒更多次，每次都只能忍着耻辱找人帮忙。然而此刻对他最重要的，不是那令人沮丧恐慌的前景，而是这温柔又抚慰人心的、特别的女性的存在。好了，好了，放松，都过去了。这是他想听到的。还有：你睡着的时候，我会守在你身边。

所以，当玛丽亚娜起身麻利地穿上外套拿起钥匙时，他像个孩子似的委屈极了。"你就不能多待一会儿吗？"他说，"不能在这里住一晚上？"

她重新在床沿坐下。"介意我抽烟吗？"她说，"就一次。"她点着一支烟，吸了一口，把烟气吐到离他稍远的地方。"咱们谈谈吧，雷蒙特先生，把一些事情说清楚。你希望我怎么做？回来工作，继续照顾你？那你就不能再说这类话，比如……"随后她又摆摆手，"你知道我指的是什么。"

"我不能谈论对你的感情。"

"你失去了一条腿，经历了一段艰难的日子，这我理解。你有感情，男人的感情，这我也理解。这些都没问题。"

尽管疼痛的感觉在减弱，但他还是无法坐起来。"是啊，我有感情。"他平躺着说道。

"你有感情，你想表达感情，这很自然，也没问题。可是……"

"不够稳重。你肯定想说这个词，我对你来说太不稳重了。因为我受感情支配的程度太深，太容易敞开心扉。我说得太多了。"

"支配。什么受感情支配？"

"无所谓了，我相信我理解你的意思。我因为出了一次事故，内心受到了触动，精神状态时起时伏，已经不受我的控制。结果我便爱上了第一个从我面前经过的女人，第一个同情我的女人。请原谅我用了'爱'字，但我爱上了这个女人，也以另一种方式爱上了她的孩子。我没有孩子，本来没觉得怎么样，现在却突然很想要自己的孩子。所以你和我之间才出现了眼下的问题。而这一切，都可以追溯到我在玛吉尔路上与死神擦肩而过的那次意外。玛吉尔路给我造成的震撼实在太大了，时至今日我仍然经常无法控制自己，流露感情却不考虑后果。这不就是你想告诉我的吗？"

她耸耸肩，但没有反驳，而是猛吸了一口烟，喷出去。她让他继续说下去，他第一次发觉抽烟也能带来感官上的享受。

"唉，你错了，玛丽亚娜，根本不是你想的那样。我并不糊涂。也许我这个人不够稳重，但不稳重也并非什么异常的性格，我们所有人都不能太稳重。这是我最新的、经过反复琢磨的观点。我们都应该时常改变一下自己，我们应该时常拥抱自己，时常照照镜子，即便有些东西我们不想看到。我指的并非时间带来的破坏，而是被困在玻璃后面，我们通常总是小心回避的那个人。看啊，这个家伙和我一起吃、一起睡，还以我的名义说'我'！如果你发现我这个人不稳重，玛丽亚娜，那绝不仅仅是因为我被撞了一次，还因为那个自称为'我'的陌生人，总会不时地突破玻璃的禁锢，借我之口说他的话。比如今晚，比如现在，比如关于爱的这些肺腑之言。"

他突然停住了。怎么会一下子说了这么多话？这可不像他！玛丽亚娜一定非常意外。难道此刻真有一个藏在镜子里的陌生人在假借他的声音说话？可镜子在哪儿呢？或者，眼下这一通倾诉，会不会只是他不稳重的又一次体现，是刚刚这次意外的余波？脑袋上的肿块、后背的紧张、残肢的疼痛、冰凉的洗澡水，等等。这一切所带来的情绪，就像苦涩的胆汁或呕吐物在喉咙里往上顶。实际上，这很可能只是玛丽亚娜让他吃的那片药的缘故，甚至是喝的咖啡？他真不该喝那杯咖啡，他没有晚上喝咖啡的习惯。

关于爱的肺腑之言。因为没戴眼镜，所以他无法确定，但玛丽亚娜的脖子上似乎正升起一片红晕。玛丽亚娜说希望他能克制自己，胡说，这肯定不是她的本意。哪个女人不想偶尔听些说给自己的绵绵情话呢？至于这些话出自何人之口，应该不重要吧？玛丽亚娜脸红了，原因很简单，她的内心也并非稳如磐石。所以呢？接下来又怎样？所以一切都是有联系的！所以在混乱的表面背后，的确有绝妙的逻辑在起作用！韦恩·布莱特突如其来地夺去了他的腿，所以几个月后，他在洗澡时摔倒在地，所以才有了出现接下来这一幕的可能：一个六十岁的小老头儿浑身僵硬地躺在床上，时不时地哆嗦一阵，对着他的护工口若悬河地谈论哲学，谈论爱情。而护工身体里的热血在激荡，在积极地回应！

狂喜之余，他伸出铁青色的难看的大手（他顾不上疼痛了，疼痛算什么），放在玛丽亚娜小巧又温暖的手上，感受着她纤细的手指。按照他在图卢兹的外婆的说法，这些手指散发着性感的气质。

有那么一会儿，玛丽亚娜没有动，任由自己的手被他抓着。随后她抽回手，掐灭烟头，站起身，又开始扣外套的扣子。

"玛丽亚娜，"他说，"我不会有任何要求，不管现在或将来。"

"是吗？"她歪着脑袋，探询地看着他，"没有要求？你以为我不了解男人吗？男人总是不停地提出要求。我要，我要，我要。我，我只想做我的工作，这就是我的要求。我在澳大利亚的工作是护工。"

她顿住了。在此之前，她从未用如此强硬甚至如此愤怒（至少在他看来是）的口气和他说话。

"你给我打了电话，这很好。我没说过你不能打电话，遇到紧急情况，你可以打。这没问题，可今天……"她摆了摆手，"今天这事算不上紧急情况，至少够不上需要急救的程度。洗澡时摔倒应该给朋友打电话，然后告诉对方说，'我害怕，请你过来'。"她又掏出一支烟，可立马又改变主意，放了回去。"伊丽莎白，"她说，"你可以叫伊丽莎白啊，或你的其他女性朋友，我也不知道都有谁。'我害怕，快点过来拉住我的手。不需要急救，只过来拉住我的手就好。'"

"我不单单是害怕，我受伤了，一动都不能动。你也看见了的。"

"痉挛，那只是痉挛。我给你留了药，背部痉挛不算急症。"顿了顿，她又接着说，"要不然就是你还有别的要求，不仅仅是拉手，你想，用你的话说，动真格的。也许你该加入那种专为寂寞的心开办的俱乐部，如果你有一颗寂寞的心。"

她吸了口气，若有所思地看着他。"雷蒙特先生，你以为自己很了解护工的工作吗？我每天都要照顾老头儿老太太，帮他们洗漱、净身，这些我都用不着说。除此之外还要帮他们换床单、换衣服。我耳朵边天天听到的都是：干这个，干那个，拿来这个，拿来那个，感觉不舒服，把药拿来，给我倒杯水，给我倒杯茶，给我毯子，拿走毯子，打开窗户，关上窗户，别这样，别那样。一天下来累得骨头都快断掉了，这还不算，回到家照样不得安生，电话随时可能会响，半夜，凌晨。这里有紧急情况，你能来一趟吗……"

几分钟前她还面红耳赤，可现在却轮到他了。*这里有紧急情况，你能来一趟吗？*当然，按照护理行业的标准，今天的事算不上紧急情况。在北阿德莱德的科尼斯顿街，一个人不可能冻死在开着空调的公寓里，甚至在他给约基察家拨电话的时候就已经知道，可他还是打了过去。*快来救我！*他的声音飞过南澳大利亚的天空。

"你是我第一个想到的人，"他说，"当时你的名字一下子就跳出来了。你的名字和你的脸。你觉得作为第一个被想到的人，对你来说毫无意义吗？"

她耸耸肩，两人都沉默不语。第一个，这是一个令人难以承受的、很大的词。可让他沉默的并非这三个字。你的名字，你的名字一下子就跳出来了。你的名字和你的脸。这些话好像是脱口而出的，没有经过思索。不够稳重的人是不是都这样？管不住自己的嘴？

"我一直以为，"他接着说道，"护理是一种职业，这也是它不同于其他工作的地方。因此即便工作时间漫长，薪水少得可怜，同时还要面对护理对象的不理解甚至侮辱等，这些我都听你提到过，但你依然会坚持。因为你们有着强烈的使命感，所以当一个护理人员受到召唤时，专业的护理人员，她什么都不会问，二话不说就会赶来。即便不是真正的紧急情况，即便只是心理上的问题，比如害怕。"他过去从来没有如此对玛丽亚娜说过话，但也许说教就是今天这个特殊夜晚的主题，真理不辩自明。"即便只是爱。"

爱，分量最重的一个字。但是，让他尽管把它当成武器吧。

这一次，她实实在在地接住了他的打击，连眼睛都没眨一下。她外套上的扣子，从上到下已经全部扣上。

"只是爱。"他略带辛酸地重复道。

"该走了，"她说，"去蒙诺帕拉还要开很久的车呢。回头见吧。"

他费了好大功夫，才克制住又一波颤抖。"先别走，玛丽亚娜，"他说，"再待五分钟，三分钟。求你了，咱们喝一杯，冷静冷静，像往常一样。我实在不想因为难堪，再也不能给你打电话。好吗？"

"好吧，三分钟。但我什么都不喝，还得开车呢。你也别喝了，吃药以后喝酒不好。"

她有些僵硬地重新坐下。一分钟过去了。

"你丈夫都知道些什么？"他突然问道。

玛丽亚娜起身说："我走了。"

苦恼，懊悔，心痛，难受，他躺在床上整夜没合眼。玛丽亚娜留下的药，也不知道在哪儿。

黎明，该上厕所了。他小心翼翼地从床上爬起来，可还没下地，钻心的疼痛便再度袭来，令他动弹不得。

背疼不是紧急情况，这是玛丽亚娜说的。而他雇她，不正是为了减少这些屈辱的情况吗？无法控制膀胱算不算紧急情况呢？显然不算。那只是人生的一部分，是变老的一部分。所以他可悲地屈服了，直接尿在了地板上。

而德拉格发现他时，便是这么个情形：身体一半在床上，一半在外面。腿被缠在床单里，一动不动，浑身冻得冰凉。在本该上学的时间，出于某些个人的原因，德拉格没去学校，而是来他这里取之前留下的那包东西。

他在玛丽亚娜面前已经没有任何事情需要掩饰，因为他已经卑微到了极点。可德拉格是另一回事，他一直竭尽全力避免在德拉格面前出丑。可现在倒好，一个无助的老头儿尿湿了睡裤，湿透的绷带松脱下来，露出丑陋的粉粉的残肢。如果不是因为冷得厉害，此刻的他，脸必定红得像火烧。

德拉格并没有丝毫犹豫。这种面对残疾人的平静心态，难道是他们家族的传统？德拉格的妈妈照顾他上床，而现在德拉格照顾他起床。当他努力解释，并责怪自己的虚弱无力时，德拉格却满不在乎地安慰他说："没关系的，雷蒙特先生。你放松，咱们马上就好。"随后他撤掉床单，把床垫翻个面（虽然有些笨手笨脚，他毕竟只是个孩子），铺上干净的床单。德拉格还给他找到一身干净的睡衣，并耐心地帮他换上。当然，为了不使他难堪，德拉格给他换衣服时主动移开了视线。

"谢谢你，孩子，幸亏有你。"最后他说。他其实想说的还有很多，因为他已经憋了一肚子的话。比如他想说：你妈妈抛弃了我，科斯特洛太太也抛弃了我。这个女人天天嘴里说着照顾，可真需要照顾的时候，她却不见人影。大家都抛弃了我，包括我从未拥有的儿子。可在我孤独无助的时候，你来了！你！但他忍住了，一个字也没有说出来。

他哭了一会儿，老人的哭。这应该不算哭，因为它来得太容易，更何况他用双手捂着脸，避免了两人都尴尬。

德拉格打了个电话，回来说："我妈妈让我去给你买些止痛药，我已经记下名字了。她说她本该给你留一些的，可是她忘了。我现在就可以去药店，但是……"

"我钱包里有钱，在抽屉里。"

"谢谢，你家里有拖把吗？"

"在厨房门后，不过还是别麻烦了……"

"没事，雷蒙特先生，分分钟就能搞定。"

那神奇的止痛药原来只是布洛芬。"妈妈说每隔四小时吃一片，你最好先吃点东西。厨房里有吃的吗？我去帮你拿。"

"有苹果或香蕉的话，帮我拿一个吧。德拉格。"

"嗯？"

"我现在没事了，你不用留在这里照顾我。谢谢你为我做这么多。"

"别客气。"

德拉格的言外之意或许是：别客气，换成你也会为我做这些的。毫无疑问！如果德拉格遇到什么麻烦，如果德拉格骑摩托的时候，被哪个不长眼的家伙给撞了，他，保罗·雷蒙特，定会竭尽全力，哪怕倾家荡产也要救他。他会让世人瞧瞧，他是怎么照顾自己挚爱的孩子的。他会为他撑起一片天，既当爹又当妈，他会白天黑夜寸步不离地守在他床边。如果他有这样的机会的话！

走到门口的德拉格转过身，冲他挥挥手，脸上露出令无数女孩儿神魂颠倒的天使般的微笑。"回头见！"他说。

# 第27章

就像玛丽亚娜说的,他后背的伤确实不算什么大问题。到下午的时候,他已经能动了,甚至可以小心翼翼地穿衣服,给自己做个三明治。昨天晚上,他还以为自己到了鬼门关,今天却又好好的了。加点这种料,加点那种料,在曼谷的某个工厂里搅拌均匀后揉成的小药片,让本来如大象一般的巨大疼痛,变成了老鼠般渺小。真不可思议。

所以,当伊丽莎白·科斯特洛过来的时候,他已经能以最简洁、最冷静、最平心静气的方式向她讲述发生的事情。"我洗澡时滑倒了,扭到了后背。我打电话给玛丽亚娜,她过来帮我处理了一下,现在没事了。"没有抱怨不牢靠的齐默式助行架,没有提到自己的颤抖和眼泪,没有提到洗衣篮里尿湿的睡裤。"德拉格今天早上来看我了,他真是个好孩子。比他的实际年龄要成熟稳重得多。"

"你说你现在没事了？"

"对。"

"你的照片呢？你的那些收藏？"

"什么意思？"

"你收藏的那些照片也没事吗？"

"应该是吧。不然呢？"

"也许你该看一下。"

照片倒是一张没丢，实际上什么东西都没丢。但福舍里的有张照片总感觉怪怪的。他把照片从塑料保护套里抽出来，仍是越看越不对劲。最后他发现，自己拿在手中的是一张复制品，上面以深浅不一的棕色模仿着原照片上的棕褐色。这是用半光相纸在电子打印机上打印出来的。照片的背板很新，比原来的背板稍厚。正是这厚度暴露了它是赝品。而其他方面却都很完美，足以以假乱真。如果不是科斯特洛提醒，他可能永远都不会发现。

"你怎么知道的？"他问她。

"我怎么知道德拉格和他的朋友在干什么？我并不知道，我只是怀疑。"她拿起赝品说，"如果说这些矿工里面有来自凯里的我们科斯特洛家族的先人，我是不会奇怪的。你看，看这个人。"她用指甲戳了戳第二排的一张脸，"他简直和米罗斯拉夫·约基察一模一样。"

他从她手中一把夺过照片。米罗斯拉夫·约基察，真的是他。戴着帽子，穿着开领衬衫，蓄着胡子，和一群表情凝重的康沃尔和爱尔兰矿工肩并肩站在一起。他们一看就属于过去的时代。

最令他愤怒的是这种亵渎行为，某些傲慢无礼的年轻人居然拿逝去的人开玩笑。他们用的大概是某种数码技术，他自己在传统暗房里是永远也做不出如此逼真的复制品的。

他转身面对科斯特洛。"原件怎么样了？"他问，"你知不知道？"他听见自己的声音几乎不受控制，但他不在乎了。他把赝品猛地摔在地上。"这个愚蠢的年轻人！他把原件怎么样了？"

伊丽莎白·科斯特洛惊讶地瞪大眼睛看着他。"别问我，保罗，"她说，"我可没有把德拉格请到家里来，还给他看你收藏的照片。也不是我想通过人家的儿子去接近他的妈妈。"

"那你是怎么知道这件事的？"

"我说过，我不知道。我也只是怀疑。"

"你怀疑的理由是什么？你是不是有什么瞒着我？"

"冷静，保罗。你想想，德拉格和他的朋友肖恩是两个健康的澳大利亚小伙子。他们该怎样打发闲暇时间？他们不去赛摩托车，不去踢足球，不去冲浪，也不去找姑娘们玩。反倒把自己关在你的书房里几个小时不出来？难道他们在看书？不，除非你书房里藏有黄书。那么除了你收藏的照片，还有什么能吸引他们的注意力呢？按照你的说法，那些收藏品价值不菲，而且你将来是准备捐给国家的。"

"可我看不出他们有什么动机啊。他们何必如此大费周章地伪造出——"他用拐杖尖戳着照片，把它戳进了地毯中——"这么一个冒牌货呢？"

"这我就不知道了,得你自己去搞清楚。但请你记住,他们可是两个生龙活虎的年轻人:精力旺盛、内心躁动,满脑子想法和欲望,而他们在这座死气沉沉的城市里根本找不到合适的宣泄口。我们周围的时间在加速,保罗。现在女孩子十岁就能生小孩儿了,男孩子们,他们半小时就能学会一种我们花半辈子才能学会的技能。他们学得快,厌倦得也很快,于是又把兴趣转到别的东西上。也许德拉格和他的朋友觉得这样做很好玩,他们想的可能是将来某一天,在州图书馆中,一群有钱的老头儿老太太,一边给自己扇风降温,一边看着几个无聊的权贵人物给雷蒙特的遗赠揭幕。这时,嘿嘿,藏品照片里那个站在一群矿工中间的人是谁呀?那不是来自克罗地亚的约基察家的汉子吗?用比利·邦特[1]的话说,真是个国际玩笑,也许这就是他们的目的所在。一场精心策划又低俗无聊的玩笑,仅凭他们两个一时半会儿应该搞不出来,说不定背后有高手指点。

"至于原件,你那珍贵的福舍里的照片,谁知道会在哪儿。也许丢在德拉格的床底下,也许他和肖恩已经把它卖给了二道贩子。别难过,也许你觉得自己成了笑柄,而且有可能真是。但这背后并无恶意,甚至可能不掺杂任何情绪。没有情绪,也没有恶意。只是个玩笑,一个轻率而幼稚的玩笑。"

没有情绪。真那么简单吗?简单到显而易见?就好像他胸膛里的那颗心,突然累得不想跳动。泪水再度溢满眼眶,但这泪水

---

[1] 比利·邦特:弗兰克·理查兹创作的备受男孩儿欢迎的连环画中一个肥胖、贪吃且令人讨厌的年轻人。

明显动力不足,只是一点一点往外渗罢了。

"难道他们就是这样的人?"他喃喃说道,"吉卜赛人?这些克罗地亚的吉卜赛人,还偷了我别的什么东西?"

"别这么夸张,保罗。克罗地亚人也不是都一个样,这你肯定清楚。一小撮克罗地亚人是好人,一小撮克罗地亚人是坏人,还有成千上万克罗地亚人介于好人与坏人之间。约基察一家不能算是坏的克罗地亚人,他们只是有些冷漠,性格有些粗糙罢了,包括德拉格在内。你也知道德拉格本质不坏。我提醒你,你的确告诉过他,而且我记得你说话的时候非常自豪。你说这些照片并不属于你个人,你只是在守护这个国家的历史。你别忘了,德拉格也是这历史的一部分。他肯定在想,把他们约基察家的一个人嵌入到国家的记忆中能有什么坏处呢?虽然有些超前,比如约基察爷爷?这只是个玩笑,他很可能从没考虑过由此造成的后果。不过话说回来,年轻人大多桀骜不驯,有几个在做事之前会考虑后果呢?"

"约基察爷爷?"

"是啊,米罗斯拉夫的爸爸。你不会以为照片里的人是米罗斯拉夫本人吧?别灰心,也许还有一线希望。运气好的话,说不定你心爱的福舍里的照片仍在德拉格手里呢。告诉他,如果不马上归还照片,你就报警。"

他摇摇头说:"不,那等于打草惊蛇,他会把照片烧掉的。"

"那就找他妈妈谈谈,找玛丽亚娜。她肯定会觉得很丢脸,但只要能挽救她的儿子,任何条件她都能答应。"

"任何条件?"

"她会把责任揽到自己身上,毕竟他们家只有她懂得修复技术。"

"然后呢?"

"我不知道。接下来会发生什么,就要看你的了。如果你想把事情闹大,那就闹你的;如果不想,那就不闹。"

"我不想把事情闹大,我只想知道真相。这是谁的主意,德拉格的,还是他那个名叫肖恩的朋友的,或者是玛丽亚娜的?"

"你对真相的界定倒挺简单的,难道你就不想多听点?"

"我不想多听。"

"难道你就不想听听他们为什么选择你作为受害者?我是说伪造照片这件事。"

"不想。"

"可怜的保罗,拳头还没到你就躲开了,但也可能没有拳头啊。也许玛丽亚娜在你面前会彻底屈服,都是我的错,现在我听凭你处置。诸如此类的话。你根本没办法确定,除非你和她吵一架。难道这都说服不了你?想想你还能留下什么?一个被吉卜赛人当猴耍的微不足道的故事?而这些吉卜赛人,包括一个皮肤黝黑的吉卜赛女人和一个英俊的吉卜赛青年。这种不上档次的故事,哪里值得大书特书啊?"

"不行,绝对不行,我拒绝这样。不吵架,也不威胁。伊丽莎白,实话告诉你,我真的很烦你为了拔高你脑袋里的那点故事就对我指手画脚的做法。我知道你的目的,你想让我……那个词叫什么来着？利用，你想让我利用玛丽亚娜。然后你希望她的丈夫能够发现并来找我算账，说不定会要我的命。这才是你指望我能贡献的，可以让你大书特书的故事，对不对？性、嫉妒、暴力、粗俗不堪。"

"别胡说八道了，保罗。当前这种危机，本质是道德上的，仅靠打架甚至杀人是解决不了问题的，你应该认识到的。但如果我的提议冒犯了你，我收回。那你别找德拉格谈话，也别找他妈妈谈。如果我无法说服你，也就不可能强迫你。如果你想失去那张珍贵的照片，那就随你的便。"

找玛丽亚娜谈谈，这是科斯特洛的意见。可他怎么说呢？玛丽亚娜，嘿，你好。我想为我前天晚上，也就是我洗澡滑倒那天晚上说的话向你道歉。我不知道我是怎么了，肯定是昏了头了。哦，对了，我发现我收藏的一张照片不见了。你能不能问问德拉格，看他是不是误把照片装进背包带走了？

他不能一上来就兴师问罪。若是那样，约基察家会矢口否认。如此他在他们中间勉强维持的脆弱关系——既是受照顾的对象，也是发薪水的雇主——将宣告结束。

或许不能给玛丽亚娜打电话，应该写封信，好改善一下他在她心中不稳重的印象。在遣词造句上花点心思，把眼下的情况一五一十地解释清楚，关于她，关于德拉格，关于丢失的照片。可现在都什么年代了，谁还会写信啊？谁还会看信？他写的第一封信玛丽亚娜看了吗？她有没有收到都得打个问号。因为她没有给过任何暗示。

一段回忆忽然涌上心头：童年时代他曾去过一次法国，逛了拉斐德百货商店，看到人们把纸塞进气压输送管从一个区射到另一个区。他记得当输送管道上的舱口打开时，管道里面还能传出微弱的呼啸声。那是一种已经消失的通信系统，一个消失的世界，不复存在又合乎情理。那些银光闪闪的输送管后来怎样了？大概被熔掉了，制成炮弹或导弹。

但对克罗地亚人来说，也许是另一回事。也许在他们的国家，姑妈、姨妈或祖母那一辈人仍然会给他们远在加拿大、巴西或澳大利亚的亲戚写信，写好之后装进信封，贴上邮票，塞进邮箱：伊万卡在班级朗诵比赛上得奖啦；那头花纹奶牛产犊了；你一向可好？我们什么时候能再见面？所以，或许约基察家收到信后，并不会大惊小怪。

尊敬的米罗斯拉夫，他写道。

我曾试图破坏您的家庭。毫无疑问，您肯定觉得我该闭嘴，乖乖地接受上帝给我的任何惩罚。可我不会闭嘴。我丢失了一张非常稀有的照片，现在我想把它要回来。（我补充一点，德拉格卖不出去的，那张照片在我们这一行里非常有名。）

如果您不明白我在说什么，去问问您的儿子，问问您的妻子。

但这不是我写这封信的原因。我写信是想提出一个建议。

您怀疑我对您的妻子图谋不轨。您的怀疑并非毫无道理，但这件事请您不要妄下结论。

我提供的不仅仅是钱财。我还提供了无形资产,人类的无形资产,这里我指的主要是爱。我曾使用过"教父"一词,如果不是对您,那便是对玛丽亚娜。或者我根本没说,只是在脑子里想过。所以我的提议是这样的:既然我为您的家庭提供了一笔可以说是无限期的大额贷款,而且这笔贷款不仅涵盖了德拉格的教育费用,甚至还可能涵盖其他孩子的教育费用。那么作为回报,您看能不能在您的心里以及在您的家里,为我开辟一个教父的位置?

我不知道在克罗地亚天主教中是否有教父这种存在。也许有,也许没有。我查阅的那些书籍中都没有提及。但您对这个概念应该很熟悉。教父是洗礼时站在父亲身边,或弯腰给孩子赐福,并承诺一辈子支持这个孩子的人。正如在洗礼中神父象征着圣子与仲裁员,父亲自然便象征着圣父,而教父象征圣灵。至少我是这么理解的,一个超越了愤怒和欲望的、幽灵般的人物。

您住在蒙诺帕拉,离城市较远。以我现在的情况,登门造访多有不便。不过,原则上,您会向我敞开家门吗?我不求回报,也不要任何实在的东西,只求一把后门上的钥匙。我绝对无意把您的妻子和孩子从您身边夺走。我只要求能留在附近,让我有敞开心扉的机会,偶尔当您不在的时候,可以向您的家人表达我的祝福。

德拉格应该不难理解,我希望在您的家庭中谋求的位置。小一点的孩子,理解起来会困难些。如果您选择暂时不告诉他们,我可以理解。

我知道，这个提议在您刚开始读这封信时必定始料未及。我把我公寓里发生的事情告诉了一个熟人，也就是我收藏的照片中有一张不见了这个事情。她建议我报警。可我根本没这个打算。不，我只是利用这次不愉快的事件作为契机，好让我能奋笔疾书，让我能说说心里话。(再者说了，如今这年头，我们哪里还有机会写信啊？)

我不知道您个人对写信是什么感觉。鉴于您来自一个相对古老、在某些方面也更好的世界，或许您不会觉得拿起笔来给我写封回信是一件蛮奇怪的事情。如您不习惯写信，欢迎您给我打电话（号码是：83321445）。或者，也可以让玛丽亚娜或德拉格给我捎个口信。(我还没有放弃德拉格，离那一步还远着呢。请告诉他这一点。) 布兰卡也行。当然，您对我也可以不予理会。沉默有时胜过千言万语。

现在我要把信封起来，贴上邮票，在我改变主意之前把它投进最近的邮箱。过去很多时候我总是瞻前顾后、犹豫不决。可现在，我痛恨那种毛病。

*您最诚挚的*

*保罗·雷蒙特*

# 第28章

"你不觉得你该去看医生吗?"他对科斯特洛说。

她摇摇头:"没什么,着凉而已,忍忍就过去了。"

听上去可一点都不像简单的着凉。她在咳嗽,声音沉闷,感觉湿答答的,就像肺部在竭尽全力,但又只能一点一点地把最深处的浓痰给挤出来。

"肯定是灌木丛害的。"他说,科斯特洛不解地看着他。

"你不是说你有时候会睡在公园里的灌木丛下面吗?"

"哦,对。"

"我推荐你用尤加利精油,"他说,"烧一锅开水,加一勺精油,吸蒸汽,对疏通气管有奇效呢。"

"尤加利精油!"她说,"我都好多年没听人说起过这东西了。现在人们都用雾化吸入器,我包里就有一个,没什么用。我一般都用安息香酊,可惜商店里都买不到了。"

"乡下的商店里有,阿德莱德也有。"

"是吧,正如咱们的美国朋友所说,有道理。"

他愿意给她找尤加利精油,愿意给她烧一锅水,甚至愿意去翻翻药品柜,看有没有安息香酊。前提是只要她开口,可她没有。

他们坐在阳台上,两人中间放着一瓶红酒。天色已暗,风吹得很猛。若她真的病了,则待在屋里比较合适。可她毫不掩饰她对公寓的厌恶。"你那是巴伐利亚风格的殡仪馆。"昨天她曾这样评价他的公寓。再者说了,他又不是她的监护人。

"德拉格那边还没信儿?约基察家没动静?"她问。

"没有。我写了一封信,但还没寄出去。"

"写信?又写信?你这是干什么?在玩邮政象棋游戏吗?你的信寄到玛丽亚娜家要两天,寄回来又要两天。来来回回拉抽屉似的,等你们商量好,我们都该入土了。我说保罗,现在可不是书信体小说吃香的年代了。去找她呀!勇敢面对她!跟她好好说道说道!该吼就吼,该跺脚就跺脚(我是打个比方)。跟她说'我不允许你们这样对待我',这才是正常人的做法,像玛丽亚娜和米罗斯拉夫那样的正常人的做法。生活可不是互相发通牒。相反,生活是戏剧,是行动,行动和激情!你有法国背景,肯定比我懂。乐意的话你可以礼貌一点,礼多人不怪嘛,但不要以牺牲激情为代价。想想法国的剧院,想想拉辛[1]。你不可能比拉辛更像

---

[1] 让·拉辛(1639—1699):法国剧作家,与高乃依和莫里哀合称17世纪最伟大的三位法国剧作家,代表作品有《昂朵马格》《讼棍》等。

法国人吧。拉辛可不是那种缩在角落里密谋算计的人,拉辛是针锋相对、唇枪舌剑、慷慨激昂。"

她是不是发烧了?要不然怎么这么激动?

"既然到现在还有人用安息香酊,"他说,"那有人写信也就不足为奇了。起码写信的时候如果发现不妥,还能撕掉重写。不像说话,也不像激情迸发、慷慨陈词,那都是不可撤销的。在所有人当中,你应该最清楚这一点。"

"我?"

"对啊,你。你肯定不会把脑子里灵光一闪写下的东西改都不改就寄给出版社吧。你肯定会仔细斟酌,认真推敲,反复修改,再三思考。难道这不是写作的精髓所在吗?一改再改,改了又改。"

"确实。写作就是这样,N次思考,N次修改。可你算老几啊,居然教我写作?如果你能早点认清你那乌龟性格,如果你能做到三思而后行,如果你没有愚蠢地而且是不可挽回地向你的护工表白,我们,你和我,也就用不着像现在这么费劲了。你可以舒舒服服地待在你的漂亮公寓里,等着戴墨镜的姑娘登门造访;而我也能回墨尔本。可现在一切都晚了,我们没别的选择,只能抓紧缰绳,看这匹黑马最终要把我们驮到哪里。"

"你干吗说我是乌龟性格?"

"因为你像乌龟一样躲在壳子里,要把外面的空气嗅个一百年才敢把脑袋伸出来。因为你每做一件事都是如此,瞻前顾后。我没有要求你变成兔子,保罗,我只是恳求你,摸着自己的心好好想想，你在你的乌龟性格里面，在你乌龟的激情里面，是不是真的找不到办法让你加快追求玛丽亚娜的步伐？当然，如果你真的还想继续追求她。

"记住，保罗，是激情让这个世界不断前进的。你不是文盲，应该知道这一点。没有激情，世界会变得空虚无形。想想堂吉诃德吧。堂吉诃德可不是一个坐在摇椅中抱怨拉曼查[1]枯燥乏味的人。相反，他把脸盆往头上一扣，骑上他那匹忠诚的老马出门闯荡去了。爱玛·卢欧，也就是包法利夫人[2]，身上没有一分钱却仍然出去买漂亮衣服。阿隆索（堂吉诃德的本名）说：我们都只活一次。爱玛说：试试看嘛。试试看嘛，保罗。不试试，怎么知道结果呢？"

"知道结果你好把我写进书里是吧？"

"也可能是别的地方的别的什么人把你写进书里，或许还有其他人想把你写进书里。随便什么人，任何人，不仅仅是我。只要你做了，起码值得让人把你写进书里啊。像阿隆索和爱玛那样。成为主角，保罗，活得像个英雄。这就是经典给我们的启示。要做主角，否则活着还有什么意义呢？

"来吧，别再犹豫不决了。做点什么，什么都行。给我个惊喜。你有没有想过？如果你的生活只是重复地度过每一个枯燥乏味且处处受到限制的日子，那说不定只是因为你从未离开过这栋

---

1 拉曼查：西班牙中部高原地带。《堂吉诃德》故事中主人公的故乡。
2 包法利夫人是法国作家福楼拜的长篇小说《包法利夫人》的主人公。

该死的公寓。试想,此时此刻在印度马哈拉施特拉邦的某处丛林中,一只老虎正睁大它琥珀色的眼睛,而它并不会想到你!它不会在乎你或科尼斯顿街的任何居民。你最近一次顶着繁星在夜空下散步是什么时候?我知道,你丢了一条腿,行动不便。可到了某个特定的年纪,我们都会出现腿脚不便的情况。你失去一条腿,这只是你开始衰老的一个标志,一个征兆,一个象征,我也记不清该怎么说,总之你对什么都提不起精神。所以,现在抱怨还有什么意义呢?你听:

我在——却无人问津。

我的朋友像失忆般把我抛弃;

我是我悲哀的自我消耗者。

"这些诗句你听过吗?约翰·克莱尔[1]的。你可要当心啊,保罗。这说的就是你,像约翰·克莱尔一样,悲哀的自我消耗者。因为可以肯定,没有任何其他人会在乎你。"

面对科斯特洛,他从来不知道这女人的话有几分是真,有几分是假。他应付英国人没问题,这里说的是身在澳洲的英国侨民。而经常给他带来麻烦的是爱尔兰人,以及有爱尔兰血统的澳大利亚人。看得出来,有人很可能想把他和玛丽亚娜,一个截肢的残疾人和一个从事流动工作的巴尔干女人,变成一出喜剧。尽管科斯特洛对他一再嘲讽,她头脑中为他所做的设定应该不是喜剧。这才是令他困惑的地方,也是他口中所谓的爱尔兰

---

[1] 约翰·克莱尔(1793—1864):英国19世纪浪漫主义时期的诗人。

因素。

"我们该到屋里去了。"他说。

"别急嘛。啊,满天星斗……接下来该怎么说?"

"不知道。"

"啊,满天星斗;啊,什么什么。你倒说说看,我怎么会和你这样一个平平无奇又没有半点冒险精神的人纠缠在一起呢?你能解释一下吗?难道是因为英语?你不够自信是因为你在使用一种并非属于自己的语言?

"自从你跟我说了你在法国的经历,要知道我可是竖起耳朵认真听的。没错,你确实说英语,可能思考也用英语,甚至连做梦都用英语。我甚至可以说英语就是你的伪装或面具,是你龟壳盔甲的一部分。你说话的时候,我发誓我能听出你遣词造句的过程。你从你的单词库中小心翼翼地挑选词汇,安插到句子中间。真正的本地人,在英语环境中土生土长的人,可不是这样说话的。"

"本地人怎么说话?"

"发自内心。每一句话都是真情流露,打个比方说,就像唱歌一样自然而然地喷涌而出。"

"我懂了。你是建议我用回法语?你想让我唱《两只老虎》吗?"

"别取笑我,保罗。我可从没说过要你用回法语,你和法语已经脱节很久了。我想说的是,你说英语像个外国人。"

"我说英语像个外国人,那是因为我本来就是外国人,天性就是外国人，一辈子都是外国人。我没觉得应该为此道歉。如果没有外国人，也就不存在本地人之说了。"

"天性就是外国人？不，不是这样的，不要把责任推到天性上。你天性好得很，只是有点发育不良。不，我听的越多就越是相信，你这个人物的关键就在于你的语言。你说话就像一本书。很久以前你还是个脸色苍白、行为端正的小男孩儿——我都能看出来——把书看得比什么都重要。现在你还是那样。"

"还是哪样？脸色苍白？行为端正？发育不良？"

"一个生怕自己说话太滑稽被人耻笑的小男孩儿。不如我提个建议吧，保罗。把公寓锁上，和阿德莱德说再见。阿德莱德实在太像一座大坟场了，你在这里已经没有继续生活的意义。跟我去卡尔顿吧，我可以给你上语言课，我会教你说话如何走心。一天两小时课程，每周上六天，周日休息。我甚至还可以为你做饭，虽然没玛丽亚娜做得好，但也说得过去。晚饭后，有兴致的话，你可以再给我讲一些你的故事，而将来我会把这些故事重新讲给你听，当然是加速和改进过的，兴许连你自己都认不出来。还有别的什么？没有粗俗的快乐——听到这里，你可能会长舒一口气吧，我们的生活干净得如同天使。其他方面我会照顾你，反过来或许你也会学着照顾我。等那一天到来时，你可以帮我合上眼睑，在我的鼻孔中塞上棉絮，并对我说一段简短的祈祷词。当然，如果先走的是你，我也会对你做同样的事情。你觉得这怎么样？"

"听起来像婚姻。"

"没错,类似婚姻,友伴式婚姻。保罗和伊丽莎白,伊丽莎白和保罗。路上的同伴,或者,如果你对卡尔顿不感兴趣,我们也可以买一辆露营车,周游全国,我们甚至还可以搭飞机去法国。你觉得怎么样?你可以带我看看你以前生活过的地方,拉斐德百货商店、塔拉斯孔,以及比利牛斯山,我们有无尽的选择。说说看,你觉得如何?"

尽管她是爱尔兰人,但她的话听起来很真诚,或有一半真诚。现在该他说了。

他起身靠在她前面的桌子上站着。这一次,他能自然而然地真情流露吗?他闭上眼睛,清空大脑,等待合适的词句自己跳出来。

"为什么是我,伊丽莎白?"他脱口而出,"全世界这么多人,为什么偏偏是我?"

老生常谈,令人失望,他跳不过这个槛了。没办法,除非他心中的疑问找到答案,否则它永远都会是个结。

伊丽莎白·科斯特洛不说话。

"我是个废物,伊丽莎白,是扶不上墙的烂泥。我已经没有挽救的必要。我对你,对任何人都毫无价值。我太苍白,太冷漠,太懦弱。你为什么选择我?是什么让你认为能从我身上榨出有营养的东西?你为什么要跟我在一起?说啊!"

她开口了。

"你是为我而生的,保罗,就像我也是为你而生的一样。你看这样说行吗?还是你想让我掰开揉碎了讲给你听?"

"掰开揉碎吧,让像我这么笨的人也能听得懂。"

她清清嗓子。"保罗·雷蒙特为我而生,我也为他而生。他是领导者,我是追随者。他负责实践,我负责写作。还需要继续说下去吗?"

"不用,够了够了。现在我想坦率地问你一个问题,科斯特洛太太,你是真实的吗?"

"我是真实的吗?我吃饭,睡觉,上厕所,忍受痛苦和烦恼,还会感冒。我当然是真实的,和你一样真实。"

"请你严肃一次,正面回答我的问题。我是活着,还是死了?难道玛吉尔路上发生的事情被我漏掉了什么?"

"你大概想问:我是不是来接你往生的幽灵?不,你放心吧。我只是个可怜的普通人,和你一样。一个胡乱写点东西的老太太,一页又一页,一天又一天,鬼知道为什么。若真有接引的神灵——我不相信有——那他应该手持皮鞭站在我面前,而不是你面前。他会抽我一鞭子,然后说:不许偷懒,年轻的伊丽莎白·科斯特洛!快点干活儿!不,这是个很普通的故事,非常非常普通。它只有三个维度,长、宽和高,和我们的日常生活一样。而且我向你提的建议也很普通。跟我回墨尔本,回卡尔顿我那漂亮的老房子里。你会喜欢的,那边住宅林立。忘了约基察太太吧,你跟她没戏,不妨考虑下我,我会是你最合适的伴侣。晚年伴侣。趁我们都还有牙,我们可以分吃一片面包皮。你觉得怎么样?"

"你希望我怎么说呢?是从单词库里生搬硬凑呢,还是发自内心？"

"呀，原来在这儿等着我呢，真是个聪明的家伙。当然要发自内心啊，保罗，哪怕就这一次。"

科斯特洛说话的时候，他一直盯着她的嘴巴。这是他的习惯：别人都看眼睛，而他看嘴。她说没有粗俗的快乐。但此时此刻，他却禁不住开始想象，用他干裂甚至皱缩的嘴唇亲吻这张嘴以及它上面的汗毛的感觉。友伴式婚姻可以接吻吗？他低下头，如果脸皮再厚点，他可能会激动得发抖。

而这一切她都看在眼中。她并非智力超群，但她看得见。"我敢打赌，你小时候肯定不喜欢你妈妈亲你。"她轻声说道，"我猜对了吗？你会把头低下去，让她只能亲到你的额头。而你的荷兰人继父，更是想都别想。你从一开始就想做个小男子汉，你自己的小男子汉。谁都不欠，自己包办。你妈妈和她的第二任丈夫让你感到厌恶吗？他们的呼吸、气味、触碰和抚摸。你凭什么指望像玛丽亚娜·约基察那样的女人，会喜欢上一个讨厌身体接触的男人？"

"我不讨厌身体接触。"他冷冷地反驳道。不过，他想加却没加的潜台词是：我只是讨厌和丑女人的身体接触。"你觉得从玛吉尔路的事故以来，生活都包含些什么呢？难道只是日复一日地沉迷于身体上的欲望？这是对我身体信仰的一个证明，我没有放弃我自己，我还在这儿。"

然而就在说话的工夫，他已经生动地体会到了，这个女人讽刺他时所说的"单词库"的意思。没有放弃我自己！他心想，真是矫情！和她引导我做出的所有忏悔一样！而同时他又想：那天下午如果能多给我们五分钟，如果柳巴没有像个看门狗一样出现，玛丽亚娜说不定就亲我了。那一刻，气氛已经到位。我敢肯定，我从骨子里都感觉到了。她会低下头，轻轻触碰我的嘴唇，抚摸我的肩膀，而后水到渠成。我会把她拉向我，我和她躺在一起，肩并肩或胸贴胸，互相抱着，彼此呼吸着对方的气息。真是个温柔乡啊！

"你还不承认吗，保罗？"（这女人还在说话）"从我出现在你家门口到现在，我一直保持着非常出色的幽默感。我没骂过人，没说过一句丧气话，反倒经常开玩笑，说些爱尔兰吉祥话增添趣味。我倒想问问你，你觉得我这些都是天生的吗？"

他紧绷着嘴巴，心却飞到了别处。他才不关心伊丽莎白·科斯特洛天性如何。

"保罗，我其实是个脾气暴躁的小老太太，发起火来六亲不认。实际上有点像毒蛇。只是因为我发誓要规规矩矩，所以才没有成为你的沉重负担。可这无异于一场战争，相信我。很多时候，我需要竭尽全力克制自己，才能避免大发雷霆。你是不是觉得，我说的那些话在伤害你的感情方面已经空前绝后了？我说你慢得像乌龟，对别人的错误过分挑剔？实话告诉你，比那更过分的还多着呢。倘若有人知道我们最坏的事情，最坏也最伤人的事情，却不说出来。相反，他们把事情瞒下去，继续对我们微笑，或者开些无伤大雅的小玩笑，我们把这叫什么？叫爱。在这个世界上，像你这样已经步入迟暮之年，又老又丑的男人，还能去哪里找到爱呢?没错,我跟这个字也很熟,丑。咱们两个都很丑,保罗,又老又丑。然而,我们一如既往地想把这世上最美的人搂在怀里。这种渴望永远不会衰减。但世上最美的人对我们可不感兴趣,所以我们只能退而求其次,要退很多。实际上,我们没资格挑肥拣瘦,老天安排什么,我们就得接受什么,否则就只能挨饿。所以当一个好心的教母愿意把我们从沉闷的环境中拖出来,把我们从不可救药的、永远不可能实现的、可悲的梦境中解脱出来时,我们还是不要拒绝为好。

"我给你一天的时间考虑,保罗,二十四小时。如果你拒绝,如果你坚持现在这种拖拖拉拉的节奏,我会让你看看我的本事,我会让你看看什么叫真正的吐槽。"


手表显示为三点十五分,离天亮还有大约三小时。这三小时,他该怎么过呢?

客厅里有灯光,伊丽莎白·科斯特洛躺在一张桌子上睡觉。她身下杂乱地铺着一层纸,头枕着胳膊。

他不想打扰她。吵醒她是他最不愿意干的事情,否则又要听她数落个没完。他已经厌倦了她的冷嘲热讽。每天有一半时间,他感觉自己像头困在斗兽场的可怜的老熊,不知道该往哪边走,最终难逃千刀万剐。

尽管如此。

尽管如此,他还是轻轻抬起她,在她的脑袋下面塞了一个垫子。

在童话故事中，这大概是邪恶女巫变成美丽公主的时刻。但很明显，他没有活在童话里。除了见面时试探性地握过手，他和伊丽莎白·科斯特洛至今尚没有发生过任何身体上的接触。她的头发给人一种毫无生命的感觉，缺乏弹性。头发下面是头骨，至于那里面有哪些活动，他宁可不知道。

如果他关心的对象是个孩子，比如柳巴，或者帅到天际但又叛逆鲁莽的德拉格，这样的举动倒也称得上温柔。可是放在这个女人身上，却不能说是温柔。这只是一个老人对另一个生了病的老人可能会做的事，或许可以称之为人道主义吧。

想必伊丽莎白·科斯特洛也和其他人一样渴望被人爱，也像其他人一样陷入了一种若有所失的境地。难道那就是她在他身上试图寻找的——她错失的东西？难道这就是一再出现在他头脑中的那个疑问的答案？若果真如此，也太荒诞了。他一辈子不知错失了多少东西，怎么可能自己恰恰就是别人错失的东西呢？有人落水啦！他在一个陌生的海岸，掉进了波涛汹涌的大海。

在某个遥远的地方，有科斯特洛的两个孩子。他是在图书馆里查到的，因为科斯特洛从不谈论她的孩子，大概因为他们并不爱她，或不够爱她。也许他们和他一样，也受够了科斯特洛的冷嘲热讽。他不责怪他们。如果他有一个像科斯特洛这样的妈妈，他也会敬而远之的。

步入晚年，却独自住在墨尔本的空房子里。她渴望爱情，却从一个素昧平生、远在另一个州的退休摄影师身上寻找安慰。这个摄影师有他自己的烦恼，也有他自己爱的需要。如果从人道的角度解释她的情形，应该就是这样了。她差不多是偶然遇到了他，就像蜜蜂偶然落在一朵花上，或黄蜂偶然碰到一只蠕虫。然而不知何故，被爱的需求和讲故事的行为——说的是桌上乱七八糟的一堆纸——竟以一种令人费解的、让头脑都失去探索动力的方式联系在了一起。

他扫了一眼她正在写的东西。粗大的笔画写着：（EC[1] 想）澳大利亚小说家——命运啊！这个人血管里流淌的到底是什么呀？这行字下面是力透纸背的一条线，横跨整个页面。接着：饭后他们玩纸牌，利用游戏展现他们的不同。布兰卡赢了。一种有限但专注的智慧。德拉格不擅长打牌——太粗心，太自信。玛丽亚娜面带微笑，神情放松，为自己的孩子感到骄傲。PR[2] 试图利用游戏和布兰卡交朋友，但她回避了，拒人于千里之外。

一顿饭，一场纸牌游戏。PR 和布兰卡，难道他们真的成了一家人？他，一个血管中流淌着冰水的家伙；而约基察一家的血管中，却充满了热血。科斯特洛那忙碌的脑袋里到底在策划些什么呀？

三流作家睡得正酣，而故事中的人物却在四处游荡，寻找能让自己忙碌起来的事情。真是个笑话，可惜周围无人能领会。

三流作家忙碌的脑袋枕在枕头上。如果听得仔细点，他能听到空气吸入和呼出时她胸口发出的呼噜呼噜的声音。他关掉了台

---

[1] EC 是伊丽莎白·科斯特洛的首字母缩写。
[2] PR 是保罗·雷蒙特的首字母缩写。

灯。如今的他习惯早睡，只是经常在天还没亮时醒来；而科斯特洛似乎很擅长熬夜，利用夜晚编织她的各种幻想。这样的两个人，怎么可能组成一个家庭呢？

# 第29章

"不要搞突然袭击,"他说,"我不喜欢别人不打招呼,突然到访,我自己也不会不打招呼就去拜访别人。"

"不过,"伊丽莎白·科斯特洛说,"破一次例嘛。那比写信自然得多,也亲切得多。否则你怎么知道,你那神秘的新娘在家是什么样子呢?在她的家。"

他的思绪回到了童年时代,回到电话尚未普及的巴拉腊特。某个周四的下午,他们一家四口钻进他荷兰人继父的蓝色雷诺面包车,出发开始他们的随机拜访。真是无聊!唯一给他留下快乐回忆的拜访,是到一个小农场看望他们继父的一个从事园艺工作的朋友,名叫安德里亚·米蒂加。正是在米蒂加的家,在一个巨大水箱后面结满蜘蛛网的狭小空间里,他和普里尼·米蒂加第一次进行了男女身体差别的探索。当时他激动得几乎喘不过气。

"答应我,下个星期天还要来哦。"临别之际,普里尼·米蒂加低声对他说。喝过覆盆子果汁,吃过杏仁点心,一家人重新上车,准备返回维纳曼达大街。而车上已经装满了从米蒂加家果园里摘来的番茄、李子和柑橘。他只好耸耸肩说:"谁知道呢。"他面无表情,尽管心里火烧火燎地渴望继续他们的探索。

"保罗和普里尼又玩医生和病人的游戏了。"坐在面包车后边临时座位上的姐姐大声说道。

"我们没有。"他立刻否认,并戳了一下姐姐的肋部。

"好了,孩子们,都乖一点。"他妈妈止住他们说。至于那个荷兰人,身体伏在方向盘上,小心翼翼地躲避着路上的坑坑洼洼。他们说话,他从来不听的。

荷兰人把车开到四挡的最低速。那是他的驾驶秘诀,在荷兰的时候学的。进入山区,遇到爬坡时面包车的发动机就会"突突突"地叫,感觉随时都可能熄火。后面的车排起长龙,狂按喇叭。可喇叭声对他毫无影响。"老是催催催!"他会用他那刺耳的荷兰嗓音说,"他们真是疯了!除了糟蹋汽油,啥也不是!"他本人可是不会为了任何人糟蹋一滴汽油的。所以他们会继续慢吞吞地走,一直走到天黑。天黑他们也不开灯,省电。

"哦啦啦,除了糟蹋汽油,啥也不是!"他和姐姐在弥漫着腐烂的大丽花种球的面包车后面,会模仿他的荷兰口音小声嘀咕,同时还要拼命忍着不笑出猪叫。而他们旁边,一辆辆霍顿、雪佛兰、斯蒂庞克疾驰而过,窗口不时飘进声声"问候"。"去你的吧!去你的吧!去你的吧!"

他们家这位荷兰人喜欢穿短裤。可以想象,若他穿着松松垮胯的短裤，露出白花花的大腿和到脚踝的方格袜子，混迹于真正的澳大利亚人当中，可以说再没有比那更令人尴尬的了。他们的妈妈怎么会嫁给这样一个家伙呢？到了夜里，她会允许他在床上对她做那种事吗？一想到这个荷兰人用他那肮脏的玩意儿对他们的妈妈做那种事，他们就羞愤交加，恨不得原地爆炸。

荷兰人的雷诺面包车，在整个巴拉腊特都是独一辆。那是他从另外一个荷兰人那里买的二手车。雷诺，最经济实惠的汽车！他这样说，尽管这辆面包车买回来之后就毛病不断，动不动就趴在修理厂，等待从墨尔本发来的这样那样的零件。

阿德莱德没有雷诺汽车，没有普里尼·米蒂加，也没有人和他玩医生和病人的游戏。这里只有真实的东西。他们要不要再来一次不打招呼的突访，就当是重温往日时光？约基察家的人会怎么想？他们会让他们吃闭门羹吗？或者，泛泛而言，来自同一个世界，就像米蒂加一家那样，来自一个逝去的或即将逝去的世界，他们会不会热情地欢迎他们，用茶和点心款待他们，临走再送他们一堆礼物？

"这是一次真正的探险，"伊丽莎白·科斯特洛说，"蒙诺帕拉的黑暗大陆。我敢肯定这能让你走出心牢。"

"即便我们去蒙诺帕拉，也不是为了让我走出心牢，"他说，"我没有什么好逃避的。"

"谢谢你邀请我一起去，"伊丽莎白·科斯特洛继续说道，"你不想一个人去吗？"

永远这么死皮赖脸。和这样一个死皮赖脸的人一起生活得多累啊！

"我做梦都没想过不让你去。"他说。

很多年前，他经常骑着自行车经过蒙诺帕拉前往高勒。那时的蒙诺帕拉只有寥寥几户人家零散地分布在一座加油站周围，后面全是光秃秃的灌木丛。而今沧海桑田，大片大片崭新的楼房一眼望不到头。

纳拉平加巷7号，这是他给玛丽亚娜签一些表单时记下的地址。出租车把他们拉到了一栋殖民地风格的房子前，只见绿油油的草坪围着一个朴素的日式方形小花园。一块黑色的大理石板，上有细水缓缓流下，园里种着灯芯草，铺着灰色鹅卵石。

"太真实了！"伊丽莎白·科斯特洛一下车便感叹道，"这才叫真实！要我搭把手吗？"

司机递给他拐杖，他付了车费。

门开了巴掌宽的一道缝，一个面色苍白、神情冷漠，一侧鼻孔上挂着一个银色鼻环的小姑娘狐疑地望着他们。他估计这就是布兰卡，排行老二的那个孩子，在商店里拿过人家的东西，他勉为其难的保护对象。他原本还期望她会像她的妹妹一样漂亮。可惜她没有。

"你好，"他说，"我是保罗·雷蒙特，这位是科斯特洛太太。我们想见见你的妈妈。"

女孩儿一言不发便消失在门后。他们在门外等了许久，里面依然毫无动静。

"我看咱们直接进去吧。"最后,伊丽莎白·科斯特洛说。

于是他们来到了白色皮革装饰的客厅,一侧是一面硕大的电视屏幕,另一侧是一幅巨大的抽象画:白色的田野上有一团团橙色、石灰绿色和黄色的旋涡。头顶的吊扇有气无力地旋转着。没有身穿民族服装的玩具娃娃,没有亚得里亚海上的日落,没有任何能让人联想到他们祖国的东西。

"太真实了!"伊丽莎白·科斯特洛再次感叹道,"谁能想到!"

他怀疑这些关于真实的评论在某种意义上是针对他的,而且十有八九带着讽刺的味道。只是其中的内涵,他暂时还没有猜透。

被他假定为布兰卡的那个女孩儿在门口探出头。"她来了。"她拉着长腔说,随后又不见了。

玛丽亚娜显然并未着意打扮。她穿着蓝色牛仔裤和白色棉布上衣,毫不掩饰自己的粗腰。"哟,您把秘书都带来了。"没有寒暄,她开门见山地说,"有何贵干啊?"

"我不是来和你对质的,"他说,"我们现在遇到了一个小问题,我想最好的处理方式是心平气和地谈一谈。伊丽莎白不是我的秘书,从来都不是。她只是个朋友。她跟我一起来是因为今天天气不错,我们觉得很适合出来转转。"

"到乡村转转,"伊丽莎白说,"你还好吗,玛丽亚娜?"

"很好,那请坐吧。喝茶吗?"

"给我来一杯,给保罗也来一杯。如果说旧时光里有什么东西最让保罗怀念，那必定是冷不丁地到朋友家里喝杯茶。"

"是，伊丽莎白比我还了解我自己。我几乎都不用开口。"

"挺好的，"玛丽亚娜说，"我去泡茶。"

百叶窗正好挡住猛烈的阳光，但透过板条他们能看到院子里有两棵高大的桉树，树中间绑着一个吊床，上面没有人。

"挺有格调的，"伊丽莎白·科斯特洛说，"现在不正流行这个词吗？咱们的朋友约基察一家蛮有生活格调的。"

"我看不出这有什么可嘲笑的，"他说，"即便住在墨尔本的蒙诺帕拉，人们也照样有权选择自己的生活方式。如果不是为了选择自己喜欢的生活方式，他们又怎么会离开克罗地亚万里迢迢地跑到这里呢？"

"我没有嘲笑的意思。正好相反，我很欣赏他们。"

玛丽亚娜端着茶回来了。但只有茶，没有点心。

"说说吧，你们来找我有什么事？"她说。

"我能和德拉格简单聊几句吗？"

她摇摇头。"他不在家。"

"那好吧，"他说，"我有个提议。德拉格有我公寓的钥匙，星期二上午我要出门，当天大部分时间我都不在家。我应该是上午九点走，下午三点之后才回去。你能不能转告德拉格，如果等我回到家时，一切都和原来一样，我会非常高兴。"

三人沉默许久。玛丽亚娜穿着蓝色的塑料凉鞋，蓝色凉鞋配紫色脚指甲。虽然他从前是人像摄影师，而玛丽亚娜从前是古画修复师，可他们的审美却有着天壤之别。极有可能他们在其他方面也大相径庭。比如他们对你的和我的所持的态度。一个他曾梦想从她丈夫身边夺走的女人。我想照顾你,我想保护你,把你置于我的羽翼之下。若真成了现实,又将是怎样的景象?照顾她和她那两个对他冷冰冰的女儿,还有一个叛逆的儿子?他和他的羽翼能撑多久?而另一方面……另一方面,她的乳房是多么傲人!多么美丽!

"我不知道钥匙的事呢,"玛丽亚娜说,"你给德拉格钥匙了?"

"德拉格在我那儿住的时候,我给了他一把前门的钥匙。你有一把,他也有一把。这样就算我不在家,他也能很方便地进出公寓拿东西或还东西,用他的钥匙。我想我说得已经够清楚了。"

桌子上有个鹦鹉螺形状的镀铬打火机。玛丽亚娜点上一支烟。"你也要告状吗?"她对伊丽莎白说,"你也认为我儿子是贼?"

伊丽莎白戏剧性地耸耸肩。"我其实也不知道该怎么想,"她说,"如今这年头,年轻人受到的诱惑实在太多了……可是'贼'这个词,太大,太重,太标签化了。在美国他们管这种行为叫盗窃。有重大盗窃,有轻微盗窃,还有的介于两者之间。我估计保罗想表达的意思是轻微盗窃,而且是最轻微的,几乎可以算作借。保罗,你想说的不是这个意思吗?德拉格,或者德拉格的某个朋友借了你的某样东西,现在你希望他们能还给你,对不对?"

他点点头。

"这就是你来我家的目的?"玛丽亚娜说,"事先也不打个电话,就像警察一样直接来敲我们家的门?他拿了什么?你说他拿了什么?"

"一张照片,是我的收藏品,一张福舍里的照片。他们用一张复制品代替了原件,而且这张复制品还做了修改,目的我不能说。另外,我们可不是警察,你这样说太离谱了。警察可不会坐出租车来。"

玛丽亚娜朝电话摆了摆手。这是要下逐客令吗?他连茶还没喝完呢。"原件?"她说,"这个照片原件是什么意思?你拿相机对着东西'咔嚓'一下,就把东西的样子复制出来了。照相不就是这么回事吗?照相机就是个照片复印机,怎么会有原件一说呢?原件不也是复制品吗?又不是画画。"

"那是胡扯。玛丽亚娜,你这就有点强词夺理了。照片并不是物件本身,画作也不是,所以怎么能把它们称为复制品呢?照片也好,绘画作品也罢,它们都是新的东西,新的真实,新的存在,新的原件。我丢失了一张照片原件,它对我来说很珍贵,我希望把它要回来。"

"我胡扯?你,或者你说的这个福舍里,你们拍一张照片,然后把它洗出来,你们可以洗一张两张,也可以洗三五张,那这些照片都是原件咯,五个原件,十个原件,一百个原件,那就没有一个是复制品了?这算不算胡扯呢?你跑到这儿来找德拉格,让他交出原件。为了什么?为了能让你死了之后把它们捐给图书馆？好让你出名？变成有名的雷蒙特先生？"她扭头面向伊丽莎白·科斯特洛说："雷蒙特先生出钱给我们，这你知道吗？他出钱想让我放弃护理工作，出钱让我们全都过上新的生活。他出钱让德拉格去堪培拉一所很高级的学校上学。这都是他主动出的钱，可现在他却说我们偷了他的东西。"

"你说得只对了一半。我主动提出要照顾你，还有照顾孩子们，但我没有承诺让你们过上新的生活。我可没那么蠢。世上哪有什么新生活？我们每个人都只活一次。"

"那你为什么说德拉格偷了东西？"

"我好像从没说过'偷'这个字，如果我说了，我毫无保留地收回。可能是德拉格，也可能是德拉格的朋友肖恩，从我的收藏品中拿走了一张照片，哦，是借。他们伪造了一张复制品，还在上面做了些修改。我不会不懂装懂，但你应该比我更了解这其中的技巧。现在我想拿回原件。拿回之后我绝对不会多生事端，到时候我们就当今天的事没有发生过，一切还和从前一样。德拉格可以去我家，他的朋友也可以去。只要他愿意，还可以留下过夜。玛丽亚娜，好借好还，再借不难，如果养成只借不还的坏习惯，对成长中的孩子来说可不是好事。惠灵顿公学，恐怕也不会接纳这样的人做他们的学生。"

"惠灵顿公学没戏了，我们没钱让他去上那么贵的学校。"

"上惠灵顿公学的钱我来出，这个不变。其他的也不变，该出的钱我都会出。钱不是问题。"

"既然不是钱的问题，那你到底因为什么发火呢？因为什么让你星期天像警察一样来咣咣咣地敲我们的门呢？"

他从来不擅长与人争论。尤其和女人争论，他几乎没赢过。这在他前妻身上表现得最为充分。实际上现在想想，也许那正是他婚姻破裂的原因：不是因为他们争吵太多，而是因为他从来没有吵赢过。说不定哪怕他偶尔能吵赢一次，亨丽埃特可能就不会离他而去了。和一个连吵架都赢不了一次的男人在一起，该多没劲啊！

玛丽亚娜或许也一样。可能她希望他能再强硬一点。可能在她秘密的内心中，她希望他能在争论中胜出。如果他能扭转局势，说不定就能得到她了。

"没有人发火，玛丽亚娜。我本来要给你寄信的，可想想亲自送过来会更快些。信我放这儿了。"他把信放在咖啡桌上说，"信是写给米罗的，他闲的时候可以看。另外我还觉得——"他瞥了一眼伊丽莎白·科斯特洛，"——我们还觉得，像过去那样串个门，过来喝杯茶，聊聊天，感觉应该不错吧。这么亲切友好的交际方式，若是被人们抛弃了，未免太可惜。"

但伊丽莎白·科斯特洛丝毫没有帮腔的意思。她靠在椅子上，闭着眼睛，心不在焉。谢天谢地柳巴不在，否则又要忍受她凌厉的小眼神。

"只有警察才会不打招呼来敲门。"玛丽亚娜说，"如果你提前打个电话，说要来喝杯茶，那你们就不会把人吓一跳了。"

"真的很抱歉，吓到了你们，我们应该提前打个电话。"

"我同意。"伊丽莎白忽然醒了，"我们确实应该提前打个电话,这事怪我们考虑不周。"

沉默。难道这一回合就这么结束了?显然他又输了。他输得是否体面,是否还有机会参加复赛呢?或者,他是否一败涂地、翻身无望?

"你们要出租车吗?"玛丽亚娜问,"你们要不要叫出租车?"

他和科斯特洛对视一眼。"好啊,"伊丽莎白·科斯特洛说,"就看保罗还有没有话说了。"

"保罗已经没什么要说的了,"他说,"保罗来这儿是想要回他的财产,但现在他放弃了。"

玛丽亚娜站起身,专横地挥挥手。"你来!"她说,"我让你看看德拉格是个什么样的贼。"

他艰难地从沙发里站起来。伊丽莎白看得出他有多费劲,可她并没有帮助他的意思。他瞥了她一眼。"去吧,"伊丽莎白说,"我在这儿喘口气,等下一出戏开场。"

等他终于站起来时,玛丽亚娜已经上了一半楼梯。他抓着栏杆,一步一级地跟了上去。

卧室门上挂着一个醒目的牌子,上面写着:私人空间。"这就是德拉格的房间。"玛丽亚娜说着推开了门。

房间里一水儿亚麻色的松木家具:床、书桌、书架、电脑桌。看起来格外干净、整齐。

"很好,"他说,"非常整洁。我很意外,德拉格在我那儿住的时候,可没这么整洁。"

玛丽亚娜耸耸肩："我跟他说，雷蒙特先生容忍你邋里邋遢，是为了让你喜欢他。可在这里那么做就没必要了，这是你的家。我还跟他说，你想当海军，想当潜艇兵，那你就得学会收拾整理。"

"确实，在潜艇里住更要做到整洁有序。"

玛丽亚娜再次耸耸肩："谁知道呢，他还年轻，还是个孩子。"

不过在他看来，德拉格能把房间收拾得整整齐齐，井然有序，可能多半离不开他妈妈的督促与威慑。当然，他没有把自己的看法说出来。玛丽亚娜·约基察，在她认为必要的时候，会变得相当专横。和这样的人过日子，恐怕一般人会承受不了。

德拉格床头的墙上钉着三张放大到海报大小的照片。两张是福舍里的：一张是矿工群像；另一张是站在板条小屋门口的女人。第三张是彩色的，抓拍自八个轻盈敏捷的男性身体跃入泳池的凌空瞬间。

"怎么样？"玛丽亚娜双手叉腰，等着他开口。

他走近几步查看第二张照片。画面中那个满手是泥的小女孩儿的脸被换成了柳巴，她深色的眼睛死死盯着他。图片拼接得不算完美，头的朝向与奈拉的肩膀并不匹配。

"闹着玩的，"玛丽亚娜说，"不是多严肃的事。不过是个……你们怎么说来着？景象。"

"是影像，图像。"

"不就是一张图嘛。用电脑就可以修改，这能叫偷吗？这是现代的玩意儿。那些图像属于谁？你肯定要说，我用相机拍的，"她用一根手指戳了戳他的胸口，"我拍了难道我就成了贼吗？我偷了你的形象？不，形象是不受限制的，你的我的都不受。所以德拉格做的事情并非什么秘密。这些照片——"她指了指墙上的三张照片，"全在他的网站上，谁都可以看。你要不要瞧瞧他的网站？"

她歪头示意正在低声嗡嗡的电脑。

"不用了，"他说，"我不懂电脑。德拉格想怎么复制都可以，我不在乎，我只想要回原件，原始照片。被福舍里的手触碰过的照片。"

"原件。"她突然微微一笑，看着似乎还带那么一点点亲切，就好像她恍然大悟了：如果这个保罗不懂电脑，也不懂什么叫原件以及别的，那很可能不是因为他任性，而是因为他是个笨蛋。"好吧，等德拉格回来我会问他原件的事。"顿了顿，她接着说，"那个伊丽莎白，她现在和你一起住？"

"不，我们没这个打算。"

她依旧在微笑："但也许是个好办法呢。那样遇到急事，你也就不至于没人帮忙了。"

她又顿了顿，在这停顿期间他忽然意识到，玛丽亚娜带他上楼的目的，很可能不仅仅是让他参观德拉格房间里的照片。

"你是个好人，雷蒙特先生。"

"叫我保罗就行。"

"你是个好人，保罗。可你一个人在公寓里太寂寞了，你明白我的意思吗？我也寂寞过，那是来阿德莱德之前，在澳宝镇的时候。所以我知道寂寞的滋味，真的。整天坐在家里，孩子们上学去了，只剩下我和宝宝——那时柳巴还小——结果人就变得消极起来，你应该理解。所以你一个人在公寓里可能也会变得消极，没有孩子，没有人陪。特别……"

"特别忧郁？"

她摇摇头："不，我不知道该怎么表达。你得抓住，不管什么机会都要抓住。"她用一只手演示了一个抓东西的动作。

"抓住救命稻草。"他提示说。这是她第一次暴露出她的低配英语已经无法满足沟通需要的事实。要是保罗能说克罗地亚语就好了，或许那样他就可以做到用心说话。现在学会不会太晚了？他在阿德莱德能找到老师吗？第一课：动词，爱，或随便别的什么。

"不管怎样吧，"她接着说道，"如果伊丽莎白和你一起生活，你就会忘记玛丽亚娜，也忘记教父的事。给孩子当教父不是个好主意，也不现实。因为这个教父住在哪儿呢？你希望他搬到纳拉平加巷吗？你看，这不现实嘛。"

"我从没说过要过来和你们一起生活啊。"

"你过来怎么住？晚上睡哪儿？如果你睡德拉格的床，那德拉格睡哪儿？或者你想跟我和米罗一起睡？两男一女？"她说着说着笑起来，"你想那样吗？"

他可笑不出来。他嗓子干得厉害。"我可以住你们后院，"他小声说，"搭个小屋。我就住在后院的小屋里，守护着你，守护

· 275 ·

着你们所有人。"

"好了,"她轻快地说,"不用再说了。伊丽莎白和你住,她能解决所有问题,你再也不会鱼鱼寡欢。"

"是郁郁寡欢。"

"好吧,再也不会郁郁寡欢。这个词真有意思,我们在克罗地亚有个说法是 ovaj glumi,可它并不代表一个人郁郁寡欢,不,它的意思是这个人在假装,不是真的。但你不是装的,对吧?"

"对。"

"嗯,我就知道。"而她随后的举动出乎他的意料,很可能也出乎玛丽亚娜本人的意料。她踮起脚尖亲了他一下,两下,每个脸颊各一下。"走吧,咱们下去。"

# 第30章

楼下不只有伊丽莎白·科斯特洛。一个陌生的身影站在她面前,那是个身穿白色宽松工装裤的男人,脑袋藏在一个看着像帆布水桶的东西下面。他好像在说话,但隔着面具呜呜啦啦的让人听不清楚。

玛丽亚娜快步冲过去。"Zaboga, zar opet(天啊,又搞成这样)!"她一边大叫,一边又忍不住大笑,"他的头发卡住了,每次戴都会这样。"她指了指男人头上奇怪的装备。"头发卡住了,我得……"她用手指比画了一个扭动的动作。

她抓住男人的肩膀——那是米罗斯拉夫——让他转身背对着自己,而后开始分离面具和他长长的头发。米罗斯拉夫朝后伸出双手,摸索着寻找玛丽亚娜的屁股。她扭来扭去地躲着,解开了面罩。等摘下面罩,米罗早已热得满脸通红。看样子他心情不错。

"是蜜蜂，"他解释说，"我刚才在搬蜂箱。"

"我丈夫养了些蜜蜂，"玛丽亚娜说，"您见过我丈夫吗？这是科斯特洛太太，米罗，她是雷蒙特先生的朋友。"

"你好啊，米罗，"伊丽莎白·科斯特洛说，"叫我伊丽莎白吧。我对你是久闻大名，只是一直无缘见面罢了。你养蜂？"

"算是业余爱好吧。"米罗说。

"我丈夫他们家世代养蜂，"玛丽亚娜说，"他爸爸、他爷爷都养，所以来澳大利亚之后他也养。"

"就几个蜂箱而已，"米罗说，"但产的蜂蜜很棒，主要是桉树的花蜜，所以带着股桉树味儿。"

轻松愉悦的氛围说明了一切——玛丽亚娜的笑声、她伸进丈夫头发里的手指。显然这不是一对关系疏远的夫妻。相反，他们十分亲密。关系亲密，偶尔吵架，巴尔干风格，再添加少许调料：指责、对骂、摔门、砸碗；接着是懊悔和眼泪；然后再轰轰烈烈地做一场爱。除非俩人打架的事是假的，玛丽亚娜逃到孩子姑妈家的事也是假的，是彻头彻尾的杜撰。可为什么呢？难道他是一个扩大的、连他自己都不明白的阴谋的目标？

"穿工装裤好热，"米罗说，"我去换件衣服。"他顿了下问，"你是来看自行车的吗？"

"自行车？"他不解地问，"不是，什么自行车啊？"

"我们很乐意看看自行车，"伊丽莎白说，"在哪儿呢？"

"还没弄好。"米罗说，"德拉格好几天没去碰了，还差几个地方。不过，反正来都来了，去看看也无妨。他不会介意的。"

"我们很乐意,"伊丽莎白说,"保罗一直盼着呢。"

"那就去吧,待会儿我去外面找你们。"

他们鱼贯而出,随后米罗斯拉夫穿着短裤、凉鞋和印着胜牌车队的 T 恤也走了过来。他摇起车库门,里面停着那辆熟悉的红色霍顿海军准将旅行车,旁边就是米罗斯拉夫提到的自行车。

"乖乖!"伊丽莎白感叹道,"这设计真够奇特的!怎么骑啊?"

米罗斯拉夫把那辆被他称作自行车的机器推出车库,随后面带微笑地对保罗说:"也许你能解释。"

"这叫躺式自行车,"他说,"不用脚蹬,用双手摇上面的曲柄。"

"德拉格造的?"伊丽莎白问,"他自己?"

"对,"米罗斯拉夫说,"我只帮他焊接了几个地方。在车间里,焊接是个技术活儿。"

"天啊,这怕是最好的礼物了。"伊丽莎白说,"你不觉得吗,保罗?你又能重获自由了,又可以到处转悠了。"

"德拉格想跟你说声谢谢,"玛丽亚娜说,"感谢雷蒙特先生所做的一切。"

所有人的目光都集中在他身上,雷蒙特先生。这时柳巴不知从哪里冒了出来,甚至连对他不冷不热的布兰卡也加入进来。身材纤细苗条,行动敏捷灵活。爸爸的好女儿。虽然样貌不算漂亮,但女大十八变嘛,将来还不一定。难道布兰卡也准备感谢他吗?她是不是也像蜜蜂一样忙碌着给他准备礼物?会是什么呢?

绣花的钱包？亲手染的领带？

他能感觉到自己的脸慢慢地红起来，从耳朵开始，渐渐朝脸颊蔓延，他羞愧万分。但他无意阻止和掩饰，这是他罪有应得。"太了不起了！"他说。鉴于大家都期待着，况且这也是眼下最应该做的事情：他拄着双拐上前一步，近距离审视着他的奖赏。"了不起，"他重复道，"这礼物太棒了！"而且慷慨。他或许想说，但他没有。他知道自己为玛丽亚娜付出了多少。也猜得出米罗斯拉夫得到了多少好处，比我应得的要多得多。

这辆躺式自行车的前轮与普通自行车的轮子大小无异，配有一套齿轮和链条。后面的两个小轮是从动轮，车身喷成了鲜艳的红色——实际上这就是一辆三轮车——高度不足一米。跑在街上，别人几乎看不到骑车者，因为车座低于汽车司机的视线。所以在车座后面德拉格加装了一根玻璃纤维棒，顶端挂着一面橙色的三角旗。这面醒目的旗子在骑车者的头上飘扬，旨在警示像韦恩·布莱特那样的司机。

他从没骑过躺式自行车，但直觉上就不喜欢，就像他不喜欢假肢以及一切虚假的东西一样。

"太棒了！"他再次赞美道，"我都不知道该说什么了。我能骑着去兜个风吗？"

米罗斯拉夫摇摇头说："还缺线呢，变速线，还有闸线，德拉格都还没有装。不过趁你在这儿，咱们可以调节一下车座位置。你看，我们把车座嵌在车梁上，这样就可以前后调节了。"

他放下双拐，脱掉夹克，由米罗斯拉夫扶着上了车。车座令他感觉很奇怪。

"车座是玛丽亚娜帮着设计的,"米罗斯拉夫说,"考虑到了你的腿。她设计,我们用玻璃纤维铸模。"

这不是几个小时就能完工的作品。他们可能在这辆车上花费了好几天,好几个星期。爸爸、儿子,还有妈妈。他脸上的红潮还没有退去,他也不希望退。

"这种东西市面上买不到,所以我们就想干脆自己做一个,量身定制。我推你一把,让你感受一下,可以吗?不过我会一直扶着,别忘了,现在它还没装刹车。"

旁观者闪到一旁,米罗斯拉夫推着他缓缓来到砖面的私家车道上。

"我该怎么操作?"他问。

"用左脚,那里有根杆子,看见了吗?上面挂着弹簧呢。别担心,你很快就能熟悉。"

纳拉平山巷里没有来往的车辆,米罗斯拉夫轻轻推了一把。他微微前倾身体,抓住手摇曲柄,试探性地转动一下。他真希望这东西能自动操控。

当然,他永远也不会骑着这个车子上街。他会把它放在科尼斯顿街的储藏室里,任由它落满尘土,约基察一家人在它身上投入的时间和精力将毫无意义。他们知道这一点吗?他们在打造它的时候会不会就已经料到?眼前这场驾驶课会不会是某种仪式的一部分?所有人都在演,他演给他们看,他们演给他看?

微风拂面,这一刻他允许自己放飞想象的翅膀:他正疾驰在玛吉尔路上，鲜艳的三角旗在头顶随风飘扬，提醒这个世界对他多些善意。身下的东西多像一辆婴儿车啊，里面躺着一个头发花白的老小孩儿，它载着他出去遛弯。路上的行人会冲他微笑。微笑，欢呼，吹口哨。老爷子，你真牛！

但从更广阔的视角来看，也许这正是约基察一家想要传达给他的信息：他应该放下严肃的架子，做回真实的自己；成为一个有趣的人，一个只有一条腿，不是拄着双拐在街上溜达，就是骑着自制的三轮车穿梭于大街小巷的老绅士。他应该成为本地的一道风景，用他的优雅为社会增添色彩。直到某一天，韦恩·布莱特再次开着车从后面撞上来。

米罗斯拉夫始终跟在车子一侧，此刻他让车子绕了一个大大的弧形，回到他们的车道上来。

伊丽莎白高兴得直拍手，其他人也跟着她学。"太棒了！我的骑士！"她说，"我那表情忧郁的骑士！"

他没理会她。"你觉得怎么样，玛丽亚娜？"他问，"我应该重新骑车子吗？"

玛丽亚娜已经沉默了许久，她比她丈夫，比伊丽莎白·科斯特洛更了解保罗·雷蒙特。她从一开始就看出来了，他一直在竭力维护自己的男性尊严，所以她从来不会说些奚落的话。玛丽亚娜是怎么想的呢？他该继续为自己的尊严而战，还是审时度势地及早屈服？

"是，"玛丽亚娜缓缓说道，"很适合你。我觉得你应该试一下。"

玛丽亚娜左手托着下巴,右手撑着左胳膊肘,这是典型的思考姿态。显然对于他的问题,她是经过深思熟虑后才回答的。他的脸颊仿佛依然能感受到她双唇的触碰。不知为何,他一直都没有完全搞懂这个女人,尽管偶尔稍有启发。这个女人擒住了他的心,但既然她都这么说了。

"那好吧,"他说。(他很想说:那好吧,亲爱的。但他忍住了。他不想伤害米罗斯拉夫,虽然米罗斯拉夫肯定知道,柳巴也肯定知道,布兰卡更知道。这毫无疑问,因为都在他脸上写着呢。)"那好吧,我试试。谢谢你。衷心地谢谢你们,谢谢你们每一个人。尤其要谢谢今天缺席的德拉格。"我误会这孩子了,他想说。"我误会他了。"他果真说道。

"没关系,"米罗斯拉夫回答,"也许下个周末,我们就能用拖车把它运过去。只剩下几个地方需要完善,闸线、变速线之类的。"

他转身面向伊丽莎白。"现在咱们该走了吧?"他说完又把头扭向米罗斯拉夫:"麻烦拉我一把。"

米罗斯拉夫扶他起来。

"PR[1]特快!"柳巴说道,"PR特快什么意思?"

的确,三轮车的管子上印着"PR特快"几个字,且巧妙地表现出了风驰电掣的意思。

"它的意思是我能跑得非常快,"他说,"像火箭超人。"

---

[1] PR=Paul Rayment,保罗·雷蒙德的姓名首字母。

"火箭超人。"柳巴重复说。她冲他微笑了一下,这是第一次。"你不是火箭超人,你是慢人!"说完,她咯咯咯地笑着抱住妈妈的大腿,把小脸躲在后面。

"一败涂地。"他对伊丽莎白说,两人坐在出租车里,一路向南,向着家,"输得好惨,道德被活活碾压。我从来没有感觉如此羞耻过。"

"是,你的表现确实不怎么样。之前你多义愤填膺,多自以为是啊。"

义愤填膺?她在说什么呀?

"你好好想想,"她接着说,"你差点失去一个教子,因为什么?我都不敢相信自己的耳朵。就因为一张破照片!照片里还是一群跟你没有半毛钱关系的陌生人!他们拍照的时候,你这个法国小屁孩儿还没出生呢。"

"我求你了,"他说,"别再跟我吵了,我现在真的没心情。德拉格有什么资格接收我的照片,我现在还不明白,不过随它去吧。玛丽亚娜说德拉格已经把照片传到了网站上,我是个电脑盲,传到网站上是什么意思啊?"

"意思就是全世界任何人只要对德拉格·约基察的生活和时代感到好奇,在他们自己家里就可以研究那些照片,不管是原版、新版、修改版或者经过加工的版本。至于德拉格为什么选择以这种方式公开那些照片,我就不得而知了。下个星期天他就来给你送三轮车了,到时你可以问问他。"

"玛丽亚娜说他们伪造照片只是闹着玩。"

"那甚至算不上伪造。真正伪造的人肯定是以挣钱为目的。德拉格对钱似乎没兴趣，所以肯定是闹着玩啦，要不然还能是什么？"

"玩笑通常和潜意识有关系。"

"也许有关系吧，但有时候玩笑就仅仅是玩笑。"

"可玩笑针对谁呢？"

"针对你啊，还能是谁？一个不爱笑的人，一个开不起玩笑的人。"

"可万一我没有发现呢？万一我到死都没有察觉到这个所谓的玩笑呢？万一这个玩笑针对的是州立图书馆呢？看这些照片啊，孩子们。巴拉腊特的矿工。瞧那个长着浓密胡子的家伙！到时会怎样呢？"

"到时人们会说，强盗胡子在19世纪50年代的维多利亚州就已经开始流行了，仅此而已。保罗，这个问题不值得继续纠结下去了。重要的是你走出了这间公寓，去了蒙诺帕拉，和你心爱的玛丽亚娜说了几句悄悄话，看了她丈夫的养蜂装备，还体验了她儿子给你量身打造的躺式自行车。这才是整件事最关键的结果，要不然就等于你白跑一趟了。"

"你忘了遗失照片的事了？不管你对那些照片与现实的关系有何看法，但事实是我的一张福舍里的照片不见了。那可是真正的国家财富，用金钱都无法衡量它的价值。"

"你的宝贝照片没有丢。再去你的柜子里找找，十有八九还在那儿，很可能是整理的时候放错了位置。不然就等德拉格，看他能不能在他的行李中找到，下个星期天给你还回来，顺便道歉。"

"然后呢？"

"然后这件事就过去了。"

"再然后呢？"

"再然后？过了星期天以后？那还有没有下文，我就无法确定了。下个星期天很可能是你最后一次和约基察家打交道，包括约基察太太。唉，你们两个不会有结果的，但你会留下很多回忆。比如她柔软的小腿、优美的臀部曲线、说话时可爱的用词不当。愉快的回忆加上遗憾的阴影，它们会随着时间的流逝渐渐变淡。时间是最伟大的治疗师。不过你每个季度仍会收到惠灵顿公学寄来的账单。我毫不怀疑，作为一个守信用的人，你肯定会按时支付。当然，还有圣诞卡。祝你圣诞快乐，新年吉祥——玛丽亚娜、米罗、德拉格、布兰卡、柳巴。"

"我明白了。科斯特洛太太，既然你能未卜先知，那关于我的未来，你不妨多透露一点嘛。"

"你是想问将来会不会有一个人取代玛丽亚娜的位置，或者，玛丽亚娜会不会就是你感情线上的最后一站？那要看情况了。如果你继续留在阿德莱德，我看你能接触到的女人只有护工，很多护工，有的漂亮，有的不那么漂亮，可她们谁都不可能像玛丽亚娜·约基察那样触动你的心。但换句话说，如果你去墨尔本，起码会有我，我会像一匹忠诚的老马一样陪着你。虽然我的小腿可能达不到你严苛的标准。"

"那你的心脏状况怎么样?"

"我的心脏?时好时坏,爬楼梯时会怦怦直跳,气喘吁吁,像台力不从心的破汽车。我估计它也撑不了多久了。你干吗问这个?你是怕最后还得照顾我吗?别担心,我才不会要你伺候呢。"

"那你不该去找你的孩子们吗?你的孩子们不该孝顺你吗?"

"我的孩子们离得都太远,保罗,远隔重洋。你突然提我的孩子干什么?难不成你也想收养他们?做他们的继父?他们肯定会大吃一惊的,因为他们连听都没有听说过你。"

"但就你的问题而言,我的回答是否定的。"她接着说道,"我从来没想过要靠孩子。如果别的路都走不通,我就自己去养老院。唉,尽管没有一家养老院能提供我寻求的那种关怀。"

"你说的是哪种关怀?"

"爱的关怀啊。"

"哦,爱的关怀,那在现如今确实很难遇到了。我看你也只能降低标准,能得到好的护理就行。这个倒不算太难。一个人不需要爱上她的病人,也能成为好的护工,比如玛丽亚娜。"

"这就是你的建议,找个护工?我不同意。如果非要我在专业护理和爱的双手之间做选择,我无论何时都会选择爱的双手。"

"好吧,可我并没有爱的双手啊,伊丽莎白。"

"是,你说得没错。你不仅没有爱的双手,你连爱心都没有。

在我看来,你的心一直在躲藏。我们该怎么做,才能把你的心从它藏匿的地方拖出来呢?这才是问题所在。"她突然抓住他的胳膊,"快看!"

三个骑着摩托车的身影接连从车窗外一闪而过,他们飞驰的方向是后面,蒙诺帕拉。

"那个戴红色头盔的,不是德拉格吗?"她感叹道,"啊,青春!啊,永生!"

应该不是德拉格,否则也太巧、太有戏剧性了。可能只是三个互不认识的年轻人,只不过他们身体里流淌着同样的热血。但就让他们假装相信,那个戴红色头盔的骑手是德拉格吧。"啊,德拉格,"他配合着说道,"啊,青春!"

出租车把他们送到了他在科尼斯顿街的公寓前。

"看来,"伊丽莎白·科斯特洛说,"漫长的一天要结束了。"

"是啊。"

这个时候,礼貌的做法是邀请她进屋,请她吃顿饭,给她一个睡觉的地方。可他没有开这个口。

"这个礼物送到你心坎上了吧?"她说,"那个躺式自行车。德拉格真体贴,是个善解人意的小暖男啊。以后你想去哪儿,就可以去哪儿了。如果你害怕再遇到韦恩·布莱特那样的马路杀手,可以选择只在滨河小路上骑。这样既能锻炼身体,又能改善心情。要不了多久,你那两条胳膊就会变得粗壮有力。你觉得那车子能载客吗?"

"车座后面可以多坐一个小孩儿,大人恐怕不行。"

"开个玩笑,保罗。放心,我可不想成为你的负担。如果我也想骑车兜风,我就会自己搞一辆了,而且最好是带马达的。过去咱们喜欢装在自行车上帮助爬坡用的那种小马达,就是一发动就会'噗噗'响的那种,现在还有人卖吗?我记得法国还有。丑小鸭[1],两马力。"

"我知道你说的是哪种马达,那不是丑小鸭,丑小鸭是别的东西。"

"或者干脆来个巴斯轮椅,也许它才是我最该为自己准备的。你还记得巴斯轮椅什么样吗?就是带遮阳篷和导向杆的那种。咱们可以到古董店里找找看,肯定能找到的,阿德莱德是巴斯轮椅的最好归宿。咱们也可以请米罗斯拉夫给它装一个两匹的小马达,然后咱们就可以出去探险了,你和我。你已经有了一面漂亮的橙色三角旗,我也要有,而且要设计一下。"

"不如画个拳头怎么样?黑色的拳头,配上纯白底色,下面写上:女巫之锤。"

"女巫之锤?够霸气!你太有才了,保罗!谁能想到你还有这才华啊。我的是女巫之锤,你的就写上全力以赴,咱俩结伴能把全国游个遍,东西南北,整个辽阔的褐色大陆。我可以学习你的坚韧不拔,你可以跟我学学如何以最小的成本生活。记者们会在报纸上写文章报道咱俩的事迹。咱俩会成为澳大利亚全国人都

---

[1] 丑小鸭是车迷对法国雪铁龙公司于20世纪40年代末推出的一款命名为2CV(两马力)的小型国民轿车的爱称。但此处伊丽莎白显然把自行车用小马达与汽车型号搞混了。

喜欢的红人。这点子好！这点子太好了！这是爱吗？保罗？难道我们终于找到爱了？"

半小时之前，他还和玛丽亚娜在一起。但现在玛丽亚娜已经被他们抛在身后，和他在一起的是伊丽莎白·科斯特洛。他重新戴上眼镜，转过身，仔细地打量了她一番。在临近傍晚清晰的光线下，他能看到每一个细节，每一根头发，每一条血管。他审视着她，又检视一番自己的内心。"不，"最后他回答说，"这不是爱。这是别的，和爱尚有差距的东西。"

"这是你的最终结论吗？没有让你改变态度的希望了吗？"

"恐怕没有。"

"可是没有你，我一个人能干什么呢？"她仿佛在微笑，但嘴唇却在颤抖。

"这就由你自己决定了，伊丽莎白。听说大海里有很多鱼。而至于我，至于现在，再见了。"随后他俯身向前，按照从小就学过的正规礼仪，在她脸上亲了三下：左边一下，右边一下，左边再一下。

**全书完**

图书在版编目（CIP）数据

慢人 /(南非) J.M.库切著；吴超译. -- 成都：
四川文艺出版社, 2023.12
 ISBN 978-7-5411-6811-6

Ⅰ.①慢… Ⅱ.①J…②吴… Ⅲ.①长篇小说 – 南非共和国 – 现代 Ⅳ.①I478.45

中国国家版本馆CIP数据核字（2023）第215324号

Slow Man by J. M. Coetzee
Slow Man © J. M. Coetzee, 2005
By arrangement with Peter Lampack Agency
through Big Apple Agency, Inc., Labuan, Malaysia.
Simplified Chinese edition copyright © 2023 by Beijing Xiron Culture Group Co., Ltd.
All rights reserved.

版权登记号：图进字21-2023-7号

MANREN

# 慢人

[南非] J.M.库切 著 吴超 译

| 出 品 人 | 谭清洁 |
| --- | --- |
| 特约监制 | 王传先 |
| 责任编辑 | 朱 兰 蔡 曦 |
| 责任校对 | 段 敏 |

| 出版发行 | 四川文艺出版社（成都市锦江区三色路238号） | | |
| --- | --- | --- | --- |
| 网 址 | www.scwys.com | | |
| 电 话 | 010-82068999（市场部） 028-86361781（编辑部） | | |
| 印 刷 | 三河市中晟雅豪印务有限公司 | | |
| 成品尺寸 | 787mm×1092mm | 开 本 | 32开 |
| 印 张 | 9.25 | 字 数 | 199千 |
| 版 次 | 2023年12月第一版 | 印 次 | 2023年12月第一次印刷 |
| 书 号 | ISBN 978-7-5411-6811-6 | | |
| 定 价 | 68.00元 | | |

版权所有·侵权必究。如有质量问题，请与本公司图书销售中心联系调换。电话：010-82069336